「貓空—中國當代文學典藏叢書」出版緣起

當代中國從不欠缺動盪的驚奇故事，卻少有靈魂拷問的創作自由。從禁錮之地到開放花園，透過自由書寫，中國作家直視自我，探索環境的遽變，以金石文字碰撞出琅琅聲響，讓讀者得以深度閱讀中國當代文學的歸向。

秀威資訊自創立以來，一直鼓勵大家「寫自己的故事，唱自己的歌，出版自己的書」，主張「不論任何人、在任何地方、於任何時間」都可以享有沒有恐懼的創作自由，這正是我們要揭櫫的現代生活根本，也是自由寫作的具體實踐。

期待藉此叢書，開拓當代中國文學的視野版圖，吸引更多中國作家投入寫作，讓自由世界以華文書寫的創作，中國作家的精采故事不再缺席。

「貓空—典藏叢書」編輯部

二〇二二年九月

臺灣版自序／

這個世界會好嗎？

曹明霞

很小的時候，鄰居華家男人鷹鼻深目，嗜酒。酒後不是掂菜刀就是拎斧頭，要劈女人。記憶中他家男孩光著衝進我家，有時是早晨有時是半夜，冰天雪地，嗓音沙啞劈裂：「我爸要殺我媽了！」

——那份驚恐，也一次次嚇裂了我的心臟。長大後極怕驚嚇，極度膽小，應是那時養成的。

有一天，大家還沒吃晚飯，街上傳來呼叫——他媽媽在前面跑，他爸拎著劈柴的大斧後面追。一街人都跑出來看，拉架，勸說，那男人見女人加速了，竟輪圓胳膊投標槍一樣把斧頭擲了出去，好在沒剁著人。再後來的有一天，中午放學時光，他母親服劇毒倒在自家院落，回家的大女兒當場就疼瘋了。

還有一夏姓鄰舍，那男人也奇特，他家上有老母，下面兒女成群，男人只是一普通工人，可他們家一年四季有雞有魚，肉食飄香。幾個女兒花枝招展，老爹老娘冬天皮襖夏天絲綢，他自己也吃成了那個年代少有的胖子。他家是哪來的錢呢？人們納悶兒。

後來知道全憑一張嘴，和腦絡。他會幫A求B，告訴C自己朝裡有人，北京的什麼親戚在做大官。在他的斡旋下，有的人當了兵，有的人轉了正，還有人在北京瞧病住上了院。都是一些難辦的事兒。他的老爹老娘死後還成功埋進那個著名的八寶山。

也有辦不成，露餡兒時。他就東躲西藏，扎花頭巾扮女人逃掉，躲不及時直接跳進豬圈……那時人們管這種行為叫騙子，很痛恨。沒幾年，此方法盛行，且到高層，人們開始豔羨、承認這是一種能耐了。

我曾慶幸沒有生在華家，渴望夏家。

投胎這事兒不由己，沒有人不想過好的生活。可有人一出生就是「羅馬」，而有的人卻終生要當騾馬。回首前塵，半生惴惴，惶恐多憂是常態，而快樂像日子裡的鹽。是文學，她搭救性命般拯救了我。遼闊的閱讀和寫作，讓我沉重的身心有了片刻的輕逸，舒展，自由。也有了一片扎實的大地。

年輕時嚮往樂土，中原一居三十年，見識了北方男人殺伐用斧頭，這裡的人屠宰不用刀。土壤和收成的關係，讓我持久陷入憂傷，那是一種身在泥淖，有力使不上的絕望。

寫此篇自序時，窗外，正秋陽燦爛，馬路上卻闃無一人——生活跌進了魔幻大片樣的戲劇，這麼好的陽光，只有幾個「大白」和「紅箍」可享，其他人不許下樓。「特殊時期」，手機被迫加入了許多群，群裡見識了許多平時沒有機會打交道的人。一個短視頻，一年輕男子正崩潰般的自搧耳光，左手狠抽左臉，右手猛打右邊。下面是一片呲牙的笑臉，還有人說講究，打掉了口罩還不忘戴上——同胞遭難動物尚且兔死狐悲，這些，還是人類嗎？

有人在罵染冠者是「走地雞」，怪她到處走。這些人對每天免費的捅測幾乎是興高采烈，按著大喇叭的吆喝排長龍，一個一個，毫無挂礙、也毫無心理障礙地張大了嘴，伸上去——魯迅筆下那些麻木的人，他們冷血的子子孫孫，一直活到今天。

還看到一則消息，海那邊那個女作家，她的書不許看不許賣了。而此時，這套書還在編印中，允許賣允許有人閱讀。有一點點慶幸，也有一絲絲羞恥。

這個世界會好嗎？

業餘寫作幾十年，創作過很多種文體，其中最愛的，還是小說。為之嘔心瀝血。那些書中的人物，曾陪我度過許多歲月。文學之於我，是生命的撐持和苟延，她幾乎宗教般，撫慰著我的精神和情感。二〇一五年冬，有幸受秀威之邀，去海那邊走了走，看一看。曾與一出版界令人尊敬的老先生會面，他本身也是很優秀的作家，出版了很多自己和同行的好書。當時，他把一本書平攤開來，放在桌面，中間的書頁柔軟而有韌性，絲綢一樣順滑。老先生慨嘆多媒體對紙介的衝擊，那份敬惜，珍愛，至今讓我難忘。他說文學也是他的宗教。

汽車終止了馬車，是人類的進步。但汽車是要有剎車的，沒有剎車的狂奔是可怕的。拙作文叢，自知是巨浪中的一滴水，一塵沙，讀者有限，稿酬也不可觀。但我心中，還是懷有一份夢想，一份羞澀的，可能會被人嘲笑的希望夢想：未來有一天，某書店翩翩走進一個人，或兩個，他們是關錦鵬李安以及那些熱愛藝術的行家，這套蘊藉著我生命的悲喜之書恰巧與他們相遇，一閱還很會心，嘿，這部小說我要改編她！

——多麼美好！

最近新開頭了一個小說，開篇用了東亞諺語：「河水高漲時，魚吃腐蟲；河水乾涸，腐蟲吃魚」。一個人一生的幸與不幸，與時代的漲落有關，也與自身角色相涉。生在華家好還是夏家妙？端看自身所處的網格。華家那個持斧頭的爹，他掌管著全家人的命運，生殺大權，對他來說，全是好日子。而夏家呢，那些兒女們，老爹們，則顯得幸運。

金魚是需要一泓清水的，蛆蟲熱愛腐灘。當滿天下都是一口大爛泥塘時，那泥鰍這個品種，它一定活得最歡。

網上又在流傳一張圖片，「這個世界會好嗎？」——有人把原來的答案「會的」劃掉，改成了「等通知」。

抬頭看窗外，整整封閉一星期了。群裡大家都在問：什麼時候可以解封呢？什麼時候可以下樓？明天允許大家出門去自己買菜嗎？孩子能不能上學？

還有問俄烏炮火的，問怎麼才能出門治病？去奔喪行不行？

管事的一律回答：不知道，等通知！

所有人的生活，在等通知。

身心疲憊。我關掉電腦再次來到窗前，窗外，秋陽已涼，寒意許許。如果此時可以去戶外走一走，該多好啊！可是不能，暫時不被允許。明天，明天可以嗎？我問蒼天，蒼穹巨石般沉默。

里爾克說：「我們必須全力以赴，同時，又不抱持任何希望。」

只能如此。

感謝敏如，感謝人玉，感謝秀威，也謝謝和這套書相遇的讀者。

——明霞於二〇二二年九月，河北

目次

士別三日

1

宋漢風早晨起來，秦明月還在假寐。老宋不慣著她，沒有給予任何留戀，一猛身，折坐在了床沿兒，再一猛，上衫和下褲穿戴完畢。擱往常，秦明月會用她骨感的兩隻小腳，左一挑右一撩，就把老宋的襯衫給掀開了（衣服是塞在褲子裡的，而且紮進了腰帶，秦明月只憑兩隻腳，就能不費吹灰之力），還能捲上去，啪啪啪，一陣猛拍，使天天開出租的老宋，背也爽了，脖頸也不疼了，鬱悶的胸，舒暢了許多。當然，缺乏提上褲子再脫嫌麻煩精神的老宋，他不嫌麻煩，他嘻皮笑臉，將計就計，一切捲土重來。

老宋是嚐過「端著」的甜頭的，夫妻之間，也不能總上趕著，上趕著不是買賣。無欲則剛。從前老宋一直像色鬼，色鬼的結果就是把秦明月慣成了貞婦，拿捏得很。後來，老宋改變了戰術，他試著「端」了幾次，比如倒頭就睡，黎明即起，半夜春夢醒來，也不騷擾秦明月，而是馬上奔赴衛生間。形勢嚴峻，秦明月才有了危機感，有了後來的兩隻腳，表面上是敲背，實則是挽留嘛。

今天，老宋並沒等來如期的反應，他都起身離床了，秦明月還在裝睡。宋漢風只能走進衛生間，磨磨蹭蹭洗漱了。

完畢，出來，是上班？還是再進屋？屋裡即臥室，秦明月還沒起床。她的不用坐班，使她像個懶散的家庭婦女。老宋不甘心，作告別狀走進來，見秦明月正雙臂抱頭，仰靠在枕頭上，笑盈盈地看著他。不說話，笑盈盈，那笑分明是說：老東西，跟我玩欲擒故縱，由著你。

老宋惱，上共軍的當啦。一撲身，壓上來。

「哎——卡子，卡子，卡子，硌死我啦！」秦明月嘶氣，皺眉，兩手推宋漢風的肩。老宋有體力，上身紋絲未動，一伸手，把腰帶正中的鋼扣兒向旁邊拽了拽，繼續模擬。「鑰匙呀鑰匙！」老宋再低頭，他腰上那嘟嚕冰涼的鑰匙，正擠在兩人中間，老宋穿著衣服，人還在上面，有優勢，可他也不能不顧及下面人的肚皮，一伸手，又把那串鑰匙摘下。「我今天非——」老宋用生搬硬套來解恨，惡意地親近。「停停停，手機！手機！」宋漢風腰上還是那種老式的，帶一柄小天線的翻蓋兒老「三星」，老三星小菜刀一樣橫亙，天線像刀把兒直抵秦明月的肚皮。「真麻煩，妳這個老娘們兒。」宋漢風起身，雙手交叉一揚，輕車熟路，就卸下了全身的裝備，包括褲子、衣裳。

大清早的，白穿了。

宋漢風和秦明月是再婚男女，這個年齡了，據秦明月那些「閨友」們說，男人都是能躲就躲、能拖就拖的。他們寧可給家裡錢，讓女人出去購物、辦卡、做美容，也不肯真心實意地出一點點力。實在拖不過去，就像那些不喜歡做作業的孩子，缺撇少捺，浮皮撩草，基本是錯字連篇，誰都沒辦法。到了這個歲數，男人和女人正好打了一個時間差，想要他的愛，比要他命還難呢。

宋漢風不怕要命，在這個問題上老宋常常玩命。他說：「俺老漢要錢沒錢，要權也沒權，對待婦女姐妹再不拿出點兒階級感情，靠什麼幹革命？革命可不是光動動嘴兒，喊喊口號，更不是拿拿繡花針。幹革命靠的是俺這個黨（襠），當哩咯兒當哩咯兒當哩咯兒襠！」

老宋的山東快書引來秦明月一陣大笑，捂著肚子的笑。她喜歡宋漢風的幽默，這日子裡的幽默，有時比金錢、愛情，更有感召力，它讓人一下子開心、開懷，想不笑都不行。秦明月也是個善於找樂子的女人，她看著老宋悶頭把衣服又一次穿完，塞進褲子裡。這一次是真穿，不是表演，速度很慢，動作卻不那麼見楞見角，就是平時的家常穿。秦明月說：「老宋，你一會躺下一會起來，這是幹什麼呢？」

「毛老人家教導我們，從哪裡跌倒，就要從哪裡爬起來。」

「哦——」秦明月拉長聲調點著頭，突然跪起一條腿，摁住了老宋的後背，「別動別動別動，」她趴上來煞有介事地察看，「哎喲，老宋，這一道兒，可不淺吶，還疼吧？這是在誰家忘了關門，讓人丈夫從後面給劈了菜刀？唉，下手還不算狠，算懲前毖後，刀下留人吧。」秦明月邊說邊自己都忍不住笑，「這兒，還有這兒，這是爐鉤子刨的吧，黑灰印兒還沒淨呢。老宋，就咱這身手，還對付不過金蓮的武大們？」

宋漢風一回胳膊從後面夾過秦明月：「我說小秦同志，妳好歹也算一知識女性，腦子裡能不能裝點有用的呢？」

「什麼有用，『神六』？政治局的人選？輪得著我操心？」

「妳可以考慮把飯做得好吃點，丈夫伺候得舒服些。」

「哼，封建老爺那一套，小媳婦甘當老媽子，等著吧。」

老宋抿著嘴兒偷笑。

「哎，我說老宋，你那麼喜歡當老爺，怎麼剛才長工一樣自己甩衣服？」

老宋說：「女排姑娘說得好，人生能有幾回搏?!」

2

出了家門，北方的五月還很冷，迎面的風像小刀子，颳在臉上、皮上微痛。老宋把雙手掌對著嘴呵了一口氣，然後對搓，搓熱了到臉上、耳朵上，快速地焐了焐。老宋現在每天的職業是開計程車，兼討帳。褪了色兒的紅色夏利是夏大商的，他的戰友，老宋算夏大商的長工。十年前，老宋是老闆，夏大商是他的跟班，現在，一切顛倒過來了。

像炒股炒成了股東，打官司打成了上訪戶一樣，宋漢風想發財，把自己發展成了專業討債的。至少有八年，老宋過著職業討債人的日子。他每天睜開眼，或閉上眼，就是那點事兒，要錢要錢。夢裡，有時是一捆一捆的票子，背都背不動。醒來，一分沒有。醒著夢著，夢著醒著，老宋活著的目標，就是討回廂房區政府欠下的那一百多萬。

老宋記得從古至今，那些大財閥、大商人，破產了，無路可走了，一般的，都會選擇一根繩，來結束自己，一死解千愁。老宋也想過這個辦法，但他馬上就啞然失笑了，太高抬自己了，這不東施效顰嘛。自己一小商小販，東挪西湊那麼十幾萬，有前妻父母的，有老家表兄弟的，還有戰友的，如果也用一死甩乾淨，除了不義，還要遭人恥笑吧？高貴的死，和苟且地活，那也是分階層的，你老宋沒這個權利！

為了把帳繼續要下去，山窮水盡的宋漢風，兼起了計程車司機。東家夏大商對他很照顧、很寬鬆，因為最初的原始投資裡，有他夏大商的股份。夏大商像所有的債權人一樣，對老宋是既恨又愛，日日夜夜盼望著，時時刻刻守護著，投鼠忌器，恨也要像保護文物一樣呵著老宋的人身安全多，老宋有閃失，他們全玩完。一般的時候，宋漢風利用計程車上午一趟、下午一趟跑廂房區政府，夏大商睜隻眼閉隻眼，就當養了個不爭氣的爹吧。

十年前，這條道路還是坑坑窪窪，沙土泥濘，重載卡車駛過，騰起一條塵龍，多半天都看不清人影。十年時間，像宋漢風這樣的討債大軍，就把這條路踏平了，踏平坎坷成大道，沙土變柏油了，筆直寬敞。

最初，老宋是掂著酒、揣著煙，給區幹部送禮的。煙和酒都是當時的行情，那時政府辦事員的胃口還不大，幾頓好吃好喝，他們就拿到了舊樓改建的工程，老宋負責電氣部分。不到仨月，工程很快結束，老宋他們順利地拿到了全部工程款。

雖然幾年以後，他們改建的那一撮一撮小樓，遠看就像一尊尊公共廁所，很多和老宋一樣的工頭，靠著這些小廁所，都發了小財。老宋想，總這樣下去，肯定不是個事兒，那時老宋湧起一種叫「情懷」的東西，他覺得人生還是要有點抱負的，幹點將來回頭看，讓自己，包括老婆、孩子，都為之驕傲的東西。當游擊隊，蓋小廁所，太不上檔次了。老宋想成為建築史上留名的人。最後這次，他把寶押在了廂房區政府身上，高投入，大送禮，拿下了政府辦公樓的新建工程，包括水電氣部分。

不幸的是，工程結束了，區政府的負責人也結束了，換成了現在的周文王，副區長。老宋當時一看到他的臉孔，就知道完了，這是個餵不熟的狼。

周文王不像前任區長，草包兼酒囊，兩頓酒，一堆好話，就找不著北了。人家周文王是有文化的幹部，據說是從青年團幹起，專門做人的思想工作，玩人腦袋的。這樣的人，可不是你幾發糖衣炮彈就能打中的。老宋每次來，想故伎重演，請吃請喝，人家半天都不接你的茬兒，只是微笑地望著你，一直望到你無地自容，沒了下文。老宋還給他偷偷揣過煙，那煙是空殼兒的，裡面塞滿了人民幣。待到他下次來，以為事情有了進展，人家周文王像接見表兄弟一樣，熱情地走過來，拉著他的手——「老宋啊，你送的煙我可不敢抽啊。」一笑咪咪地，「拿回去吧。」

完璧歸趙。你有什麼把柄？

軟硬不吃，還不給你結帳，理由是上任遺留下的問題太多了，政府的單，也是百姓的錢，我們政府是給老百姓當家的，不是敗家的，不能拿著百姓的血汗錢瞎造。如果那樣，今後老百姓還怎麼信任我們？

條條是理，頭頭是道。讓你根本無從下口，大道理都擺到了桌面上，你那點小帳兒，一開口就顯得猥瑣，灰頭土臉，自己先失了道。

老宋每想到這兒，都恨不得點了周文王的天燈。這人是怎麼修練的呢，彬彬有禮，安之若素。就是那次秦明月配合電視臺去採訪曝光，老周都是文質彬彬的，他既沒像有些人那樣用手掌摀鏡頭，也沒愚蠢到無可奉告。他的表現是文明的、心平氣和的，甚至可以說是煥發風采的，鏡頭前，不疾不徐，字斟句酌，沒有誇張的手勢，沒有撩頭髮、舔舌頭，等等一些三四流的陋習動作，眼神和聲調適中，口形和牙齒也不錯，娓娓道來。如果不了解前面的開場白，不知道這只是一個區區的副區長，一定會誤以為這是國家級的新聞發言人。

四兩撥千斤。

車流裡，有喇叭鳴，再鳴，宋漢風知道是誰，他回頭，果然是唐朝弟，他這一輩子的生死弟兄。小唐用手示意，他們都拐到了前面的人行道口，唐朝弟先下車，他跑過來摁住老宋的這邊車門，老宋搖下窗。「哥，你不用下來了，我知道你要出門，給，拿上用。」

一包報紙包著的人民幣，扔到老宋座位上。「到了那兒有事叫我。」唐朝弟說完，不容推辭，蹈著兩條細長的鶴腿，快速跑回自己的車上，發動開走了。

3

「沒有永恆的友誼，只有永恆的利益。」用這句話來衡量宋漢風和唐朝弟的關係，是對小唐弟摯真情感的褻瀆了。他們的交情始於部隊，那時，宋漢風已經有「及時雨」的美名了。部隊跟地方一樣，有幫有派的，大家來自五湖四海，為了一個共同的目標，入黨提幹，走到一起來。城市兵還表現得比較淡然，農村和老少邊窮的山區兵，在這個目標上有一拚，好好幹，幹出名堂來，不回窮山溝了。

抗爭命運的具體行動是從掃廁所、掏豬糞開始。別人休息，你學毛選，別人睡覺，你寫匯報，想進步，就要起早貪黑，打掃廁所或豬圈的時候，最好遇上來出恭的排長、連長，你的這個廁所，就掃得有意義了；清豬圈，也不窩囊。學雷鋒見行動的大會、小會上，都會得到表揚，你的勤快，你的覺悟高……，久而久之，好果子就來了。

贏得表揚，競爭是很激烈的。有時候你以為起了個大早，跑去茅廁一看，那裡已經掃得乾乾淨淨，都撒上白石灰了。想熬個晚，去掏豬糞，可是候了大半個晚上，依然趕不上槽兒，豬糞被更會掌握時機的人運到田裡去了。宋漢風白忙了幾次，他忽然發現，這靠鬼祟才能完成的進步，有點要人命，不要人命也得神經出毛病。他忽然釋然，老子不玩了呢。

不用偽裝，人一下子舒服得很，該喝酒喝酒，該打架打架。有一天，老宋喝酒回來遇上小唐被城市兵叫著「小娘們兒」、「小媳婦兒」，酒精燒著的老宋火兒騰地就著了。平時，他們就被城市兵歧視，管他們這些山區來的，叫「山炮」，即「土鱉」的意思。老宋新仇舊恨，來了個算總帳，雖然作為文藝兵的他，會的也不過是一點花拳繡腿，但他敢玩命，勢不均，力也不敵，他和小唐，卻打出了威風，打出了名聲。從此，連小唐都勇敢起來了，跟在大哥後面，直打到那些城市兵抱熊，嘴和眼神都老實了。

宋漢風發現，如果去掉欲望，去掉那點想進步的野心，人真是變得輕鬆無比了，在這個世界，幾乎就是百戰百勝啊。哪都不累了，眼睛不用挑著往上看，心思也不用翻著向上想，怎麼待怎麼舒服啊。舒服的日子就是混啊，混到年頭，他和小唐都退役了，回到了北林縣。

唐朝弟現在哈爾濱開著一家洗浴城，開始是飯店，後來改桑拿了，與時俱進，什麼掙錢幹什麼。唐朝弟長得細皮嫩肉，小時候，養母一直把他當小姑娘養，穿花衣，紮小辮，腦門上還常點著紅印泥。唐朝弟也喜歡這個樣子，可是喜歡著喜歡著，長大了，想再回來，就回不來了。從後面看，小唐的走姿風擺楊柳，像戲曲舞臺上的男旦。當養母發現這一致命錯誤，她一手改造的男兒郎，已經徹頭徹尾地成了一個女兒家，養母也慌了，她不在乎十八年的養育辛苦，大度地告訴了唐朝弟的身世，並表示，願意幫他找到他的親媽。

養母的表現，源於養父對他的厭惡和越來越難以忍受。

唐朝弟如當頭一棒。自己是這樣一個讓人厭棄、不討人喜歡的孩子。小時遭父母遺棄，長大了，又要被退回去。

正在他不知怎麼辦好的時候，養父送他當兵了。這個主意，好像是養父的靈機一動，這個不男不女的孩子，送到部隊，摔打摔打，也許還能有救。

結果是部隊讓他吃盡了苦頭。假姑娘變成了假媳婦兒、假娘們兒，在別人聽來，這些話充滿了戲弄、侮辱，在小唐聽來，卻悲喜交集，感受複雜。

退役後，各自天涯。一天，久居縣城的老宋和戰友們去省城歌廳玩，那時候，這一行業剛剛興起，歌廳、夜總會，讓人神祕又嚮往。在一群男人野狼一樣嚎得興盡的時候，有人提議，來點新鮮的，這裡有一絕，大家今晚見識見識。

宋漢風以為新鮮即小姐，小姐是那些年輕的姑娘，她們夜晚來到裡，賣酒，也賣春。讓老宋沒想到的是，進來的這個高高挑挑，畫著口紅，身著緊身舞衣，有胸有臀的男生，竟是唐朝弟。

唐朝弟白天給賓館當門童，晚上是這裡的服務生，兼變童。

那一刻，老宋像看到了自己的親人墮入風塵，心痛難受。

老宋從單位出來，自己成立了公司，他第一個就把小唐收到麾下，讓小唐成為他的二當家的。老宋說男人就得像男人，不能幹女人的營生。

唐朝弟這個無父無母、沒人疼愛的秧苗，從此就把宋漢風當成了他的大哥、父親、兄弟，世上唯一的親人了。因為討債跟對方發生武鬥，小唐替宋漢風坐了三年牢。

那天，在區政府的辦公室，耐心受到極限考驗的宋漢風終於翻了臉，他破口大罵，罵對方是寄生蟲、臭無賴，欠錢不給，騙吃騙喝，他們把世上最難聽的語言，都潑給了對方。對方動用了保安，保安手裡有電棍，一柄電棍在手，橫掃千軍。敗下陣來的老宋，是懂點兵家戰略的，他擒賊先擒王，勒住了副區長的脖子，電棍下的小唐，也得救了。

事情並沒到此結束，老宋勒著人質繼續走，一直拖到一處廢棄的工地，跟電影上恐怖綁架一樣拙劣，要人質給這個打電話、那個打電話，能送錢的、能付款的，誰來都行。還錢就行。

副區長不從，他們就把他蒙住臉，一通猛揍。

副區長不是劉胡蘭，更不是江姐，小手指頭剛被小唐踩了一腳，就疼得告饒了，打電話，叫人送錢。

可是，沒等一個送錢的人來，公安派出所民警救駕來了。

警車開過來的時候，老宋他們沒有頑抗，警察順利地摁住了他們，不費一刀一槍。有的警察執法不文明，惡意撅他們的胳膊，踹他們的肋骨，唐朝弟還挨了兩個侮辱性的嘴巴子，眼睛當時就封住了，嘴角也流了血。那一刻，老宋拉桿子上山當土匪的心都有。

事後，綁架人質，獲罪三年。小唐說：「哥，你不能進去，你進去了，咱們就徹底完了，欠咱的錢，就成白孝敬給他們了。留得青山在，不怕沒柴燒。再說，侄兒不能沒有爹，沒爹的孩子吧，一生都長不大，像我一樣膽兒小。」唐朝弟說：「我替你坐去，不就三年嘛，一晃的事兒，跟當兵似的，好熬。」

唐朝弟再出來時，宋漢風把他接回家，正式讓兒子拜了二叔。他們的盟誓、行禮，都沒有超出江湖的水準，宋漢風的大哥宋漢陽說：「你這樣拉拉拜拜，搞黑道兒上那一套，共產黨的天下，等著吃苦頭吧。」

4

宋漢陽現在已經是北林縣政府辦公室的主任了，他梳著落後的三七開式大分頭，很多場合，都力求一本正經，像個大官兒的樣子。宋漢陽的志向就是當官，當大官，他不知道，在百姓眼裡，包括他弟弟宋漢風眼裡，當官兒的比強盜還可惡呢，強盜還要趁著月黑風高，擔著凶險。而他們，只要坐穩了官座，就可以大搖大擺，理直氣壯。宋漢風自從恨上周文王後，連哥哥這樣的小官兒，他都瞧不起了。哥哥不再是他的驕傲，而是他的心虛。

宋漢風已經想好了，今天見周文王，是最後一次。老宋兜裡揣好了錄音筆，他的下一步打算，是去北京，找中央媒體。

錢，照樣地要，但是綁人、砸東西，這些粗蠻的做法，確實不能再幹了，蠻幹、傻幹，氣是出了，同時損失也大。你老周再陰，架不住我脾氣好，從今往後，我宋漢風就跟你陰對陰，練柔道了。

見了周文王，老宋力求不怒不躁，氣定神閒。周文王也笑咪咪地，不像接待債權人，倒像是迎接久違的老家親戚，居高臨下而又不失親切。他讓祕書上茶，給宋漢風讓座，然後還親自關了房門，和老宋對坐。輕聲地問：「老宋，怎麼樣，都好吧？」

「欠錢不給，我都快要飯了，好什麼呀。」

「看你說的，共產黨領導下的人民，怎麼能讓你餓著肚子呢？當然，大吃大喝，禍害人民的血汗，我們是不答應的。」

「周區長，你一口一個人民，我也是人民啊，把人民的錢還給人民吧。」

「呵呵，看你急的，老宋。我不是說了麼，等搞清楚再給不遲。」

「十年了還沒搞清楚，我要再等上二十年、三十年？可別等我入土了，讓我兒子、孫子、孫子的孫子，再來跟你要帳。」

「你真幽默啊老宋。等你兒子、孫子、重孫子來要帳時，接待他們的也該是我兒子、我孫子、孫子的孫子了。」

「哈哈哈哈！」他們不約而同大笑起來。

……

一個小時過去了，兩個小時過去了，泥鰍一樣滑的周文王並沒有讓宋漢風錄到他想要的口供。人家句句不離政府，口口搬出人民。宋漢風起身告辭的時候，心裡咬牙切齒：「老東西，等著我打你的七寸吧！」

回到家，秦明月不在。往常，老宋中午的飯食是一張餅子、一瓶水，車裡瞇十分鐘。現在，他已經離心似箭了。打秦明月的電話，占線。宋漢風喝了一杯水，壺已不保溫，水是溫吞的。他打開小唐給他的那包錢，憑手感，是兩個數，一查，果然。

當年小唐出來時，老宋把手裡的積蓄，全部拿給這個弟弟，讓他當啟動資金，開了買賣。現在，隔長不短，小唐就來接濟他。

昨天晚上，宋漢風就跟秦明月說了要去北京的打算，秦明月沒說行也沒說不行。宋漢風看到桌上有一沓稿紙，上面密麻麻寫著字，是什麼呢？老宋湊上來，像是算命的。

楊柳命：性格正直，為人仁慈。
思慮周密，氣質優雅。
宜從事文藝事業，可大有成就。
逢凶不凶，遇險不險。

命中帶有兩個「紅豔」，「命格」較硬。
六十一歲有病災，若過此關，可壽至七十四歲。

榆木命：
因命中官星無根，故求官難顯，求名求財可得。
生活坎坷，缺乏長輩之愛。
但孝心濃厚，尊賢敬老愛幼。
幼年宜重拜「爹娘」（認乾爹乾媽）。
一生劫難不少，但常得「貴人」相助。
命犯桃花得轉運，且名利雙收。

呵呵，老宋笑了，上面的楊柳，看年月日，是秦明月了。下面的，這個榆木命，說的就是自己了？「當官無望，求名求財可得」，前半句說得有點道理，確實沒有當官兒的指望，俺老漢的志向也不在那裡。名和財，一樣也沒實現呀。部隊當文藝兵的日子，會唱會跳的宋漢風，想過當明星，但隨著退役回家那明星夢就永遠破滅了。發點小財，一誤十年，「得貴人相助」，還要命犯桃花，當年遇上秦明月，算不算呢？

那一年走投無路的宋漢風，想到了《晨報》，《晨報》那時剛剛開通了百姓熱線，內容無非是丟了鑰匙、尋找好人之類。秦明月報導這一篇：〈八年討債，傾家蕩產〉——茅坑裡掉進去炸彈，激起了百姓的公糞（憤）。大家同情宋漢風，不斷打電話到報社聲援。很快，領導批示，百姓呼聲，廂房區政府一下子支付了十萬元，說得讓老百姓吃飯、孩子上學呀。

宋漢風看到了勝利的曙光，也感知了媒體的力量。接下來，他們還想如法炮製，乘勝追擊，逼出餘下的百萬。可是風向變了，調兒門變了，上頭又有了新批示，宗旨是穩定，穩定，穩定壓倒一切。一切以穩定為重。

宋漢風還聽說，管宣傳口的那個小個子領導訓斥下級說：「報紙是我們黨的喉舌，哪能專門揭自己的瘡疤呢？老這麼幹，我們的群眾對黨還有什麼信心和盼頭？更遑論信仰和尊重？報紙是謳歌人民的，不是橫挑鼻子豎挑眼的，讓老百姓天天看到共產黨的天下比國民黨還黑暗，以後再怎麼做群眾的思想工作？我們的革命事業，要毀在你們這樣的喉舌裡。」

報紙就又恢復從前了。

下流行，無聊也行，低級趣味都沒關係，就是不能有政治。秦明月後來的工作，就是混了，她覺得她們的報紙，有她不多，沒她不少。天天的工作，就是開開會，拿拿報紙。老宋那樣的文章，再也不讓發了。老宋也從此，沒再要回一分錢。

這是為去北京秦大仙給做的最新占卜？又有桃花？老宋暗忖。

5

宋漢風有著魁梧的身材，略帶絡腮的硬漢黑膛臉。部隊的晨練使他退役到地方，也一直堅持天天跑步的好習慣，只不過是放在了晚上。長年的跑步鍛鍊，使老宋後背保有年輕小夥子般的倒三角肌，和兩條勻實的雙腿，非常健美。

老宋的前妻比秦明月還要好，人賢慧，相貌佳麗。老宋記得過日子那會兒，他非常奇怪家裡的牙籤怎麼總不見少？後來才明白，是這個會過日子的女人把它們洗洗又裝回去了。前妻過日子特別節儉，她買鞋子要挑大一號的，買衣服儘量要加一個「X」，覺得這樣不吃虧。就是市場上買青菜，稱完了她也要求人家再搭一個辣椒，或一頭蒜。前妻是地道的東北人，黑龍江林區，那裡寒冷，很少吃到迎季的水果。老宋第一次看她吃蘋果，都沒見她怎麼咬的，更沒有聽見清脆的咀嚼聲，不一會兒，女人手裡只剩下四粒兒蘋果核了，連籽兒殼部分她都嚼碎吞嚥了。老宋那時是下決心要讓這個不容易的女人過上好日子的。老宋見過他一些戰友的老婆，那些女人，幹起活來腳步是咚咚的，說起男人，是數落的。大家喝酒的時間稍長些，那些老婆們的臉也拉得同樣長。而妻子，她幹這些，是哼著歌兒的，唱著曲兒的，願意唱著小調兒給男人溫酒，伺候丈夫的酒局，戰友們無不對他誇獎、羨慕。

天妒良緣，兒子宋玉還沒上小學，妻子就病逝了。

沒了妻子，老宋是打算再續一房的，那時他剛剛發達，包工頭也叫經理，聽著比官兒還有魅力。可是忙了一陣他才發現，不是自己不明白，是世道變化太快。妻子那樣賢良的女人，好像絕跡了。這些年輕的姑娘，包括走單兒的少婦們，她們喜歡是喜歡你，也願意跟你廝磨，但不會輕易跟你談婚論嫁。沒錢不行，陽萎也不行；光大款不行，光有點書本上的知識還不行。秦明月大齡女青年慧眼識英雄，她都沒怎麼猶豫，就決定幫助這個男人。

這一幫，就幫成了一家人。

秦明月是南方人，大學畢業分配到北方。秦明月有著南方人的一切特質，細膩、嚴謹，同時又濡染了北方人的開朗、幽默。和前妻比起來，她除了不愛勞動，不願意哼著小曲伺候男人，其他的，也都跟前妻差不多。比如過日子，秦明月會把住過賓館的小牙刷、小牙膏，包括拖鞋、浴帽，全部拿回家，如果運氣好，會再捎回一包高檔面巾紙。吃過的飯店，她也不讓一元錢一位的小毛巾，白白留給他們，她把它們一一帶回家，連牙籤也不輕易省給他們。她跟老宋解釋的理由是，不能把這些東西剩給店家，他們會把用過的小毛巾，洗洗後再發給消費者，這是坑害同胞呢。

宋漢風欣賞希特勒的一句名言，老希說，判斷一個男人，一般有兩種辦法，一是看他娶了什麼樣的女人，二是看他怎麼個死法。將來自己怎麼個死法，宋漢風尚不清楚，但是娶了秦明月這樣的女人，他還是基本滿意的。雖然小秦不願意哼著小調兒給他的戰友們溫酒（自從他破產家裡也沒撮起過正經排場的酒局了），不會像妻子那樣默默無怨地奉獻，但她有她受過教育的女人的優長。秦明月是屬於那種懂得愛自己，也會恰如其分地熱愛別人的女人。你給了她光，她一定會回報熱。你給了她冷，她也一定會報之以霜。總之，不讓宋漢風像從前那樣省心，又讓宋漢風在生活的磨礪中不斷地開心。她是個讓他又恨又愛的女人。他覺得，自己一直這樣堅持不懈地討要這筆帳，很大程度上，除了讓兒子的將來會更好，也有一大部分原因，是想讓秦明月，過上無憂的日子。秦明月很愛美，但她捨不得亂花錢，一件漂亮裙裳，她要偵察幾次，專門等待商場的降價打折。時常地，她會在冬雪飄飄的時候，抱回一件夏天的裙裝。

秦明月的行為，讓他想到了前妻，感到了心酸。

秦明月今天來單位，主要是為宋漢風找關係。事先，她也沒跟老宋說，因為她心裡沒底。大學同學，都多少年不來往了。秦明月打了幾個長途，挑最熟的關係打起。多年不聯絡了，這個電話是不是打得很無趣，熱臉貼冷了屁股，秦明月心裡沒數兒。老宋說要去北京，昨晚很晚都沒睡，他說他要直接去找焦點訪談，最次也要找到新聞調查的人。他說得很激動，好像秦明月就是他要找的媒體，老宋對著秦明月歷數了十多年來討帳的艱辛，母親因為沒錢治病撒手西去的傷痛，說到後來，老宋眼裡淚花閃閃，他真的進入情境了。秦明月撫著他的頭，輕輕拍他睡下。他哪裡知道，那北京的媒體，是那麼好找的嗎？現在的百姓，都有怨有屈，有了冤屈都往北京跑，找中央媒體，找皇帝青天。可是那央視媒體的大門，輕易進得去嗎？秦明月深深地嘆了口氣。

輾轉了幾個同學，秦明月終於找到一個叫楚春秋的人，算校友吧，現在新華社當記者。楚春秋聽了秦明月的意思，她為難地笑了，她說：「妳也知道，現在的百姓，維權意識都覺醒了，動不動就來北京，土地啊，拆遷啊，還有告政府的，要賠命的。老宋這點事兒，肯定上不了內參。那麼多大案、要案，幾千萬、幾億的，都排著號呢。這樣吧，等他來了，我介紹他到市臺的《關注》，那個欄目剛剛開播，人還不是很多。也是關注百姓民生的，製片人我們合作過的，他應該給我面子。」

6

打過電話，秦明月看看時間，還不到中午。她打開電腦，聽了一會歌兒，她喜歡那首〈一路有你〉，裡面的歌詞很符合她此時的心境：

你知道嗎愛上你並不容易，

這需要很多勇氣。
這一生遇見你，
是我上輩子欠的你。
一顆心飄在風雨裡，
飄來飄去都是為了你。
一路上有你苦一點也願意，
一路上有你痛一點也願意，
就算是為了還債才與你相遇，
我卻是那樣心甘情願地愛著你……

秦明月是和齊燕山分手那年開始信命的，並且熱愛上了占卜。齊燕山是她的大學同學，從相貌，到人品，她說不出老齊一個不字，可是，她就是沒法喜歡他。兩個人一道去個圖書館，或者回家拿趟什麼東西，她還行。一具體到室內，獨處，對坐，秦明月就想：「我怎麼就這麼煩他呢？」老齊的眼珠兒，就像掉在了她的身上，不停地骨嚕嚕轉動；老齊的兩隻手，總是半攥著拳，好像躍躍欲試。他們都談了一年了，秦明月還沒有讓他可著勁兒地抱過一回。說不出什麼原因，秦明月就是不喜歡他。

秦明月是杭州人，老齊是蘇北人，在同學眼裡，找到老齊這樣的人當丈夫，是女人一輩子的福分。表面上看，秦明月覺得似乎也是這個道理，後來有一天，她忽然斷然跟齊燕山分手了。她想，我不能一輩子像父親母親那樣啊，大家都以為母親幸福，父親似乎忍讓了母親一輩子，而事實上，母親一輩子的內心都是鬱鬱寡歡的，根本不幸福。她就沒有過女人的那種嬌羞，像女皇一樣高高在上，父親是她的臣民，一輩子的僕人。秦明月想，我不能再像母親那樣，不喜歡自己的男人，悍成了男人婆呀。

她和老齊就結束了。

為了讓自己斷得乾淨，她毅然到了北方。那時候還沒有單身貴族一說，人們背後管她叫大齡女青年。

跟老宋結婚，就像跟老齊分手一樣找不出理由。莫名其妙。特別是在老宋給她臉色看，為了什麼事爭吵，宋漢風並不哄慰她，依然是一張黑臉時，秦明月會想起齊燕山，他十多年來從未間斷的惦念、年節、賀卡。這時候，秦明月會想到「有情人終成眷屬」，太荒謬了，有仇人才成眷屬呢，冤家轉兒女，債主成夫妻。誰欠誰的，是上輩子沒還完，這輩子，繼續吧。我秦明月，就是欠下了你老宋的。

秦明月還在少女時，就對「填房」一詞充滿了恐懼和疑慮。一個人，活生生的人，怎麼就成了「填房」呢？她又不是一塊磚、一塊坯，填到什麼坑裡、壘到牆上，為什麼把人就叫成了填房呢。

單聽這名，就夠恐怖的了。當她遇見了宋漢風，知道他的妻子早亡，那一刻，她似乎忘記了對填房身分的顧忌，竟不可理喻地、心甘情願地，和房無一間、地無一壟，還一身債的宋漢風結婚了。這不是命運又是什麼呢？

走廊裡傳來同事們互邀飯局的客套聲，秦明月打開櫃子，她打算中午在單位吃口方便的泡麵。宋漢風來電話，說：「妳怎麼還不回來呀，我下午去北林，看看咱爸，晚上，就坐火車走了。票都買好了。」

「這麼急呀。」秦明月關掉音響，馬上奔家。

路上，她又拐進超市，買了兩大包東西，一包給老宋車上吃，另一包，啤酒、熟食，丈夫出征，她要為他壯行，痛喝一場。

喝酒的問題，也讓老宋喜憂參半：一方面，他認為女人不該喝酒，更不該有酒癮，可是秦明月似乎很能喝，很願意喝，很有癮。常言道：「一人不喝酒，兩人不賭錢。」秦明月跟他是高興了喝，生氣了也喝。關起門來，兩人喝酒的日子，讓老宋苦辣酸甜。

秦明月拎著兩大包東西，上樓，開門，老宋缺乏眼力勁兒，他不是接東西，而是從後面接人。兩手舉著腳下換鞋的秦明月一拱身，把老宋拱開。「拿著，放冰箱去。」

老宋說：「小秦同志呀，老夫不在家，妳也跑出去了，瞎跑什麼呢？」

秦明月邊脫外套邊向屋裡走，她說：「生病了，上火，出去散散心。」「是嗎？」老宋俯過身來，看著秦明月的眼睛，再看了看臥室的床，他說：「我看這不像生病女人的床，倒像是新娘子的床吶。」

秦明月撲哧笑了，她的不疊被子、不收拾房間，永遠讓老宋拿來打混。

秦明月去洗手，她的臉上是得意，她告訴老宋，找到了一大學同學，不是一個班的，但一個系。校友，叫楚春秋，在新華社。「你這回去北京，她大概可以幫上忙。」

「是嗎？果真有桃花運了。」宋漢風忙去拿筆，記下了這個尚方寶劍般的電話。他嘻皮笑臉，加問一句：「楚春秋同志漂亮嗎？是不是樂於助人？」

秦明月說：「美人剛剛遲暮，應該還很美，就看人家能不能看上你了。」

宋漢風說：「時間不湊了，要不然，我老夫也要到理髮店，好好打理打理。」

秦明月說：「可別，你現在這個落拓的樣子，更能打動女人的心。我當初，就是被你這個樣子迷惑的。」

宋漢風說：「放心，男子漢大丈夫，不到萬不得已，輕易不會動用美男計。」

秦明月掐了一下他的胳膊，說：「沒事，為天下婦女得解放，犧牲我秦明月一個人的老宋，還是應該的。」

老宋一本正經：「那麼說，妳卦上的命犯桃花，是喻指此行了？」

秦明月的心情突然一下子不好了。

7

別過秦明月，宋漢風上了回北林的車。北林離哈爾濱很近，長途車，一個多小時，半天時間，他可以往返一個來回。老宋先到的岳父母家，前妻沒了，岳父母依然拿他當姑爺待，兒子宋玉，一直在姥姥家長大。宋漢風喜歡岳父母家的氣氛，為人厚道，關係簡單。秦明月曾戲他：「老宋，你什麼都比別人趁，岳父岳母，都是雙套的，分正副，厲害！」

岳父母老兩口，是那種難得一見的琴瑟夫妻，越長越像一家人，好得像兄妹。宋漢風發現，中國社會的婚姻家庭，像岳父母這樣的，很少。多數家庭，都是或男或女，獨霸朝綱，專政著強權，自己的母親就是這樣。宋漢風懼怕母親，父親也懼，全家人都要看母親的臉色。母親算女中丈夫，愛起來像火，高溫，燒得你暈頭。氣起來，也是十八級大風，冷凍寒流，讓人受不了。傳統的嚴父慈母，在他家正顛倒過來，父親就是個面瓜，一輩子家裡外頭落個「老好人兒」的稱號。

父親年少時家貧，沒讀多少書，這使他一輩子熱愛學習，當了一輩子工人的父親，會在晚飯後，或不聽母親分配的家務中，略有閒暇時，他拿著那本小磚頭一樣厚的舊字典，對著亮光兒，舉起，一頁一頁地翻看。看書可以那麼專注，還是看字典，枯燥的字典。父親在認字兒，記字兒。

「如果父親不是太窮，能上得起學，他又這樣熱愛學習，該是怎樣的棟樑之材啊。」宋漢風心酸地想。

母親的少年也不富，窮人家的女孩子，更沒理由讀書了。家裡就是因為太窮了，母親才養成了這樣風風火火，比男人還急的性格，她恨家不起，恨家不富。母親的兩隻手、兩雙眼，包括兩條腿，好像從來就沒閒著過。她吃著飯，會觀察注意哪個孩子的吃相，窮可以，但不能太酸相。她幹活，耳朵一刻也沒閒著，哪個孩子打架了，不好好學習了，全在她管轄之列。就是晚上歇息了，母親一定跟父親盤算明天的事，明天要幹什麼。

說窮不扎根，富不長苗，是不對的。窮不但扎了根，還扎得很深，讓你一輩子、兩輩子，都不好翻身。大哥翻身的辦法就是當官，老宋想翻身的辦法是發財，也叫圖強。他當初，是主動辭掉公職的，他覺得那個獨眼廠長是把建材廠當成他的私家買賣了，大姨子是財務科的，二姨子是勞資科的，三舅子是供應科的，四舅子是銷售科的，四大要害部門，全被他丈母娘家的人占據了。就是那些平時跟他拉拉扯扯，投懷送抱的老娘們兒，也都安排了保管員啊、清潔工呀，養在機關裡。

天下烏鴉一般黑，哪裡的毒蛇都咬人。要想翻身得解放，還得靠我們自己。宋漢風離開了單位，離開了獨眼廠長。「竊珠者盜，竊國者侯。」老宋不這麼看，在他眼裡，這個喝工人血、啃工人骨頭的廠長，比起那些小偷小摸，卑劣多了，無恥多了。這樣的盜行，不但沒有人唾棄，還爭相效仿，趨之若鶩。機關幹部，差不多人人都想成為廠長那樣的人。老宋不是，他的目標是李嘉誠，那時候還沒有比爾・蓋茨。

革命洪流，泱泱湯湯，有錢走遍天下，無錢寸步難行。老宋因為建材廠的關係，熟門熟路就攬到了活兒。他拉桿子成立的第一支隊伍，是由表兄吳東漢、戰友夏大商、鐵桿唐朝弟等，組建的發財隊伍。他們人心齊，泰山移，只用了二十多天時間，就把一棟樓裡的電氣線路，給走完了。帳也結得很順利，輕輕鬆鬆，拿到五萬塊錢。人均一萬，老宋操心多，卻也跟大家一樣。大家對他都很滿意，他們認為老宋夠意思，人仗義。

那時候，建築市場就像天空中的臭氧層，黑洞越來越大，很多人迅速加入進來，夫妻上陣，就可以攬下一層樓的貼壁紙工程，那時，人們對裝修的最高審美就是貼壁紙。男人刷膠，女人粘貼，小小建築裝修隊，就這樣一家子一家子地遍地開花了。

那時候，老宋曾經威風過一陣子的，戰友夏大商、表哥吳東漢，包括表嫂小喜鵲，哪個見了他不是遠接近送的？他們都把他當成了財神、福星。可是，最後一役，走了麥城，一百多萬，漂在水裡，生生撈不上來了。

母親就是在那年去世的，她一定是為兒子的事上了火。那時候，母親表面上不再那麼剛強了、堅硬了，可是心裡，她一定是為兒子不平的。她曾跟宋漢風說：「要不，我去找他們政府講講理？我一個老太太的命，不值錢。」

宋漢風每想到母親的那個眼神，心裡就揪痛不已。

牙齒活不過舌頭，老子的這個真理，在母親身上體現了。

8

家裡的日子陷入難題，是母親去世後了。母親活著時，父親總是批評她，數落她：「你這個媽呀」、「你媽這個人呀」……，萬人恨，萬人嫌，有她在，誰都別想安生。可是她不在了，離開了大夥兒，父親才發現，母親是那麼萬人想，萬人疼。父親在母親走後一星期，就病了。晚上發呆，早晨起來，中風，失語，然後是腿腳不靈便。沒有幾天，就不行了，眼神都發散了。大家以為父親要追隨母親去了，可是慢慢地，他又活過來了。眼神亮了，能說話了，那隻不好用的胳膊，也伸直了，並能稍微抬起。再等幾天，就能自己下地行走了。

拄著棍，推著穩步車，裡裡外外，父親開始像母親那樣，喜歡多管閒事了。用大嫂的話說，像個事兒婆婆。一生都面瓜一樣好說話的父親，竟開始指點，發脾氣，嫌這嫌那。他讓宋漢陽，再給他找個媳婦兒；讓宋漢風，給他換全口牙齒；女兒呢，要不斷地幫他修剪頭髮、鬍鬚。一生都顯得窩囊的父親，忽然變了樣兒。

那時候，宋漢風在哈爾濱催帳，父親落在了大哥家。大嫂說：「這可倒好，走了一個婆婆，又添了一個更事兒多的婆婆！」

宋漢風對嫂子是沒好印象的，人醜心又惡。大嫂是個喜歡比的女人，少女時比家庭，結婚後比丈夫，再等幾年，比孩子。她家的女兒宋詞，怎麼都比不上老宋的兒子宋玉。宋詞十七歲了，除了不愛學習，什麼都愛。其中最愛的，是追星，她把自己的壓歲錢、午餐錢，買了各種歌會的門票，聽唱歌兒，舉螢光棒，胳膊隨著旋律左右搖擺，一場又一場，女孩兒不嫌累。她如今已經不能幹別的了，舉棒，鼓掌，孩子沉浸在自己的快樂裡。離開了晚會，白天的時候，她的目光是黯淡的，腦子是木然的。都上高中了，學習成績一直難及格。

西方諺語說：「想讓你的孩子成為不幸的人嗎？那就對他百依百順。」大哥大嫂對這個侄女是太溺愛了，「慣子如殺子」，大嫂明白這個道理時，已經太遲。

孩子不爭氣，愛攀比的大嫂，就長期處在更年期狀態了。再加上要照顧公爹，大嫂的臉色整日颳著沙塵暴。父親也就硬朗了那麼一陣兒，回光一樣，現在，父親完全躺床了，一切都要人工輔助。冬天的時候，老宋把老爹接到了省城，過年。那幾天裡，要帳都找不到人，老宋也給自己放了假，他天天伺候父親。他知道父親最愛吃什麼，大冬天裡，老宋跑到江邊，江面已經凍得幾尺厚，老宋像個熟練的打魚人一樣，用鐵釺，鑿開冰川，然後探進胳膊，胳膊上拴著魚餌，很快，餓了一個冬天的小魚們，就來了。

剖淨，晾乾，小火慢慢煎，這是父親一生的最愛，極品，油煎小炸魚。小時候，春天剛開河，父親會蹲到河邊，給他們釣上一串串那種叫柳根兒的野生魚，剖淨，鹽鹵，少少的油，慢慢焙熟了，每人分幾條。那也是老宋一生的美味。

現在，洗頭擦腳，端屎倒尿，甚至給老父做全身的按摩，都不能讓他動容，使他開心。當宋漢風把冬天的小炸魚舉到父親嘴邊，父親聞到了久違的鮮香，他笑了。

整個正月，老宋沒有再出去要帳，隔三差五，他給父親端上他親手弄來的江裡小活魚。有一天，仰面躺著的父親，再一次吃到他送上的魚時，父親那隻已經一年多不能動的手，竟慢慢地攏回來，跟另一隻手合到一處，力求往起舉——天啊，老宋看明白了父親的用意，他是在作揖啊。欲抱拳，向自己的兒子作揖，感謝他的孝心——那一刻，老宋痛得涕泗滂沱，他差點咕咚一下跪下，給父親作揖。母親活著時曾說：「輩輩兒都是往下疼的，父母怎麼疼兒女都沒有怨言，兒女疼爹娘那勁兒，有上十分之一，當爹娘的就無可無不可兒的了。」是啊，這樣一比，老宋的內心滾過驚雷，太罪孽了。他暗下決心，等錢討回一半，把大家的帳補平了，他就不再要了。安居下來，跟父親一起，天天給父親做小炸魚，還是吃得起的。

在岳父家，沒見到兒子宋玉，今天週五，孩子還沒放學。宋漢風有三個月沒見到兒子了，他放下給岳父母買的食品，直奔學校。職業高中，宋玉學的是酒店管理，那次老宋來，看到兒子玉樹臨風，實驗課上往那一站，馬甲西褲的校服顯得那麼訓練有素。在大學生畢業即失業的今天，甚至有些人連自立還不能的今天，過早失去母親的宋玉，沒有萎靡，活得特別有志向。兒子相貌俊朗，口齒伶俐，站有站姿，坐有坐相，最可貴的是，小小年紀的宋玉，他的理想既不是像大大爺宋漢陽那樣，當官兒，也不是父親這樣，做包工頭。他說他要學一套現代的管理專長，做高管，什麼ＢＡ。當然，一切要從最基本的掃地鋪床做起。

老宋來學校找兒子的時候，宋玉和其他同學正在給上級檢查團表演，表演中西式的酒店服務技能，抖單，鋪床，整理環境。站得端直的男孩女孩們，聽到發令，迅速就位，麻利，快捷，準確，到位。短短幾分鐘，看得老宋眼睛濕潤，他為兒子鼓起了掌。

兒子是他的驕傲。

帶著兒子來到父親家，父親半睡半醒。看到宋漢風，老人眼皮兒撩了起來，再看到孫子，臉上那多日不動的皺紋，慢慢流動了，流出了眼淚。

宋漢風握著父親的手，半天沒說話。後來，他打開提袋，那裡面是秦明月從超市買回的小炸魚，裹麵太多，魚也不新鮮，放到父親嘴邊，父親敏感地區別出了它們的不同，沒有張口。

老宋說：「爸，我明天出門，辦點事兒。等再回來，還接你到哈爾濱啊。」

父親晃頭，再用頭擺，那意思是：你來這兒吧。

「行，來你這兒也行，等我辦完事回來，就住你這兒不走了。咱們天天河裡釣魚去。」

父親的皺紋又動了，這一次是盛開，他要笑。

從父親家出來，遇到了表哥吳東漢，吳東漢已經幾年都不理他了。十多年了，表哥對他還能不能還錢，似乎已不報指望。表哥表嫂已經加入到另一個包工隊，男人刷漿糊，女人貼壁紙，夫妻金牌搭檔，很掙錢。看到宋漢風，表哥竟停下了腳步，他說：「聽說你要上北京告狀去？有門路了？」表哥說著，又開腿，截住他，投來的目光是諷刺的、蔑視的、瞧不起的。表哥說：「你家小秦就是報紙的，她都捅不上去，你到北京能行？」

老宋沒說什麼，轉身繞開表哥，自顧自走了。「漢風啊，咱老少爺們兒，鄉里鄉親，你可都給坑苦了。」老宋如芒在背。「露多大臉，現多大眼，我老宋在鄉鄰眼裡，是徹底現眼了。」

不過老宋很快就抬起了頭，力求腳步堅定，他在內心勉勵自己：「當初，聖如耶穌者，也有過不被鄉人理解的苦惱，傳道時也不被鄉人尊重，那時，他們認為他的一切都是胡說，沒有什麼能耐，還險些被人推下山崖。耶穌還是先知呢，也只能到迦百農傳他的福音去了。」

9

剩了秦明月一人在家，又沒有孩子，時間多得像空氣，怎麼用都用不完。

老宋走的第三天，秦明月接到宋漢風妹妹一個電話，聽電話裡的腔音，她是哭過，還哭得不輕，照著一宿哭的。宋漢雨哭，十有八九是因為她丈夫。當秦明月搭車來到北林，看到宋漢雨那張哭腫的臉時，她心想，不怪她哥一直對這個妹妹恨鐵不成鋼，這個妹妹呀，就像豆腐掉進灰堆裡，吹不得，打不得。好好一個人兒，卻從不拿自己當人兒，她活著的全部意義，就是丈夫丈夫。

她那個丈夫，縣工商局的，長得像個吸血蟲，黃臉，杆兒瘦，兩隻小眼珠骨嚕嚕、骨嚕嚕。見人不愛說話，就是骨嚕著一對小眼睛。秦明月判斷，男人這相兒，除了性喜淫，別無他。他哪兒好呢，宋漢雨一直把他當王子戀，拚命折騰自己。最初，還算小動作，今天紋個嘴，明天眼睛裡埋條線。可是秦明月上次來，她剛剛抽了脂，本很豐腴的兩條腿，抽得像粗細不勻、高低不平的風乾腸，白瞎了。還有那臉，也不知什麼時候抽的皮兒，縫得像一張面具，不敢笑，笑也是僵的。她才三十出頭啊，根本不老，可她卻那麼怕老，拚命拿自己的身體當賭注。這一次，秦明月聽了兩句，就明白了，宋漢雨把胸部打了矽膠，效果不好，全身疼，動不得，自己的手摸上去都像假模似的，嚇人。她丈夫更是不碰她一手了。昨晚，丈夫一夜未歸，又找不到人。身體報廢的危機，讓她痛哭了一夜。

她找秦明月的訴求，一是找美容院，打官司；二是，幫她勸勸丈夫。

秦明月除了不疼不癢地安慰，她拿不出更有效的辦法。她心裡想的是，如果這是自己的妹妹，她就痛罵她：沒出息，一輩子只為男人活，為了男人把自己折騰成這樣，活該！

但這是宋漢風的妹妹，要有分寸。她舉例說報紙現在的無能，也就是她的無能，如果可以曝光，她哥宋漢風的討帳案，還能一擱這麼多年嗎？報社老總說了，他們是兩不惹：一不惹政治，二不惹經濟。她現在沒有辦法找他們。

至於幫她勸丈夫，讓男人回心轉意，秦明月說：「小雨，我要跟妳說，這女人活著吧，雖然不能沒有男人，但也不能全為了男人。妳若有時間，完全應該找點別的樂趣，比如看看書、看看電視、跳跳舞、練練瑜伽也行啊。實在沒什麼幹的，就打打麻將，也分散一下注意力。人吧，幹點什麼都行，別空著就行。妳看我，平時的心思都在妳哥身上，他這一走，我無著無落，天天晚上，成了書上說的那個靠摸銅錢熬時光的可憐寡婦了。」

說得宋漢雨破涕為笑了。

下午，秦明月還讓宋漢雨陪著，去看了公公。實話說，她對這個公公感情不深，因為跟老宋結婚的時候，見的就是這個病老人。那時公爹還能說話，他提醒兒子，要找，該找個帶孩子的娘，秦明月這樣的，沒結過婚，過日子不穩定。只有那生過孩子的，當過娘的，才知道疼孩子，照顧爺們，也會過日子。

秦明月每想到這兒，她都想笑。

大嫂在照顧公公，聽說二弟上北京要帳去了，有了希望，大嫂的臉上由沙塵換成了和風。她給公公餵飯、換尿布，有自願，也有表演的成分。那一天，公公出奇地安靜，兩隻大大的眼睛，間或一輪，看看秦明月，再看看自己的女兒，沒什麼表情。

老年人的目光，混濁後面是清澈，清得沒有欲望，洞穿一切的無底。曾經高大的身軀，佝成了嬰兒，單人床木板上，是厚厚的海綿墊兒，老人側身佝臥，瘦瘦小小，狀若母體裡的嬰兒。人生就是這樣走完了一圈兒啊。

秦明月告別時，內心無限悲哀。她覺得，公公可能不久於人世了。

來到單位，同事們的臉孔，讓秦明月想起但丁那句話：「慶幸別人的災禍，遠甚於慶幸自己良好的命運。」大家都知道秦明月的男人告狀去了，上北京。他能不能像那些上訪戶一樣，路上被連撕帶擄地截回來，或者即使到了北京，也被當地追去的警車給押回來。這樣的結局，沒仇沒冤的大家，似乎更願意期待。

同事們看她的笑話，源於秦明月人緣不好。秦明月屬於那種內心清高表面也不落架的女人。她公然地說：「我景仰優雅的對手，討厭庸俗的同道。」她認為她的同道們不但庸俗，還惡壞。他們本身就是辦報的，可是不讀書、不看報，年紀輕輕就一個一個都成了精，能把社會上有權有勢的男人，都收歸自己裙下當二丈夫、三丈夫來使。秦明月又敬又怵的，是單位新來的那個女領導，人家有婚姻，有丈夫，卻能一路過關斬將，坐到社長這最高寶座。

跟在社長後面的許多男人，也都是正處、副處的，幾年來，他們背就沒直過，聲音高不過蚊子。有時走到電梯門口，女皇駕到，一片鴉雀無聲，女領導偶爾的一聲咳嗽，都盡顯威儀。秦明月曾暗想，咳嗽都如此與眾不同，想那屁，定也一定是不同凡響吧。

女人能把官位做到男人不可企及，並且一婦當關，萬婦莫開，針插不進，水潑不進。全報社，女人的升遷，基本告停了；男人，可愛的、聰明的、相貌不醜的，或有指望。秦明月每看到社長後面的一隊隊人馬，她耳邊就響起那首彩鈴：「你打電話我不接，你打它有什麼用呀……啊……啊……。」彩鈴變成了「俺也想當馬屁精，可俺排不上號啊……啊……啊。」

人生如鼠，不過在廁在倉。秦明月明白，自己這一輩子，都進不到倉了，永遠是廁裡那堆鼠了。每到中午，包括晚上，廁裡這些，都想混到倉裡，她們嘰嘰喳喳，吱吱亂叫，攢領導，攢飯局，集體鬧革命。革命就是請客吃飯，搞搞男女關係。飯桌和床，成為當今兩大主題，也是角鬥的主戰場。革命不分先後，後來先到，只看最後誰贏……。群雄逐鹿，狼煙四起……小鼠們還是年輕啊。

男怕幹錯行，女怕嫁錯郎。其實，女也怕幹錯行的。現在，秦明月一點都不喜歡這份工作，她覺得，如果可以重活一次，她一定像電影上那樣，當一個乾乾淨淨的鄉村女教師，她全部的世界，沒有髒汙，只有潔淨的孩子們。這個世界上，可能再也沒有哪一行，像鄉村女教師那麼純粹、聖潔的心靈場所了。

那天晚上，秦明月下班沒有回家，她一個人去了江邊，她開始想念宋漢風了。

秦明月小姑娘一樣坐在臺階上，遙想起很多往事。她第一次帶老宋回南方，母親就是彌留。病床前，母親突然上不來氣，秦明月試著抬高她一點，可是這一動作，讓母親險些栽下來。眼疾手快的宋漢風，雙手托住了母親，母親隨之大量嘔血。情急之下，老宋沒有躲避，沒有嫌惡，而是平穩地，一點一點，把母親放平了。

這個第一次見面的姑爺，給這個第一次見面的岳母，洗了頭，擦了臉，換好衣服，倒掉一盆盆的汙水……

那一刻，秦明月就心裡認定，此生都是他了。這個厚道的男人，值得信賴的男人，如果有一口飯，他會儘著親人吃，一口水，他也會儘著別人喝。

這就是仁愛吧。

對，是仁愛。

男女之間，光有肉體的交合，過去了也就過去了，甚至都可以不留下任何痕跡。而愛，由愛生發出的枝枝蔓蔓，卻連血帶肉，一扯就疼的。那種生了根的東西，就叫感情吧。老夫老妻，可以不做愛了，但是，那份血肉生長出來的感情，卻是一動就疼，一撕就裂的。是婚姻，讓她對老宋有了深切的眷戀。是日子，讓她對老宋有了深深的情感。

可是，老宋你一走這麼多天無音訊，你在哪裡呢？

10

走在北京的街頭，老宋覺得自己就像一顆棗，漂在了大海裡，既渺小又靠不上岸。

找到楚春秋以前，宋漢風見識了大世面。

第一天，他就趕上了一輛計程車的「瘋劫」，外地民工，受屈無處申，精神崩潰了，在最繁華的王府大街，向人群猛開，人們都愣了，不相信這是真的，結果可想而知。宋漢風真真切切地看到了那一幕，他也在驚弓之鳥拚命逃竄的行列，最後那輛車撞到了樹上，停了。嚇壞了的老宋後來買了一塊紅薯，坐到路牙子上吃，剛咬了一口，城管飛虎隊又到，紅薯小販推起汽油桶就跑，跑的速度人人都豎起大拇哥，愣是跑沒了影兒。

第二天，情形大變，街頭秩序出奇地好，各部門對他們的態度也突然轉變，老宋後來明白，是瘋劫車的功勞，他震懾了政府，這種恐怖，比飛機撞大樓還可怕。老宋找不到楚春秋，他自己找到了信訪辦。信訪辦的幹部，態度和藹，聲音和氣，對上訪戶的各種難題，對答如流。給他們講政策，指方向，叫他們回去，地方政府，會一級一級解決的。

一級一級解決，幹部們一張一合的嘴，讓老宋想起書上看來的笑話，說西方人舉辦說謊比賽，是不允許政客參加的，因為他們是職業的說謊者。眼前這些小幹部，也練成了職業說謊家了，他們說著那些自己都不再相信的套話，一點都不臉紅啊。

魚找魚，蝦找蝦，宋漢風找不到楚春秋，他一下子找到了那麼多同謀、同道。他發現自己並不孤單，這些告狀的、申冤的，為了告狀申冤，他們在北京已經生活了十年。老宋開始，住的是地下室，三十元一天。頭三天，老宋被騷擾得心煩意亂，無法入眠。對他騷擾的是一個農村中年婦女，沒有塗脂抹粉，也不穿袒露的職業裝，如果她不是生拉硬拽，走在街上，誰都看不出她的職業特徵。農村婦女不像年輕姑娘，她基本沒有羞澀，也不需要賣弄，操著濃重的河北郊區口音，大聲地敲門、拽門，說：「大哥開開門吧。開開就行。」

老宋隔著門縫說：「大嫂，不行啊。不能開呀。」

「有啥不行的，俺也不是一口價，由你看著給。有多不嫌多，有少不嫌少。」

「俺現在是泥胎過河，自身難保呢。」

「大兄弟開門吧，不給錢，讓俺搭個腳，過一夜，也比外頭站一宿強不是？」

這不是行乞嘛。陌生男女同室，政府也不讓啊。

老宋不再搭話，也不給她開門。幾分鐘，就裝睡著了。

第三天，早早進來一個姑娘，老宋回來，那姑娘已坐在他的床上了。姑娘那清澈的眼神，讓老宋想到了侄女宋詞，那個喜歡舉著螢光棒，拿追星當日子過的女孩。姑娘什麼也不說，就用眼睛盯著他看，他走到哪，她盯到哪。宋漢風內心湧起一種悲憫，他拿出包裡的錢，抽出兩張，遞給了女孩。然後扶著她的肩膀，拉下床，說：「走吧，跟妳媽媽去做點正經事吧，妳媽這樣了，妳還年輕。」

姑娘沒有感謝，也沒掉淚，她就像是來取學費的親生女兒一樣，轉身就出門了。老宋聽到了拉上她的那個農村婦女，發出得手後的吃吃笑聲。

衣食足方能知廉恥。

良禽擇木而棲。

這無邊的北京，吸引了良禽？

老宋搬離了地下室，又去找楚春秋。她單位的同事說，突然有任務，楚記者出門了，估計要一星期左右。

老宋在信訪辦，認識了一個滿身是疤的男人，像有六十歲了，一開口，年齡跟他差不多，都是東北人，攀談就一下子近了。此前，宋漢風不知道，這個世界，竟然有人賣自己身上的皮子了。老宋記得童年，家鄉那些收購驢皮、馬皮、狐狸皮的，才叫皮販子。他們倒賣獵人剝下的動物皮，賣到城裡的皮革廠，現在，已有人倒賣活人皮了，並且也叫皮販子。疤痕說，寸皮寸金，但倒賣皮子的人比他們還發財，這賣皮，也跟賣血一樣，有市場，也有壟斷的。不是誰想賣都能賣，得有人允許，給你接貨。疤痕指著自己腿上的一塊地方說：「看到了嗎，這都是第三次剁了，沒有鐵關係，人家沒人要。」

疤痕原本來北京，是給兄弟伸冤的，因為宅基地，和村長發生打鬥，把村長的牙給打掉了。村長的兒子也把弟弟的眼睛打瞎了。按理該扯平，可是村長把弟弟投進監獄了。

疤痕說為這事兒，他也打了十年官司了，現在弟弟都出來了，落了殘，沒有勞動能力。為在北京活下去，他找到了賣皮子的營生，不但能時常往家捎點錢，還能把官司繼續打下去。

那天，老宋跟著疤痕來到他們的大雜院，這裡已經形成了一個部落，像原始社會。大家有什麼吃什麼，各行各業，功勞最大的是拾荒者，他把撿拾剩下的很多東西，都派上了用場。破電視，經過修理，可以看人影了；破收音機，鼓搗幾下，也能聽到新聞。兩個生過孩子的女人，還用他撿來的染髮膏，互相染起了黃髮。舉在她們手上的，是誰家夫妻打架摔壞的鏡片子……

晚飯後，全體老少都會坐到院落裡，他們像開會一樣聊家常，傳消息，互相鼓勁兒，有灰心的，就有人給他打氣，並舉例說明誰誰的成功進展。宋漢風坐在他們中間，看到那個跛了一隻腿的男孩兒，他的夢想是當歌星，他拄著拐，學著舞臺上搖滾的風度，打著點，給大家用說唱唸起了剛學來的順口溜：

「俺們剛吃上肉，你們又吃菜了；

俺們娶上媳婦，你們又獨身了；
俺們剛吃上糖，你們又尿糖了；
俺們剛歇一會兒，你們又桑拿了；
俺們剛有電話，你們又上網了；
俺們剛吃飽穿暖，你們又減肥露肚臍眼兒了……」

宋漢風的被迫離開，是三天後半夜的一場大雨，「在螞蟻的家裡，一滴露就成了水災。」那場雨來得毫無徵兆，沒雷，也沒風，更沒雲，半夜正睡著，刷刷刷，像汽車輾過的輪子，只幾分鐘，這個麥稈壘成的棚子，就是一鍋黃湯了。

黃泥、汙物，人群潰不成軍。宋漢風幫助那個羸弱的疤痕轉移到了高地，又幫助染頭髮的兩個婦女抱出小孩兒，最後自己撤到一家平房的屋頂，拚了半天的命，宋漢風又累又餓，他嚼著順手搶救出的一張硬餅子，邊嚼邊看天。天漸漸亮了，雨也停了，宋漢風看著一地的垃圾，和清明的天空，他忽然想，如果再這樣耗下去，見不到楚春秋，他會不會像那個崩潰了的民工一樣，也來他一場大街小巷的「瘋劫」？

老宋冷得打了個哆嗦。

11

「小偷成雙出動，騙子往往一人。」這是從前的規矩，現在改轍了，騙子也是成雙入對的，甚至團夥了。宋漢風一身泥濘走在北京的街頭，一夥騙子，看中了他。他們擁上來，舞臺上黑臉、白臉一樣各自占位了角色，其中那個負責拉他的，專業術語叫「牽驢」，牽驢的任務是只要把老宋哄上車，他的工作就完成了。

老宋看出了他們的陰謀，堅決不上當，對方想，一個民工，憑什麼這麼牛、這麼橫啊，動硬的，死拉活拽，也兼連踢帶打。老宋也不是吃素的，和他們對打起來。只幾分鐘，警察就來了，都不是好東西，投進看守所。

三天後，老宋出來，是楚春秋保的。她打量著宋漢風，說：「呵，怪不得你家秦明月對你放心不下，老宋你原來是蒙難的亞瑟啊。」

老宋知道亞瑟就是那個苦難的牛虻，牛虻，對的，自己就是這樣一張滄桑的臉。楚記者一句話，讓老宋多日心底的那堵牆，突然裂開一道縫兒，亮了一下。他是第一次聽到有人這樣表揚他，還是一個女人，一個文武兼備的女記者。

那天，楚春秋請宋漢風吃了飯，還幫他換了一套衣裳。老宋爭著掏錢付錢，楚春秋堅決制止了。當天下午，她就帶著他去找《關注》，到了臺裡，《關注》的魏製片也是臨時有了急事，出門。楚春秋開著車，拉著宋漢風，馬不停蹄，又找到了另一欄目，《聲音》。

《聲音》的編導兼記者是個小女孩，小晉。小晉聽了老宋的遭遇，眼圈都紅了。她義憤地表示，馬上找領導簽字，她帶著攝像，親自去北林採訪。

晚上，老宋誠懇地作東，他還給小唐打了長途，讓他火速來京。

唐朝弟像軍需後備隊一樣，第二天中午抵達。他給老宋帶來了給養，五捆人民幣。然後又按著老宋的吩咐，迅速返回了。宋漢風說有門兒，兩家媒體都能去，一定有威力。老宋讓小唐先期回去安排一下，不能打無準備之仗。

第二天，老宋就用他那翻蓋兒的老「三星」，給秦明月打了電話，電話老，只能喊，他的喊聲裡是抑制不住的喜悅，他告訴秦明月：「等著接駕吧，這回《聲音》的和新華社的都能去。」

「怎麼又是《聲音》了？不是《關注》嗎？」

老宋說：「信號不好，回去再說。」

「楚春秋也來？」

「來，咱山裡的空氣新鮮，楚記者願意見識見識。」

當老宋他們一行四人，坐著軟臥包廂，返回北林，見到唐朝弟的時候，宋漢風是佩服這個弟弟的，他的才能超出了他的想像。

他們看到了這樣悲慘的情景：唐朝弟羸弱的身材，瘦得像麻稈兒，他穿著民工的破衣服，頭髮多日沒洗，他就是討帳不得的受害者之一，因為沒錢生活，被欠債拖得沒人樣了——宋漢風確實有點認不出他了。

在小唐的身後，是夏大商、吳東漢，還有一些叫不上名字的男女，他們老弱病殘，有的胳膊吊著，有的腿拐著，排成參差不齊的二路小隊，手裡拄著棍，捧著破殘的碗，他們告訴記者，要不回工錢，已經要了幾年的飯。現在，正準備出門，還是去要飯。

更讓小晉眼圈紅的是，在衣衫褸襤的岳父母家，老人的訴說。因為欠款，女兒已經心臟病突發，早去了。現在，這個考上了大學的孩子，剛剛拿到大學錄取通知書，因為沒錢，他也上不起學了。說著，身後閃出一少年，不是宋玉，好像是表哥吳東漢的兒子，少年按著事先安排好的，拿著那張紙，對著鏡頭，放聲大哭：「我要上學……」

夏大商、吳東漢，他們也都跟進鏡頭裡，紛紛講述，有的說因為要不回來錢，媳婦已經不跟他過了，跟人跑了。有的說，要不回來錢，自己天天甘當王八，靠媳婦掙家養家……

攝像機拍到最後，是宋漢風父親的家。家徒四壁，一貧如洗，這個風燭的老人，因為沒錢治病，也要撒手人寰了。記者眼裡是湧動的淚水，她一一介紹著，眼前的寒窯，殘年的老人，畫面最後定格在宋漢風父親那張只有嬰兒般大的皺巴巴臉上，停。

畫面外的人，都跟著掉了淚。

節目很快就做完了，宋漢風挽留她們再休息幾天。北林這個沒有重工業汙染的小鎮，如果不是貧窮、饑荒、欠債、討要，只看看藍天、白雲、青山綠水，沒有汙染的空氣，真的很怡人。臨別時，秦明月在省城請她們吃的飯，楚春秋和晉記者都誇秦明月有福，讚歎秦明月是個有眼力的女人，命好。她們說女人什麼才是最大的幸福？有個好男人比什麼都幸福。

聽到兩個女人誇自己，老宋一直臉紅紅的，像個聽不懂課的小學生，眼皮不抬，嘴巴不動，只是悶頭吃。

小晉一直像主人一樣給宋大哥夾菜，楚春秋則脈脈有情。她上車時，微笑著告訴老宋，回去仔細看看他的包，那裡面有他的「軍火」。

楚春秋說：「老宋你把天下的記者都看扁了。」

宋漢風這下，臉是真紅了，紅得發燒。

兩個女記者非常聰明，她們是臨上車前幾個小時，才電話採訪周文王的。周文王不在，另一負責人態度惡劣，出口不遜，用東北人特有的大嗓門，說著「無可奉告」，當面採訪時還來抓鏡頭。電視播出，一邊是苦難的百姓，一邊是霸道的政府，非常有新聞節目的震撼效果。就在當天晚上，宋漢風接到宋漢陽的電話：「父親去了。」

12

父親的葬禮，安排得很排場。宋漢陽這個縣政府辦的主任，堅持和大嫂操辦這個葬禮，他把多年來，心不甘、情不願隨出去的禮份子，一一回收回來。那都是他們年輕時，同事結婚了，同事的孩子結婚了、當兵了、上大學了，領導的老父親過生日了，十塊、二十塊、五十、一百，送出去的，現在，喜歡禮尚往來的人們又把這些錢，變成五十、一百、二百，成倍地返回來了。那一天大嫂的精神格外好，她像國家領導人接見外賓那樣，和大哥站在一起，對來人一一握手。

宋漢風已經幾天都不說話了，他突然特別疲憊，特別沒意思。看著躺著的父親、站著的大哥、精神煥發的大嫂、無悲無傷的秦明月，還有農村婦女一樣哭嚎的妹妹，他一滴眼淚都沒有。一個人躲到屋裡，久久地望天棚。

夏大商來叫他，他不動。

戰友們來看他，他也沒動。

表哥吳東漢舉著杯來賠罪，敬酒，宋漢風揮了揮手，像哄趕蒼蠅。

看著木呆的老宋，秦明月想起老宋曾跟她講過，當年當兵時，他們看過老鄉們對付公牛的辦法：對付最壯的公牛，不是把那兩個東西劁了了事，還要當著公牛的面兒，把那對東西，梆，鐵對鐵，一錘子砸稀爛。所有的牛在看到這一幕後，都老實了，眼皮兒耷拉下來了，尾巴也不再甩，慢慢地，臥倒。牠們對生活，永遠沒了念想兒。

老宋說：「生活裡，也有很多被錘了的人。」

「把人生生給錘了，生活多麼殘酷。」那時老宋說。

現在，一趟北京之行，老宋也被錘成了這樣嗎？

表嫂小喜鵲一直裡裡外外叫喳喳，她知道老宋要回錢了，她們的紅利，很快就要到手了。她殷勤地幫助大嫂招待客人，像這個家裡半個女主人。

父親的葬禮，像北林一場小小的盛宴。

老宋看著天花板，想著父親的音容，臨別對他的囑託，他許下的承諾……。「按著佛家那個『起心即妄，動念即乖』的原理，我宋漢風要這場小聰明，是遭報應了。」

唐朝弟一直沒來，老宋回到省城時，廂房區欠下的那一百零八萬，連同利息，一分不少，全部打到了他的帳上。表哥他們當晚就趕來了，還有夏大商等人，他們親親熱熱，噓寒問暖，誇獎宋漢風有能耐，當初看著就不是白給的。這些前來分贓的人，宋漢風一個都沒給他們好臉色，他一言不發地打發掉他們，每人分得應拿的錢，還都多給了一千的利息。這些人走時，全是滿足兼歉意的笑臉，好像老宋是他們的債權人了。

宋漢風找到唐朝弟，把他拉到「老地方」，兩人對坐，痛飲。宋漢風還是沒什麼話，唐朝弟說：「哥，我知道你心裡為什麼難受。」

宋漢風食指和中指併在一起，一揮：「別說！」

「我知道。」

「其實大哥你不用難受。」

「不提。」

再一揮。

「行，咱們喝酒。」

喝得差不多了，老宋才說：「二弟，跟你說實話，現在這些錢，在我眼裡就像一堆紙，一點意思都沒有。我也奇怪，當初瘋了似地追他們要，現在拿回來了，我卻忽然一點意思都沒有了。真的。」

「我理解大哥的心。你是難受——」

「別說！」宋漢風又制止了他。「二弟，這張卡，是我特意為你存好的，歸你。裡面有二十萬，你的紅。大哥以後要離開哈爾濱了，再見面不那麼容易。今天把錢還給了你，我的心裡就利索了。」

「你去哪？」

「暫時保密。」

小唐不接卡。

宋漢風抓過他的手——「不聽話，以後哥就不認你這個弟了。」

「大哥你非要給，我只留五萬。多餘的，我不要。」

「嘿嘿，跟你說，人家那記者，根本就沒要，後來又給偷偷塞回來了。咱們真是小家子了。」

宋漢風笑了，多日沒見的笑容。

13

半年後，在父親的園子裡，宋漢風蓋起了一座三間小平房，院門口掛了一塊長木牌兒，上面寫著「北林宋秦小學」。宋漢風自認校長，秦明月算他的鄉村女教師。他們只有三個學生，兩個是有點殘疾，被人遺棄的孩子，宋漢風給他們男孩配了木製模擬槍，女孩穿的是花裙子。另一個是侄女兒宋詞，宋詞喜歡唱歌兒，秦明月給她伴奏。

兒子宋玉，已經被南方白天鵝酒店選走。

老宋覺得這世上，已經沒什麼讓他再操心的了。

傍晚的時候，宋漢風喜歡帶著學生們散步，林區的晚霞美得像電視上的專題片兒，老宋站在遠處，看著自己的傑作，他對秦明月說，這房子，雖然蓋得還是有點像小廁所，不過他認為，這是自己蓋過的，最美的一座。

——二〇二二年四月十七日修訂

滿堂兒女

一樓的房間內，很暗，暗得讓剛進來的馮媛，都辨不清屋內坐著幾個人。父親、繼母、大哥、二哥、三弟，噢，大姐馮貞也在。剩下的那幾個，估計是繼母的閨女、女婿了。

馮媛見過繼母的女兒，這個跟她母親判若兩人，有點妖氣的女子，也有三十好幾了吧，據說在深圳一家夜總會，幹得不錯，幾年下來，都當上二老總了。她身邊那個面相較憨的，一定是她的丈夫，再婚的，長年跟在她身後，相當於她的兵，聽差的。而那個黑瘦黑瘦、個子高得都打了彎的男人，也許就是大家一直害怕的，繼母家蹲了十八年監獄的大兒子。一下子來了這麼多人，要打架嗎？

馮媛一邊往屋裡走，一邊看大家的臉色，看了一圈，雖然都在灰暗中，她也基本看清了，臉色主要分成兩大派：哥哥這邊，沉默、冷峻；繼母那邊，焦灼、不安。早晨的電話，馮媛已經聽大姐說了，繼母去粥鋪找的她，繼母說自己的閨女、兒子都來了，她要跟他們走。

「事先都沒打個招呼，說走就走，這老太太，也夠毒的。」馮媛說。

「還不錯，沒把爸一人撂屋偷著走。」馮貞較寬容。

「分明是他們早已商量好的嘛。」

「也是，不然她不能連中午飯都不打算吃。」

馮媛沒有再多說，大姐打來的電話，她一般都是三言兩語，因為大姐心疼話費。大姐和姐夫不容易，開了家小粥鋪，本兒小，利也不大，大姐每天像阿慶嫂那樣裡裡外外、左右逢源，用虛假的笑臉對付那些工商稅務的胡傳魁們。然後精打細算，斤斤計較地過著每一天的日子，花著每一分錢。

屋內沒有座位，馮媛徑直走到床裡側的窗臺邊，把手包放到窗臺上，隨手抓了塊抹布樣的毛巾墊到包底，她只能倚牆站立了。看這一屋子往日的親戚，從從前的迎來送往，變成現在的兩廂庭立，分庭抗禮，一場政變般的山雨欲來，讓馮媛的內心很感慨。

沒有人說話，只有父親馮樂山嗚嗚哇哇、高高低低重複著他數不清的音階。父親是去年冬天得的腦血栓，搶救過後，能走幾步路，胳膊也沒有挎小筐，還能伸起來。不幸的是，他的嘴，徹底歪了，右邊的臉上，也像永遠塞著半個紅蘋果，把臉鼓得鮮豔而不對稱。那隻右眼，就像擺在了紅蘋果上，一不注意，會掉下來。這樣的眼睛，如果不是親人，外人是斷不肯多看一眼的。繼母也只看了半年，就看夠了，看怕了。現在，她無論是跟父親說話，還是聽父親說話，都一律低著頭，輕易不肯抬臉。

父親的嗚哇，沒人聽得懂，但是大家又一致地明白，父親是在反對，反對繼母馬蘭花離開她。父親的嗚哇聲近似孩子，他已經重複了一個早晨，他在乞求，挽留。

馬蘭花一直沒有抬頭，她隔一會用手揪一下眼睛，在揪眼淚。

大哥馮林停止了吸煙，他把煙蒂摁滅在煙灰缸裡，抬起頭，像領導幹部一樣（他也確實是領導幹部）掃視了一圈後，說：「馬嬸，妳今天突然提出這樣的要求，讓我們沒有想到。而且，妳也不給我們考慮的時間。這樣吧，如果你們確實想好了，主意已定，今天必須走，我們也就不再強求。強扭的瓜不甜嘛。但是，你們走之前，要把關係，也就是手續，辦清了。」馮林說完，法官一樣傲視著他們。

「辨清？」繼母馬蘭花一下子抬起了臉，她已經好久都不願意抬頭看人了，她突然抬起的臉顯得那麼消瘦、蠟黃。馮林的話，讓她驚訝，也一下子把她逼到了風口浪尖上。她也六十多歲的人了，丈夫早死，兒子不良，進監獄的、逃跑的，什麼事兒她沒經歷過？她已經久經風霜。可是現在，她，一個六十多歲的人，要面臨離婚？

「辨清的意思，不就是離婚嘛。」

「我媽只是想跟我回家住一段，養一養身體。大爺病後，我媽身體也垮了。」繼母的女兒反應較快，她替母親打圓場。

繼母也明白過來似的，馬上說：「有什麼好辨清的，不就街道的一張紙嘛。」

繼母說的街道是居委會。

「那一張紙可不能小看，當初我們還不同意妳和我父親扯那張紙呢，說你們都這麼大歲數了，願意過就搬到一起，可是妳不是拚命要了這張紙才過來的嘛。」

「妳是看我父親不行了，沒什麼圖頭了，才覺得那張紙沒意思了。」二哥馮海怒氣沖沖。

馮林用手示意了一下馮海，意思是：不用多說，不要這樣說話。馮林把臉上的面容儘量放平和，聲音也努力顯得不那麼冷硬，他說：「馬嬸，妳來我們家這麼多年了，我們家是講理的人，對吧。前一段妳說有病，二弟媳帶妳去看過吧，做了各項化驗，醫院說沒事兒。現在化驗單還在我們家人的手裡。後來，馮貞又帶妳去了另一家醫院，也是全項的檢查，醫院也說妳沒有任何問題。咱們打開天窗說亮話吧，妳沒病，妳是上火了，妳看我父親老也不好，妳想跟他回家，回到妳那一畝三分地上去，過日子還由妳說了算。其實如果不是我父親有病，這完全可以，從前的十年不是一直讓你們那麼過的嗎？現在不行了，我父親病成這樣，走不了三步，妳把他帶回去，鄰居見了，算怎麼回事？父親有病，兒子不養嗎？再把話說白一些，我父親走不了，妳也會自己走，這樣的日子妳過夠了，妳不願意再伺候他了，是吧？」

「我爸身體好時，享福時，妳能過；現在，遭罪了，妳就要走了。這就是半路夫妻！」馮海又插話了，他一說話就憤怒，他說：「如果我親媽活著，我爸就是埋汰死，眼睛再嚇人，我媽也不能撂下他不管！」

「話可不能這麼說。」繼母的聲音一下子高起來，她的眼睛也瞪起來了，她看了看父親，用手指著說：「讓你爸說，這麼多年，我對他咋樣？」

父親一個勁地點頭。

「妳當然要對他好了，不好妳怎麼能有那十年享受的日子。現在病了，妳怎麼不能接著對他好了呢？」馮媛插了一句話，讓大家都一愣。

「我不是也有病了嘛。」

「妳什麼病？血檢、心電圖，各項檢查的報告單都有，有病嗎？」

「沒病不死人，我現在就是全身難受！」繼母說話的聲音也大了。她確實不像沒病的人，那蠟黃的臉，急劇消瘦的身體。而從前，繼母是個非常壯實能幹的女人，扛五十斤大米，從市場走到家都不用歇氣。現在，她病懨懨的，可是兩家醫院都查過了，連高燒都沒有。

所以，馮林、馮海一直認為她是在裝病，想逃回老家，一人享清福去，把爸一人撇在這兒。

「馬嬸，如果妳現在繼續留下，和我爸共患難，一切都好說，咱們有病治病。反之，我們勸了一上午，妳還是堅持要走，那妳就當著我爸的面，給他說個實話，告訴他妳不願意伺候他了，好讓他也死了這個心。」

「我就是想回去待一陣子，治治病。」繼母的聲音和頭一樣，又低了下來。

「那不行！」馮海斷然拒絕，他說，「妳也太會算計了，拿我們全家當傻瓜呢。我爸硬實時，一千多的工資可著妳一人兒花，享了十年的大福；現在病了，才半年，妳就經受不住考驗了，想跑。等將來我爸好了，妳再回來，接著過；不好，妳就不管了，把擔子撂到我們肩上。福，由妳享了；罪，由我們來受。妳怎麼那麼會打算呢！天下的心眼兒都讓妳一人長了？」

「不用多說了，我媽今天就是要走，你們需要什麼手續，咱們辦好了。」繼母的女兒聽不下去了，她攔住了話。

「行，有妳這句話，咱們今天就把手續辦清，等將來妳媽想回來，我爸還活著的話，咱們再說。」馮林的話也咬鋼嚼鐵。

說完，他從抽屜裡拿出一沓單位的信紙，隨身的鋼筆。這時代，隨身攜帶鋼筆的人，已經不多了。馮林當年是寫材料的出身，多年的寫材料熬成了現在的領導幹部。起草這麼個小合同，刷刷刷，只幾分鐘，就好了。大意是：十年前，繼母馬蘭花到的馮家，與父親再婚。現在，父親病重，馬蘭花也自覺不適，雙方願意解除關係，由各自的兒女撫養。代理人，馮林說他是長子，自然由他簽字。而對方，繼母的女兒接過筆，她說她雖然不是長女，也可以做主了。

其實來時，這個女兒並沒有做永久接走母親的打算，她只是想帶走母親散散心，歇一段。可是現在，僵到了這個臺階上，她不願示弱，不簽，好像不養母親似的。她皺著眉頭，在代理人那寫下了自己的名字。

繼母眼睛眨了眨，按上了紅手印兒。

父親像楊白勞一樣，是伏著身子，被大家幫助那隻胳膊，才摁下了印泥。

「馬嬸，妳現在後悔，還來得及，咱們把它扯了就是了。」馮林抖著那張紙。

「就這樣吧。我們下午的火車票都買好了。」

到底是經過風浪的女人，關鍵時刻意志堅定。

人去屋空，父親馮樂山的那隻眼睛，更像擺在上面的了，一動都不動。三弟馮玉看著父親，說：「爸，這段時間我正好沒事兒，走，去我家住一段。」

父親的頭左右地搖，搖得堅決。

「爸，我家那小崽兒想爺爺呢，今天我來，她也要跟來，我沒帶她。你去了，也正好幫我照看一把。」

父親的頭停住了，他把那隻眼睛睜得老大，似乎在分辨老三話的真偽。

「真的，早上我出來，她還喊著要跟我來。」

「嗚兒哇——」父親邊說邊用手比劃著，意思是：她想我就把她領來唄。

馮玉說：「還是去我那吧，我那寬敞。不然小毛來了，她媽也想她啊。」

馮玉是善良的，他現在編造的一切藉口，都是要讓父親散散心，離開這個環境。他也是離過婚的人，他深深體味過老婆離去物是人非的滋味。他不想讓這麼大年紀的老父親，一人留下來慢慢品嚐這份人生的苦澀。他都沒跟小媳婦商量，就自己做主要帶老父親回去住上一段。

父親一想也是，兒媳婦、小孫女，都來住不下呢。在這個兩居室裡，另一屋只擺了兩張單人床，是用來值班的。

馮玉不由分說，把老父親扶起來，說：「走吧，爸，我車也在外邊呢。咱們一會就到。」

馮林剛才忙著跟馮海看那份協定了，一轉身，看到三弟正要扶起爸，他明白了，三弟要接老父親去他家。三弟接家裡，他這個當大哥的臉往哪擱？還有，父親接下來的日子，不是一天兩天的孝順，看護病人，這是個漫長的工程，哪裡是一朝一夕憑著幾分熱血就可以扛得住的？你老三孝順，別人就不孝了嗎？問題是現在哪個不是四五十歲的中年人了？哪個的家不在四樓、五樓，六樓的都有，爸上樓咋辦，背得上去嗎？再說了，爸一旦有危急，就這樓層，咱就背不起。馮林走過來擋到馮玉身邊，還沒等他說話，父親馮樂山一看是大兒子過來，一挺身，咕咚就躺到床上了，還閉起了眼睛。他把老伴馬蘭花的走，全歸咎於大兒子了。

「爸真是老糊塗了，還衝大哥使勁，他是覺得大哥拆散了他，他看不出人家老太太不願意伺候他了，還拿外人當好人呢。」馮海為馮林說話。

馮林笑笑，衝馮海擺手，意思是別說了。他們看出，父親的嘴角都是怒氣沖沖的，他臉上的皮肉，也全部滲透著生氣。

馮玉繼續哄他，說：「爸，起來呀，剛才不是說好——」

「老三，」馮林打斷了馮玉的話，他說，「你的孝心，我們大家都知道。但是爸現在，不是憑感情用事的時候。今後的日子，長著呢，咱們哥仨，包括她姐倆，要且扛呢。」

父親突然睜開了眼，他「嚕嚕嚕嚕」——聲音極大，把「嗚」變成「嚕」了，他衝著老大、老二猛烈地擺手，意思是：滾，滾！

馮林、馮海的臉色，一下子都變了，這讓他們很下不來臺。「我們這當兒子的，哪點不好？你有病，我們大老遠的，幾千里地，把你接到這，治病、搶救。頭三月，我們倆就沒有睡個囫圇覺。現在，當著弟弟妹妹的面，你這樣，太不識好歹了。」兩兄弟都不再說話。

「大哥，二哥，你們先去上班吧，我今天請假了，跟三哥在這待一會兒。我今天一天都沒事兒。」馮媛上來打圓場。

大姐馮貞也過來，說：「是啊，大哥，二哥，咱們先走，我那小鋪也要上人了。我得回去。」

大姐說：「我沒騎自行車，你們誰帶我一段？」

兩個哥也就出門了。大哥臨走時說：「老三，你不要擅自做主。晚上下班，我過來，咱們再具體商量。因為爸這不是一天二天的事兒。對吧。」

二哥說：「對對，對對。」

馮玉說：「爸，我家東邊那個池塘，現在交個魚錢就讓釣了。前段我去，好幾天，一條都沒釣著，你幫我去看看，是魚鉤的事，還是魚餌有問題。」

父親睜開了眼睛，馮樂山是業餘釣魚專家呢，少小時，去河邊，老退後，只有魚塘了。釣魚是馮樂山的一大樂趣。

「一條都沒釣上來嗎？」父親嘴上一個字也沒說清，但是馮玉字字明白，他說：「好幾天，一條都沒釣上來。」

馮樂山不服氣了，還有這事？他一下子忘記了剛才的煩惱，兩手支床，支起上身——「那，我去看看？」

「對，現在就走。」馮玉說。

「行，把我的尿壺、坐便器都帶上。」這兩句，是父親用手指出來的。

這時，馮海返身回來拿包，剛才他把包忘下了。看這陣勢，是父親要跟馮玉走啊，去他家呀。父親真是糊塗了，老三馮玉是後娶的，小媳婦比他小十六歲，若放從前，還行，老三有倆錢，現在，老三破產了，人家小媳婦不跑就不錯了，家裡要擱這樣一個髒老頭子，人家能跟馮玉把日子過消停嘛。這不明擺著的嘛。

馮海說：「老三，大哥不是說了嘛，爸現在，不是住親戚，十天半月、半年一載，有頭。爸現在是一個大工程，要有持久戰心理。不是誰腦袋一熱，就扛得下去的。再說你家——」

父親聽清了二兒子馮海的意思，他咕咚一下，又仰躺下去了。他是生氣了，也傷心了，一撇嘴，孩子一樣不可抑制地哇哇大哭起來。他說：「我哪也不去，我要回家，我要回家呀。我家裡還有地，有房子，還有那麼多煤柴沒燒完呢。幾個冬天都燒不完——你們送我回去吧——我想回去呀。回去後，死活都不用你們管了，你們就送我回去吧——」

父親這一大段話，是伴著鼻涕、眼淚說的。他沒有說清一個字，可是馮媛全聽懂了。大家的眼圈都紅了，父親在那裡生活了七十多年，怎麼能不想老家呢。可是現在，那裡已經一個兒女都沒有了。父親回去，誰來照顧他呢？

馮林好像有預感似的，他也返回來了。看父親大哭著要回家，他說：「你們都走吧，我一人留下，跟咱爸好好談談。」說著，他把那份協定遞給馮海，說：「你回去的路上用快遞寄回去，讓老四接到後馬上從省裡回去，手續辦得越快越好。」

馮海說：「行，我記住了。」他的表情像地下黨從組織手上接過絕密文件，他們是怕節外生枝。

馮林之所以那麼急著辦手續，準確地說，他們不是怕馬嬸，他們怕的是馬嬸家那幾個兒子。

當初，也就是十年前，馮樂山還是個剛退休的老幹部，在北林縣，月工資一千多的老幹部，那可是真正的黃金王老五。那時候，母親剛去世，父親身體好得很，他騎著那輛老式的加重自行車，在北林縣這冰天雪地裡，年輕人一樣出東家入西家，相看他的意中老伴。馮林他們不反對父親再婚，反對的是他這麼快，就娶。尤其是馬蘭花這樣家境的人。

馬蘭花五十來歲，活到這一把年紀，活成了個無家可歸。她住在一個親戚家裡，是什麼表嫂，說是幫忙，實際上是人家的傭人。因為馬蘭花的兒子們，給她惹了接二連三的禍事。老大，屢教屢犯，判了二十年。老二尚好，有點小偷摸，沒判大刑，長相不錯，一分錢不用花地有了媳婦，自己混上日子過了。媳婦不讓他管這個多事的家，馬蘭花也就如同沒有這個兒子。三兒子呢，因跟鄰居的孩子鬧著玩兒，誤傷對方一隻眼睛，賠了一頭豬，不夠。全部的雞抓起來賣了，也不行。最後把家裡的鍋、碗，能賣錢的都變錢了，對方的眼睛還是什麼也看不見。剩下一間空房子了，土坯的，派出所的人還是天天上門找，要拘人。老三就跑了，跑了就什麼也不用賠了。派出所的不好拘個老太太，就讓她賣房子，賣了賠人家治眼睛。馬蘭花答應了下來，然後趁他們走後，房門上鎖，自己也走了。

走在異鄉的馬蘭花胳膊下只有一個包裹，她夾著它走走停停，後來，來到多年沒有來往的表嫂家，說當牛做馬，都行。「表嫂妳給口飯吃就行。」

「且不說馬蘭花窮富，就她那幾個兒子，判的判，逃的逃，這樣的人家，你也敢要？真是放著省心不省心呢。」大女兒馮貞聽了這件事，第一個反對。

「爸你想想，她年輕守寡，養了三個兒子，一個在獄，一個在逃，另一個還不養她，據說閨女也是夜總會的。你自己判斷一下，這是什麼人家？」當時馮林打來長途，在電話裡質問父親。

父親說：「所以她人可憐吶。」

「可憐的人多了，你可憐得過來嗎？」馮林語氣很硬。父親說：「你們不了解她，人，特別能幹。她表嫂家上上下下、裡裡外外，都是她一人，拿起來的。」

「就算她能幹，這樣的人家，定時炸彈一樣，你就不怕有個閃失？她兒子們來訛你時，你惹得過他們嗎？」

「你馬嬸說了，那些孩子跟她沒關係了，不會來找她。如果有一個來鬧，找麻煩，她立即夾起包就走！」父親頓了一下，又說，「人家把話都說到這份上了，還有什麼不放心的呢。再說了，人家找我非常願意，說一定好好伺候我，伺候這個家。」

「她當然願意了。這是黑烏鴉找到了白馬王子，她能不願意嘛。」馮貞看父親決心已下，特意從中原跑回來，不惜她的粥鋪損失，回來當面勸父親。她說：「爸你找，我們是同意的。但是，你一是要等等，我媽剛過世，還不到三個月；二是不要找這樣的人家，後患太多。聽說她的兩個閨女，都是離婚的——」

「離婚怎麼了？離婚還算現眼嗎？你弟馮玉，還有馮媛，哪個不是離婚的？」馮樂山氣不忿地打斷了馮貞的話。

「他們和她倆是一回事嗎？老三和馮媛去了夜總會討生活？」

馮樂山不再吭氣，但是主意沒變，臉色沒變。

「真沒想到，爸都這個歲數了，為了個老伴，也像年輕人一樣腦袋燒糊塗了。」馮林聽完馮貞的匯報，無奈地搖搖頭。

雖然兒女們反對，五一的時候，北林縣還很冷，地面的冰雪還沒有完全融化，父親給馬孀做了兩套新棉襖、新棉褲、新鞋、新被子，擺了一桌酒席，叫上他的叔伯弟弟、弟媳，還有省城的老四馮寶，在家裡熱熱鬧鬧地吃了一頓，馬蘭花就算明媒正娶了。相也照了，街道居委會的結婚證也領了。父親的新生活，就從那一天，開始了。

馬蘭花確實是能幹的，到了馮樂山的家，她好像是為了一顯身手似的，什麼都不讓馮樂山來幹，她說：「你看著就行。」說著，五十來歲的馬蘭花，一個老太太，能把斧子掄圓了，把院子裡的那些木墩，劈成一朵一朵的燒柴。馬蘭花還自己汲水，從井裡，一桶一桶，玩雜技一樣，就把水缸蓄滿了。父親看著馬蘭花的身影，他認為這是他看到的，世界上最美的身影。

馮樂山的好日子，這就樣開始了。唯一讓他心裡不踏實的是，馬蘭花的兒女們沒有不認她，而是開始認她來了。首先來她家走動的是那個聽媳婦話、不肯養她的二兒子。二兒子和媳婦拎的是四盒禮，來看望母親，並說母親也有老了、幹不動的那一天，如果有活需要他們，他會來幫母親劈柴挑水。媳婦也自告奮勇地說，拆拆洗洗、做做針線，這樣的活，就叫她來，她能幹。

後來，三兒子，那個逃跑的，也來避過難，畢竟逃離在外，不好混。可是繼父的臉色，不容他多待。馬蘭花怕因小失大，偷偷給他些盤纏，讓他走了。不久，她的閨女，也來家裡住上了。因為夜總會的生意，也有時好時壞，不穩定，有時一掃啊，打擊啊，那裡的老闆就給她們放一段的假，讓她們都回家去，避避風。馬蘭花的閨女住進來那次，正趕上馮媛回來，她是出差，順路來看父親。「天啊，咱們家，都成馬家天下了。爸在輪番養著他們全家。」馮媛回來後，給馮林、馮貞，匯報了這一情況。大家聽後，都很氣憤，說：「以後，咱們不用總給家郵錢了。爹那一千多塊，夠養他們了。再說了，爹願意養著那一幫人，他就養，咱也管不著。那些人姓啥叫啥咱都不知道，憑什麼要把辛苦掙來的錢，孝敬他們呢。」

「對，爹願意當冤大頭，他就當去吧。以後沒事，咱們也不用去了。除非他有病了。不然，爸過得挺開心的，咱們總去打攪，說不定還煩呢。」

「有了後爹就有後媽，老話說得真不錯。」馮貞說。

十年，一晃就過去了。當冬日的早晨，馮林起來，聽到繼母馬蘭花的電話，他一下子愣住了，他都想不起，這個人為什麼要給他打電話。因為此前，家裡的電話幾乎沒響起過這個號，父親曾說，兒女太多，給誰打、不給誰打，該挑理了。索性就都不給打，弄一個平等。父親說，誰想他了，誰就給他打。

「以後誰也不要給爸打。」馮媛聽過這話後，很氣憤。「哦，爸怕落下偏向的名，人家馬嬸怎麼就不怕呢，人家的電話天天打，給兒子打完給姑娘打。原來他們都不養她、怕她，現在，看爸有錢，都積極建交了。」

「咱爸呀，就是傻。自己被玩，還讓兒女陪著。」

現在，馬蘭花電話裡只說了一句：「老大呀，你爸完了。」馮林的血蹭地沖到腦門，化成無數汗珠，嘩嘩向下滾落。他說：「先把我爸送醫院，讓老四從省裡快回來。」然後馮林給單位電話請了個假，直奔飛機場了。

救治及時，馮樂山沒有生命危險。嘴歪了，一隻腿不好用了。再有，就是那隻眼睛，變成不知是長在眼眶裡還是擺在臉蛋上，誰都不敢看。

「這種病是個慢活，回家慢慢鍛鍊康復吧。」醫生說。

馮林徵求父親的意見：「跟我們回河北吧，回那裡養。那裡人多，都可以照顧你。」馮樂山點頭，再點頭。

「妳呢，馬嬸，妳是自願。妳願意跟我們去，就到那裡陪著我爸，如果不想去，也不勉強。」

「去啊，我哪能不去呢。你爸有事了，我不去，這還是做人的良心嘛。」馬嬸當時這樣說，她肯定也是這樣想的。想不到的是，父親再也沒有恢復站起來，並且，工資，也不歸她一人花了，事事由兒女們來做主。這樣的日子，馬蘭花不願意過。況且，父親的那隻眼睛，再也回不去了。

父親馮樂山接過來後，馮林考慮得比較長遠，馮林對弟妹說：「父親這次來，不是住探親，十天半月、半年一載，父親可能要長時間在這裡生活了。」馮林表情凝重，他沒有說再接下來的話，接下來的話就是父親可能會在這裡生活到死。他說：「所以，我們不必把爸接到誰的家裡，再說還有馬嬸，他們到了我們家，生活起來也不會方便，不如有一處屬於他們自己的地方。房子呢，我已經借了，一樓，人家不要房租，年底，象徵性地給人家表示點意思就行了。」

現在，馬嬸走了，臥在床上的父親，天天用手比劃的一個意思，就是：送我回去，我要回家。

「你怎麼回去呢，你又不能走。再說了，回去誰來照顧你？」

「你馬嬸，馬蘭花呀。」父親比劃。

「人家不是跟閨女走了嗎？她閨女在青島。」

父親說：「嗨——」他的「嗨」說得非常清楚，還有些喜慶，他的眼裡有許多智取後的笑意。他說：「她會回去的，肯定回去。走前都說了，她繞一圈後，回北林等我。」父親用手勢和不清的語言說明了一切，大家都聽得明明白白。馮海在一旁又生氣了，他說：「這老太太，臨走還坑人，給爸留下這麼個甜棗，這不是害人嗎?!」

「你們送我回去就行。把我送回北林，我就不用你們管了。我要回家，我真是想回家呀。我都這麼大歲數了，願意回到自己的老窩兒呀——」馮樂山樂極生悲般地，哇哇大哭起來。

「爸，你的兒女們都在這裡，你在這裡多好啊，有我們來照顧你。」馮媛說。

「不好，不好哇。我在這裡生活不習慣。」馮樂山在哭聲裡，把話說得高高低低。哭聲和話語混合一起，顯得特別悲愴，也有些瘆人。

馮林嘆了口氣，說：「看到了吧，你想跟爹親，可是爹不跟咱們親呢。他現在心裡，還只有他的那個老伴。而人家，已經走了，不伺候他了，他還拿老太太當好人呢，要回去。這就是老話說的，滿堂兒女，抵不了半路夫妻。」

馮海說：「爸，你回不去了，就安心在這養病吧。」然後他面向大家，說：「咱們接下來，輪流照顧父親，一家一個月，誰也別說自己有班上。有班、沒班，都克服困難，不能有擔子總是往大哥一人身上撂。小時候，他掙錢給家裡郵，幫著父母養我們兄妹長大，不容易。現在，不能又可著老大來，大大小小，都有責任和義務，對吧?!」

馮海的老婆說：「是啊，不能一有事，就讓老大上，好像老大是鐵人似的。按理說，我們也都五十多歲，接近六十的人了，若在從前，我們都是到了被人照顧的年齡，現在呢，我們還得像小媳婦一樣，給老人端上端下，不也得照樣挺著嘛。」

說這話時，馮媛瞪了她一眼。不但馮媛，馮貞也看不上這個嫂子。二嫂馮海的媳婦，怎麼就那麼人精呢。姐兒幾個一致的共識是：多虧上帝讓她長得那麼醜，不然，她得上天吶。

謝蘭的心眼兒，是別人的幾倍，誰都鬥不過她。她當年是知青進的醫院，沒什麼學歷，可是她能把職稱弄到主任醫師了；而她的丈夫，馮海，還連醫士，最低一級的職稱，都不是。在醫院，謝蘭的外號叫篩子。

馮林的媳婦，人較憨厚，她從前，是電影院的售票員，那可是一個不亞於糧店開票員的位置。那時，人們為買上一張好座位的電影票，能提前到她家送上一桶花生油。可是，好日子說過去就過去了，她從一個最搶手的工作崗位，到了現在這沒人看電影，電影票要靠自己站到街上推銷，工資也是從票額裡提成的地步了。人間的悲喜、世俗的失落，不知為什麼，她信佛了，而且是真信，虔誠地信。她常跟馮媛說：「別說啊，還真管用。佛是有眼的啊，祂睜著眼睛看眾生呢，人間萬物，誰都逃不過。好心就有好報，妳看我現在，積德行善，兒子身上有體現了吧，他考研究生，那可是全國就收一個啊，他就上了，誰不羨慕我有德呢。」

馮林的媳婦帶著她的信仰，把公爹，一個月的輪值班，伺候過去了。做飯、洗衣，偶爾還要給公爹擦擦鼻涕，不嫌髒，不嫌累，在公爹唸叨著要回家的時候，她還能耐心地勸導，讓他起來鍛鍊，勇敢地走幾步。她跟他說：「爸，如果你練得自己能走了，行動自如了，我們會送你回去的。」

躺在床上的父親，就急切地舉起兩隻胳膊，手叉在一起，使勁地撐，上下悠幾下，左右晃幾下，也就是幾下，他的喘息就氣壯如牛了。馮林媳婦怕出事，因為公爹的心臟也不好，鍛鍊和心臟之間，是很矛盾的。她只好勸公爹，先歇歇，一點一點來。

接下來，就輪到了老二家，馮海。

謝蘭不愧是篩子，在快輪到她值班的日子裡，她把老家的小外甥女叫來，兒子也接回家來，搞得一派繁忙。這就給她接下來不用親自伺候公爹，製造了充足的理由，她忙不過來，她是要雇保姆的。謝蘭不惜雇保姆的錢，在犧牲半月的工資和面對一個髒老的公爹之間，她肯定選擇了前者。找來的保姆，是本地人，人家只能幹白天，晚上，就由下班的馮海來接了。已經退休的謝蘭像個水準高超的管理者，她上上下下指揮完，就可以抽身回家了，像從前的生活一樣，該忙什麼就忙什麼。

不幸的是，輪到她班，公爹開始尿床了。有一天早上，大便也便得滿身滿床。保姆沒有當即收拾，而是一陣風地跑到謝蘭家，說：「快來看看吧，妳公公拉得滿屋子都是。」

謝蘭說：「滿屋子都是妳就來找我？」

保姆說：「我可沒掙擦屎接尿的錢。我來的時候，妳是說他能自理的。」

謝蘭沒等進屋，她就倒退了一大步，屋子裡的氣味確實太大了，嗆得人一跟頭。為了給保姆起個帶頭作用，謝蘭戴上膠皮手套，從後腰抄起還坐在屎單子上的公爹，指揮著保姆向下撤床單、衣服，直接投進涮拖布的水池。兩個人的力量也不足以抬起馮樂山，本打算把他弄到衛生間沖一下，可是，費了半天勁，寸步難行。

謝蘭給馮海打了電話，讓他速回。

馮海回來累得滿頭大汗，他說：「爸咋了？」看他那神情，是以為父親發病了。看到滿地的屎，看到惹了事的孩子一樣的父親，他嘆口氣，說：「爸呀，你可嚇死我了。」

大致清洗完後，保姆說：「你家老爺子，可不是胳膊腿利索的人，現在這個價兒，我不幹。」

「妳想加多少錢？」謝蘭問。

「七百吧，這樣的病人七百差不多。」

「妳咋不要一千呢?!」馮海在衛生間裡一嗓門喊過來，他說，「我現在一個月的工資，才開到七百出頭，妳要七百，讓我們喝西北風去吧。」

馮海所在的是一家鐵路醫院，現在已歸地方了。他們那處小平房，不知道的人以為是哪個倒閉的老商店呢。沒有效益，女職工四十歲就讓退休了。

那一天，保姆的加工資要求沒有實現，謝蘭做過飯後，也回家照顧小孫女和外甥女去了。馮海上不了班，他給父親收拾完，坐到床前，苦口婆心地勸，馮海把對保姆的憤恨，都變成滔滔的思想工作了：

「爸，你怎麼那麼不長志氣呢？老馬太太走了，你就活不起了？自打她走，你就沒主動起來走兩步、鍛鍊過。你就好像塌天了，天天床上臥著。難道兒女們不比老馬太太親？剛得病時，我天天給你按摩，那時你完全可以自己走，腦血栓病人有幾個恢復成你這麼好的？可你不珍惜、不在乎，讓我的力氣白費了。現在，你就是天天這樣躺著，躺成窩吃、窩拉了，好受？」

「你看看電視上那些人，張海迪，咱就不說了。那些男的，老的少的都有，缺胳膊、少腿的，昨晚那個叫什麼來著了，男的，五十多歲，兩隻手都沒有了，可是人家能開賽車，還跑了個第一。還有一個，練書法的，兩隻胳膊從根兒上就沒了，可是人家用嘴，舌頭都磨出個坑，照樣寫字。還得全國第一。爸，你有胳膊有腿，哪都健全，還不好好用，天天這樣躺著，躺成了廢人，您不是傻嘛。」

馮樂山像聽不懂課的學生一樣，支著耳朵，睜著眼睛，愣得一眨一眨地。因為不懂，更想探究明白，所以他的神態，被馮海理解成了專注，馮海繼續說：

「還有，一個百歲老人，一百零五歲了，人家天天鍛鍊，練得能在一根木杆兒上大鵬展翅、雄鷹翱翔，怎麼樂怎麼玩。人家可是一百多歲了，你才七十多歲，你怎麼就不能向人家學習呢？行，你不學電視上的，你就學學我媽。你還記得我媽臨死前吧，知道自己得了癌症，一滴眼淚都沒掉，還笑著勸大家，別害怕，別擔心。我媽那時該吃吃，該玩玩，跟好人一樣，她為的是不讓兒女有一點難過。可以說我媽是玩著死的，樂著死的。爸，跟我媽相比，你行嗎？你除了天天哭著要回家，就是躺在床上不起來，把自己躺成現在這樣，屎尿都送不出去了，你不是自己找罪受嗎？」

「去你媽的吧！——嗚嗚哇哇哇——」馮樂山這句罵罵得清楚極了，他不解恨，還用手，要搧二兒子。都把馮海氣笑了，他說：「爸，就您現在這樣，還想打我？我站這不動，您可著勁兒來，推我一下試試。」

馮樂山無奈了，開始用老家最難聽的土話，「嚕嚕嚕」地罵了馮海一大串兒。中心意思就是讓馮海滾，有多遠滾多遠。

馮海說：「你要不是我爹，我真是想有多遠滾多遠吶。」

「不怪老太太走了，爸現在，真是太難伺候了。」到了老三馮玉的班，馮玉的媳婦只伺候了兩天，就發出這樣的感慨。她都累咳嗽了，女兒小毛只有三歲，她是真正地伺候了老再伺候小。馮玉要在外面打天下，從前的大款，變成現在只剩一輛車的窮人。馮玉說：「養一臺車，比養個兒子還費錢呢。可是不養不行啊，沒輛車，出門談生意，談個屁吧，人家正眼瞧你都不會。想再翻身，門都沒有。」所以馮玉對媳婦說：「妳就體諒我，咱們夫妻一定風雨來時同船渡，把這段難關渡過去。妳能幫我照顧我爸，大恩不言謝了，妳就等著我掙大錢吧，等著戴鑽石享大福吧。」

馮玉的媳婦很聽話，對馮玉畫的餅她堅信不疑。每天，她給女兒小毛擦拭完，就要擦拭公爹。公爹有擦不完的鼻涕、眼淚，尤其是他吃得不對勁兒，就會便到床上、地下，鋪張得讓人無從下手。即使全部清掃完、清洗完，屋內，也永遠散發著一種腐朽的氣息。「病人的氣味是除不掉的，再這樣，我也完了。」馮玉媳婦說著話，時常連續地咳起來，她跟大姐馮貞說。

馮貞說：「也是，老太太這一走，爸就徹底蔫兒了。」

父親每當見到大女兒，馮貞，他的哇哇聲就哭成了河。老大馮林來，他不哭，他知道哭也沒用，老大不會同意他回家的，理由都說了一萬遍了，就是：他不能動、不能走，不能走的人，送回去誰照顧他呢？

面對老二，他也不再哭了。馮海不但不安慰他，還批評他，批評他不能身殘志堅，學習張海迪，學習那個雄鷹展翅的百歲老人。馮海說：「爸你現在這樣，都是你不要志氣，不好好鍛鍊的結果，如果你好好練，走路蹭蹭蹭，想在哪生活在哪生活，我們還會強留你？我們閒的呀。」

只有馮貞來了，老爸哭時，馮貞也跟著一起掉淚，陪著父親哭。父親說：「我要回家，一定得回去呀。家那裡，多好呀，有前園子，後園子，地方大，哪像這籠子樣的房子。我家裡還有那麼多燒柴、煤，幾個冬天都燒不完呢。廈屋裡，還有那麼多棉衣呢，總也不回去，怕小偷給偷了呢。」

馮貞說：「爸，沒事，那邊已經讓二叔給看著了，丟不了。」

「讓我回去，你二叔照顧我也行啊。」

「爸，你想天真了，二叔那兒，他兒子都不管他，能管得了你？一個叔伯的，幫你看看家就不錯了。」

「我有錢呢，我有一千多塊的工資呢。」

「你那點錢，夠養他們一大家子的呀，二嬸現在也癱床了。」

「唉，我還是想回去找馬蘭花，她會等我的。」

「我都問過二叔了，馬蘭花沒有回去，還在青島呢。」

「不能吧，她走時，明明跟我定好的。」父親自語。

馮玉上來說：「爸，你天天要回去，不就是想要個老伴嘛，這樣吧，我們在這裡，再給你找一個，你看咋樣？」

「行行行！——」馮樂山一個勁地點頭，眼睛裡還放出了過亮的光芒。馮貞站起身，小聲跟弟弟說：「我看爸，快轉成老年癡呆了。」

馮玉說：「是啊，就是怕爸再得了這個病，應該給他找個老伴，讓他每天活得有點精神頭兒。」

「好胳膊、好腿可能還行，現在，爸這樣，恐怕不好找。」

馮玉說：「我試試。」

仲介第一句話問的是：「有工資嗎？」

「有。」

「多少？」

「一千多。」

「一千一也是一千多，一千九也是一千多。」

「也不是一千一，也不是一千九，但肯定夠花。」

「那可不一樣，沒病沒災兒，幾百塊也有人願意；有這病了，腦血栓，跟伺候病人一樣，沒錢頂住恐怕日子長不了。」

「過一段算一段。我們不挑對方長相，也不挑做飯的手藝，能跟老人做伴就行。說說話，不那麼悶就行。」

「你父親都不會說話，讓人家怎麼說？」

「你這仲介是怎麼說話呢，我看你不像仲介，倒像娘家三閒婆！」

最後，馮玉好不容易問到了一家，一家願意上門的女人，可是她只在這個家待了三天，馮玉就把她送走了。馮樂山問：「妳是蘭花？」她說：「是蘭花，是蘭花。」馮樂山伸手摸她的頭髮，說：「妳是她馬嬸？」老太太就自語說：「是馬嬸，是馬嬸啊。」馮樂山不說話的時候，她就自顧地反覆說：「蘭花，馬嬸。」馮樂山歪著頭，反覆盯著她看，嘴裡叨著：「妳是蘭花？她馬嬸？」老太太點頭，然後重複著馮樂山的話。剩餘的時間裡，廚房和衛生間，她是基本分不開的，衛生間的刷子，拿到了廚房裡，而炒菜的鏟子，卻送到廁所的暖氣管子上別著了。

馮玉說：「不行，若哪天，她給爸吃錯了藥，不要了爸的命嗎？看來這人老了，就都糊塗了，癡呆不癡呆的，誰也清楚不到哪裡去。」

馮玉跟大姐說：「咱也甭去找什麼仲介了，妳就在你們粥鋪，來吃粥的人裡面，尋摸一個。看著差不多的老太太，見人就問，我就不信問不著一個。天下這麼大，報紙上不是說進入老齡社會了嗎，老太太比老頭能活，社會上剩下的都是老太太，別光限於小十歲了，比爸大也行。」

馮玉：「你這可是意氣用事了，比爸還大，走道都哆嗦，誰照顧誰呀。」

「爸一完，你想讓咱們兄弟再撿個媽養著嗎！」馮林知道這事後，斬釘截鐵地打斷了他們。

馮貞愁苦地看著父親，到了她當班的時候，馮貞捨不得雇保姆的錢，她每天，起早貪黑，自己和丈夫輪著看護父親。偶爾有事，馮媛來替一會，因為馮媛當值的時候，也需要他們的幫助。現在，父親對兩個女兒的依戀，勝過了兒子。他每天拉著大女兒馮貞的手，央求：「妳送爸回家吧，跟爸回去也行。」

馮貞說：「爸，我是真想跟你回去呀，我也想老家。可是你看，小東子還沒畢業，我走了，誰管他的吃飯呀。」

父親眼淚就「嗒，嗒，嗒」地，開始掉了。「我想家呀。」

「爸，你別著急，你等我兩年，等兩年小東子高中畢業，上了大學，我就跟你回去，回咱們那兒開個小買賣，小賣店啥的，粥鋪，肯定不行了。」

「到時候妳能跟我回去？」父親不相信。

「怎麼不能，肯定能啊。反正我也沒有工作，在哪不是活呢。」

馮貞說的是真心話，她雖然知道北林那樣的小縣城，不好活，買賣不好做，但是她從內心，打算在兒子畢業後，離開她身邊，不用她管的時候，她管管父親，成全老爸的心願，陪著他回老家過。

「妳能回去，妳家老姜願意嗎？」

父親將信將疑。

「他就跟著我，我到哪，他跟到哪唄。爸，這你放心。」

父親放心地閉上了眼睛，似乎很安慰。可是，他又咕嚕出一句話，他的話是伴著長嘆息說出的，他說：「再等兩年，恐怕馬蘭花都不等我嘍。」

馮貞的淚水就啪啪掉上了。

過了一會，父親坐起來，他招手，讓馮媛過來，然後他指著馮媛的包，馮媛就明白，他是要紙和筆呢。

馮媛遞給他，父親用那隻不好用的手，去拿筆，拿不起來，用另一隻好手，拿起筆，交到另一隻手的指縫裡，然後在紙上曲曲彎彎，畫出螞蟻爬行的字跡。他說：「明白嗎，這是馬蘭花，我要妳幫著給馬蘭花寄封信呢。」

「人一時半會兒回不去，也要有個信兒。」父親寫著，說。

馮貞看了一眼牆上的錶，十一點多了，她急著要回粥鋪，中午的顧客要上門了。一天之中，也只有這個時候，顧客多些，而晚上，常常是空無一人。馮貞最捨不得的，就是中午這個時間了。現在，父親執著她的手，還在跟她商量回老家，回去找馬蘭花的問題，她走也不是，不走還心急火燎。

馮媛說：「姐妳走吧，我今天請假了，全天沒事。」馮媛把父親的手，從姐姐的手裡接過來，跟父親握著。她說：「爸，你把信寫好交給我吧，放心，我給你寄去就是了。」

「上回不是說，她還沒回去嘛，不是還在山東呢嘛。」父親的頭腦這會兒倒非常清醒。他說：「你想給她往哪寄呀？」

馮媛搪塞的話一時頓住了。

父親說：「這樣吧，妳先幫我把信抄一遍，抄清楚點，我寫得不清。」說著，他伸胳膊，很費勁、很費勁兒地伸，栓住的一側，使父親像斷翅的鷹，永遠也平衡不起來了。馮媛伸手幫他拿起來，遞給他，說：「還想改改是吧。」

「對，要改一下，讓她回到北林，就別動了，哪也別去，一直在那等我就是了。」

晚上，姐夫先回來，天熱，他說幫助岳父洗個澡吧。馮媛跟他一起，把父親挪進了衛生間，這樣伺候父親，一個姐夫，馮媛真是很感動。她高興的同時，內心又湧起酸楚：人家大姐，雖然什麼都不如意，可是人家找了個好丈夫。自己呢，什麼都可以爭來，唯有丈夫，求不來。

馮貞也比平時回來得早，雖然這個粥鋪讓她像全國勞模一樣爭分奪秒，可是當父親的班，她還是咬著牙早關門了。看馮媛還沒走，馮貞不顧勞累，給妹妹拿零食，馮媛說：「姐妳歇一會吧，我又不是小孩子。」

馮貞和馮媛坐到床邊，看著父親寫過信的那張紙，上面蜿蜿蜒蜒，字跡變得九曲十八彎。馮媛說：「爸讓我抄一遍呢。我在給他抄。」

馮貞嘆了口氣，說：「咱爸太可憐了，人老了，怎麼就這麼可憐呢？」

日子難熬，可是難熬的日子也過去得飛快。到了馮媛照顧父親的時候，天都轉涼了。她跟單位請了年休假，也只有半個月，剩下的時間，她一定要雇個保姆。可是，當她滿世界找保姆時，才發現，真的進入老齡社會了，家家都需要保姆，供不應求，想找保姆，比找對象還難呢。

本來這個月，不是馮媛的班，輪到老二馮麗了，可是馮麗為了避開馮媛，她在大姐馮貞接班前，就提前幹完了。她和馮媛有了彆扭，是一年前的事。常言道：「分久必合，合久必分。」從前，馮麗、馮媛兩姐妹，是最要好的。她們好到什麼程度呢，馮媛的女兒，差不多是長年住在馮麗家，由二姨幫著養。而馮麗的兒子，小學、中學、當兵、辦假高中證，全是馮媛一手操持。兩家的關係好，不分彼此。馮媛離婚早，沒找著中意的，一人帶孩子，工作又忙，姐姐像母親一樣擔著她的生活，擔著她的日子。僵局是從馮麗的兒子當兵回來後，開始的。在對孩子的安排上，馮媛認為姐姐是傻狗攆飛禽呢，這輩子是要累死。馮麗則認為，不是自己的孩子，就是隔一層。馮媛說：「姐，強子已經二十二歲了，他完全成人了。小時候，找學校、找前途，妳該做的，都做完了，我能幫的，也都幫了。現在，他該自食其力了。一個當兵的，沒有學歷，找份工作踏踏實實地幹著，有碗飯吃，就不錯了。想進政府機關，這不是要人命嗎？妳和我姐夫，一個看自行車的、一個賣菜的，能把他弄進政府機關？」

「所以才求妳幫忙呢。」

「這個忙我可幫不了，幫不上了。強子大了，讓他獨立面對社會吧，該吃點苦就讓他吃點苦，不然，他以為自己是生在了省長家呢。處處要父母親擔著，這樣的孩子，不會有出息。」

「出不出息，我們也不指望。就是現在，我們肯拿錢，妳再幫著求人蹚蹚路，給強子買個工作，他進了政府機關，我們也就去塊心病了。」

「他還想進中南海呢，讓他自己進去呀！」

馮媛以前，沒跟姐姐這樣說過話，這次，她實在是火了。強子小學、中學，沒少花錢；初一時，不算求人送禮，乾交擇校費就是兩萬。那可是她媽看自行車，兩毛、兩毛攢的，一天到晚，得揪住多少輛自行車不放，才攢夠了他的兩萬啊。可是這孩子，上學就像受刑，天天坐在課堂，蹲監獄一樣，難受死了。初三沒完，就不念了，說想去當兵。沒有高中畢業證，馮媛幫著找人、求人，算弄了個證兒。接下來，還是找人、求人，求武裝部，求帶兵人，每一道門檻兒，都獻上了他爹他娘這輩子都沒吃過、用過的好東西，花了不少錢，他這個兵，才算當成了。

現在，混完三年，回來了，胃口一下子大開，要直接進政府機關。他爸當時聽了就張大了嘴巴，說：「啥？你以為你是清華、北大畢業的呢，就是清華、北大，也不見得個個能進政府機關。」

強子說：「爸你少見多怪，清華、北大的進不了政府機關，這是可能的。但師大的、中專的，照樣能進，這你不信嗎？我們同學，小學都沒畢業，人家現在都是辦公室主任了，就看你家有人、沒人，錢送沒送到點子上。」

「還有一個，我們戰友，剛當兵一年，受不了苦了，提前跑了。這放在過去據說要槍斃，可是人家，現在怎麼樣，去軍區的後勤了，管點事兒，油水大得很。」

強子的舉例說明讓他爹一下子就氣躺到床上去了。馮麗心疼兒子，她說兒子從小書沒念好，責任完全在他們身上，因為那時下崗，分流，天天跑單位，集體上訪，顧不上管兒子，才耽誤了兒子。現在，兒子只差一個工作了，別說三萬、五萬，七萬、八萬她也捨得花啊。這年頭，能花錢買個固定工作，還是政府裡的，政府總不會像那些國營企業那樣，說黃就黃攤兒吧，所以她說值，她認。再說了，她和丈夫，這輩子，都是人下人了，活在這世上，誰都不拿他們當人，而兒子，還年輕，花錢買個身分，政府裡的，人上人，說出去臉上也有光吶！

「八萬塊？你們不活了。」馮媛聽到強子真的進到了政府小車隊，她的眼睛都睜圓了，她不信姐姐有這麼大的能量，找的誰。

「我那車攤兒商場的一個部門經理，她老頭兒就是政府管事兒的，她人心眼兒好，看我發愁，就答應了。幫誰不是幫，咱花錢就是了。」

事情如果到此，各吃各的飯，誰也不用管誰，也不會太僵。問題是開上車的小強，眼光又放遠了，志向也大了去了。他說：「我總不能一輩子當司機吧，光伺候人，還不如去開出租呢。」小強說：「我得弄個文憑，再混兩年，去做辦公室，爭取當個官兒。我算看透了，這世道，當官兒最好。當官是最舒服的事了。」

「媛，姐最後一次求妳，妳幫強子弄張大學文憑。一定是真的，不然，現在有什麼電腦、什麼聯網，能查出來。」

馮媛聽了這話，她真是哭笑不得，氣都氣樂了。「這都是哪跟哪啊，女人全身做假，男人仕途做假。想要文憑自己學唄，怎麼處處要多快好省呢。」

「強子說了，三姨認識的人多，平時跑的也都是院校這個口，妳弄張真文憑，不會太難。再說，該花錢我們認花。」

「姐，妳也太敢想了。連大學文憑，做假還得要真的，妳以為這是高中畢業證呢。怎麼不掂量掂量自己的分量呢！」

「三媛，妳也別這麼說。強子說了，他們司機班，有好幾個都這樣弄了，為的都是以後不開車了，當幹部。」

「花錢辦假證去唄。」

「假的風險太大，查出來，工作都得丟了。」

「又做假，又一點不擔風險，妳們怎麼這麼會算計呢。」馮媛耷下眼皮，沒給二姐好臉色。

「三媛，妳看姐的面子吧。妳也知道，小強就不是學習的蟲，他也報自考了，可是費了半天勁，一門都沒過，頭髮都累掉了。妳看他，才二十多歲，頭頂都禿了。半夜看書，在那熬著，他都說了，幹這個還不如讓他去鏟二畝地呢。妳就再幫他一次吧。反正辦個假證，也是為了走正道，想當幹部，又不是要當小偷、強盜，妳就幫幫他吧。」

聽姐這麼說，馮媛一想也是，想當幹部，想當官兒，總比去當黑社會老大強。她就打了幾個朋友的電話，可是人家在電話裡，初中、高中，弄個假證還可能；大學的，只有去牆上找小廣告了。

馮媛後來想，自己身為記者，也算得上有文化的女性，東打電話，西打電話，辦這種弄虛作假丟人的事，真是腦子進水了。她很後悔自己的不分是非。她懊惱地想，以後再也不幹這樣的傻事了。

不久，外甥強子來電話，她以為是問文憑的事，可是強子在電話裡說，文憑辦不了，就算了。他再另想辦法。他最近，交了女朋友，想買個按揭房，要用錢。強子頓了一下，他有些心虛地說：「三姨，我媽的錢，都給我辦工作用了。妳那，能不能幫我運作點。」

強子已經很社會了，用錢，說成運作點。

馮媛說：「用錢你去貸唄。只怕人家不會貸給你。」

「是啊，銀行不貸。如果有三姨擔保，才能貸。」

「我憑什麼給你擔保呢，你拿什麼還我呢？」

「不是有我媽呢嘛。」

「強子，你聽好了，你長大了，你媽對你，已經盡完義務了。我是你姨，更不欠你的！不要再總想著榨我們的血汗了。你自己的事，自己看著去辦吧！」

馮媛把電話掛斷了。

從那以後，強子再見到馮媛，不像他借過錢，倒像馮媛借了他錢沒還似的。那天在父親家裡，天很晚了，還下著雨，馮媛要走時，強子像沒看見一樣，他的車就在外面，可是他不說送送這個幫了他很多忙的姨。他自言自語地說：「這輩子，最煩的就是開車了。每天下班，放下車，心裡是太舒服了。」

馮媛自己坐公車回家了。

路上，公車還拋錨了，馮媛站在雨中，想換出租，可是突然的大雨，計程車也搶手得很，根本排不上。淋得濕透了的馮媛，到家後，馬上給馮麗打了電話。她說：「姐，以後呢，如果妳還願意，咱們是姐妹。但是，妳兒子，強子，他再也沒有我這個三姨了。以後不要讓他再叫我三姨，從前給過他的，就當餵狼了。」

馮麗說：「媛子，別這樣，他還是孩子嘛。我們老了後，還指望他呢。」

「指望個屁！我們這麼一大幫兒女呢，爸指望上了多少？他想回老家，誰能成全他？誰完全放棄了自己的工作和生活，陪他回老家了？還不是讓他天天哭，想老家，想馬蘭花，都想傻了嗎?!」姐妹倆這就樣生分了。馮媛再出差，就把女兒放到大姐，馮貞家。而馮麗的兒子，強子，確實不再叫她三姨了，像沒她這個人一樣，長志氣了。

馮媛跟大姐說：「再有兩天，我該上班了。這些天，我天天抽空跑仲介，可是保姆很難找。妳這裡，有吃飯的中年婦女，或者老太太，妳也幫著問問吧。能到家裡著把手，我上班時她陪著爸，就行。飯我回來做。」

「什麼保姆、老伴的，能陪著日子，就稀裡糊塗吧。」

所以馮貞現在招呼顧客，多了一項任務，見到夫婦相伴的，就不問了，只以喝粥顧客對待。若是來了走單兒的，老太太，她就一定要親自盛碗粥，端給人家，熱情攀談，「大媽，大媽」地叫個不停，把老太太的家庭概況，打問個一清二楚。如果是單人的，已經失掉了一方，馮貞的思想工作就開始了，她會說：「自己過呢，身體這麼硬實，也行。不過，人老了總是要有個伴。有個伴，說個話，吱個口，也有個照應。」

有的老太太非常堅決，人家說：「我三十年都這樣過來了，兒女都伺候大了，現在一個人，做飯一人吃，掙錢一人花，還找什麼老頭子，是放著省心不省心呢。」

也有的，聽了有些動心，可是聽了馮貞說的情況，馮貞當然沒說自己的爹，她說是「一親戚，人不老，有工資，就是血栓了，不過不是全不能動彈，還是可以動一動的。」

老太太一聽就樂了，她說：「閨女，妳的好心我領了。可是，我都伺候老頭子五年了，去年剛走；現在，再來一個栓住的，我這輩子，伺候這個有癮啊。」

老太太還說：「妳說這世道吧，有意思。女的離了男的能活，這男的離了女的，就不行了。活不了。」

老太太怕馮貞誤會，進一步說：「妳看，女人守了寡吧，帶著一幫孩子，一混，就是一輩子，能一直到死。這男的，沒了老婆，馬上改道。」

「女人頂門兒活吧，家裡的日子照樣井井有條。男人就不行，家裡沒了女人，破頭齒爛地，沒個樣兒。」

「時代發展真快啊，連老太太，思想上都與時俱進了。」馮貞跟馮媛說，「不行啊，現在的老太太，都想開了，享福的，人家還能將就，像爸這樣，一提，人家都夠了。找不成啊，別打這個主意了。」

「我看爸現在，爸現在的條件，只能找個農村的，沒飯吃，不嫌棄。」

馮貞說：「我嘴皮子都磨薄了，免費的粥也送出去不少，可是人家不上這個當呢。」

馮媛再去仲介的時候，她不知道華北這地方出現了保姆荒，像年初的民工荒一樣。保姆們一是回家割麥子，再有，她們也懂了隨行就市，全民手機，保姆們也不例外。在地裡割著麥子，手機就響了：「哎，知道嗎，城裡人雇不到保姆呢，急死，保姆費一漲再漲，五百五，還雇不到人呢。聽說有家醫院的旁邊，光仲介費就要到一百五，還抓不到人影呢。仲介給我打電話了，早回去一天，除了管吃管住，還給我二十，可比在這裡撅腰瓦腚地強。」

「那妳也不能回去，妳回去了，是破壞咱們行規呢，讓咱姐兒們，以後該不好幹了。別急，憋住，等價碼全上去了，咱們再回去。」

「是，我也聽說了，那些急需保姆的，多錢兒都願出，可就是找不著人。咱們麥子割完暫時也不回去了，就給他乾熬著，他們城裡人不是會憋嗎，咱們也給他憋著，什麼時候高了、上去了，咱們再一起走。」

馮媛就是在這種行情下，咬咬牙，給了仲介八十塊，才領回家一個保姆的。仲介說：「一百塊，可以管半年。半年之內，不中意的，可以換。」

可是，這個什麼都不會做的保姆，三天沒到黑，就說不幹了。下班回來的馮媛，看著眼前這個中老年婦人，不明白為什麼。心說：「妳飯不會做，衣服洗不乾淨，連桌子、窗臺的灰，都不擦。我不挑妳，不辭妳，妳怎麼還跳槽呢。」

保姆的包都裝好了，她捏著那個拉鍊兒，來回地拉，說：「反正，俺不幹了，俺幹不了。」

「妳有什麼幹不了的呢？妳不會，可以慢慢學。我又沒逼妳。」

「啥也不用說了，俺就是不幹了。」

「妳說不幹就不幹，要容我找人的空啊。」

「頂多俺給妳頂到明天早晨，明早就走。」保姆說。

馮媛像孩子一樣出現了茫然和無助，明早，她要去縣裡出差，最快也要兩天。這個保姆她待她不錯啊，怎麼說不幹就不幹了呢？

保姆說：「俺跟妳捅破那層紙吧。妳爸，這樣對俺，六百塊，俺不幹。」

哦，馮媛明白了，父親是又把她當成馬蘭花了。保姆說：「都那麼大歲數了，拉俺，拽俺，俺出來是幹保姆的，俺可沒掙那個的錢！」

馮媛說：「我爸歲數大了，他是有點糊塗了。」

晚飯後，馮媛去找馮貞，她說：「姐，妳看咱爸，把誰都當成他的老伴兒了，這好不容易找個保姆，人家又不幹了。」

「唉，有什麼招兒呢，他是咱爸。」

「不過咱爸說話不清，一著急，難免要拉她嘛。妳跟她好好解釋一下。」

「解釋了，可是胖娘們比劃，爸碰人家胸脯了，那是拉嘛。」

「要加多少錢？」

「少說也二百，再加錢，我也扛不住啊，我那還得養個孩子呢。天啊，真是難死我了，剛才她一說走，我的嘴唇上眼睜睜起了泡，妳看。」

馮貞看到馮媛的嘴，確實一串串的泡了。

「實在不行，我明天替妳。」

「妳這也有一攤兒啊，替一會兒行，一天行，這還有半個月呢，怎麼替呢？」

「再跟她說說，送她幾件衣服，勸她幫著頂幾天。」

「衣服早送了，來的當天就送了一大包。現在她把包兒都收拾好了，就等著明早拿上工錢走人呢。」

「白送了？她的便宜也撿得太大了。走，我去跟妳看看。」馮貞鎖好收錢的小櫃子，跟馮媛來到父親家。

一樓的房間內，還是那麼暗。馮媛用鑰匙打開門，廳裡，在靠南窗的地方，倚坐著保姆。她沒有在臥室裡看護主人，也沒有像往日那樣有禮貌地站起，她不客氣，只抬頭看看她們，什麼也沒說，依然坐著。

「看來，她確實是一天也不打算幹了。」馮貞來了氣。

「妳要走哇，要走行啊，可是無論租房，還是保姆，都要提前打個招呼不是？妳現在說走就走，我爸怎麼辦？工錢怎麼算？」

「幹一天拿一天的錢，開頭也講好的。」

「幹一天拿一天的錢？妳什麼都不會幹，家裡還什麼都不熟悉，混了三天，就要拿走六十？妳想得也太美了。」

「哪兒都是這個規矩。幹一天算一天。」

「我今天就要給妳破破這個規矩。幹一天算一天，那得是熟手，拿得起來。妳自己說說，這三天，妳都幹了什麼？妳會幹了什麼？」

「洗碗，買麵，收拾屋子，俺還給妳爸洗了衣服。可是妳爸——」

「要走說妳走的事，扯別的沒用。」馮媛打斷了她。

父親已經在裡面嗚哇了，他一定是有話要說。

「別讓爸著急，媛子，給她結帳，讓她走。這樣的保姆，等著有人治她吧。」

馮媛抽出一張五十的，說：「三天，也就能給妳這麼多。懂嗎？」

「妳還少給十塊呢。」

「別不知好歹了，妳也就是碰上我們這樣的人家，好說話了。妳的便宜可占大了。」

保姆拎起腳下的包，氣沖沖地說：「沒見過妳們這樣的人家，摸了人家，還說人家占了便宜！」

馮媛再去仲介，那個長著一對標準三角眼的女人說：「這麼兩天，人家就不幹了？」她的三角眼意味深長，嘴角都翹了上去，她那意思是說：我知道，人家為什麼不幹。像妳們這樣伺候一個孤老頭的，光給保姆那點錢，不行。

「不是她不幹了，是我們不用了。她把洗碗的抹布用到衛生間，衛生間的東西拿到飯桌上，她沒有一天的培訓，什麼都不會幹。」

「哎，我還跟妳說，就這樣的，現在也缺，也沒人手。妳看看，我這裡，現在哪有閒人？」

馮媛環視了一下，也是，上次來，她家兩邊的床上，還坐著幾個，隨便挑的樣子，現在，確實空無一人。

「都回家收農活去了。保姆緊缺。」

「可是，我交過仲介費的，你們說過，保證不掉頭兒。」

「是啊，我這不是也給妳想轍呢嘛。」女人翻著她的那個小本子，另一隻手拿著筆，杵杵點點，說：「明天吧，明天我叫一個，妳來領人吧。」

「可是我家現在就缺人呀。」

「妳這可是管姑子要孩子呢。就是現生，妳也要容我個空兒啊。明天，明天上午八點，來領。這是最快的了。」

馮媛出了仲介的門，她站在馬路上，看擁擠的人流，兩隻手遮到了頭頂上，天並不熱，可是她有頭痛欲裂之感。生活，第一次，讓她知道了一個字：難。

讓馮媛想不到的是，第二天，仲介發給她的這個人，從外觀看，還不如第一個呢。第一個，好歹有個塊兒啊，起碼父親倒了，她還能扶住。可是這個，瘦小得可憐，這樣的，恐怕端個鍋都費勁吧，她怎麼當保姆？

三角眼女人看明白了馮媛的心思，她說：「別挑了，這還是我現找來的呢。這樣，妳先用著，有合適的、更好的，我再給你換。」

馮媛也只能把她領回去了。

馮媛領她走出門外，外面颳起了大風，馮媛叫了計程車。在上車的一霎，瘦小老太太說：「等一下，我要回去告訴她一聲，我哥中午本來要請我吃飯的。」

「請我吃飯？」這樣的話，出自一個農村老太太之口？馮媛納悶，她又走下車，看到小老太太正趴在三角眼睛女人的耳朵邊，說著什麼，像小孩子間在告訴悄悄話一樣。她們在說什麼呢？馮媛更納悶兒了。

回到車上，小老太太說：「我家有三個哥哥，四個兒子，都在城裡打工呢。」

「幹什麼的呀？」

「肥皂廠、棉紡廠，都有。」

馮媛聽了都想笑了。這個城市根本就沒有什麼肥皂廠，棉紡廠也早都倒閉了，連這麼大歲數的老太太，都長心眼兒了，像小姑娘出門一樣，先說幾個嚇人的：我有哥有爸，可別欺負我啊。

馮媛見過的幾個保姆，來家第一句話都是這樣說。她心裡笑了一下。

下午下班，馮媛看到老父親一人，躺在床上，馮媛問：「保姆呢？」父親用手，用嗚哇，用爬蟲一樣的字體，總算說明白了一切。這個瘦小的老太太，在吃了一頓飯的午後，她說你們人家挺好，老頭也挺好，哪兒都挺好，就是她不能幹下去了。因為，她不會使用電器。

「咱們家什麼算電器呢？」馮媛說。

「電鍋。」父親指。

父親還給了她兩塊硬幣，坐公車的。父親說：「小老太太看著也挺可憐的，說五十，我看她最少也有六十歲了。」

「她可憐？她這是騙咱們呢！」

「這幫騙子。」馮媛的氣一下子就升起來了。電飯煲也算電器嗎，農村都使用電飯煲來做米飯了，這明明是找藉口嘛。只是馮媛不明白，她找這樣的藉口有什麼用，是為什麼。

正在納悶，電話響了，是仲介打來的，三角眼說：「今天去這個，是不是不行啊？不行沒關係，妳明早還來，我這裡，一下子上來五六個，可著妳挑。」

馮媛在兩分鐘前，還想著是仲介在玩花樣，在做扣兒。可現在，人家又熱情地找妳，讓妳上門去挑，一時，馮媛又動搖了判斷。

第二天，馮媛到單位再一次請假，主任說：「每次妳都說出去一會兒，可是妳的一會少則一上午，多則一天。小馮，我知道妳家有事，可是妳也知道，咱們單位的工作時間性。總這麼耽擱下去，對妳個人不好哇。妳知道，咱們單位也在改革呢。」

改吧，改下來我就當退休了。馮媛帶著氣來到仲介，仲介裡果然又多了些保姆，她們或坐或站，非常自如地看著來挑她們的主顧，沒有陌生和不安。看來，仲介已經給她們訓出來了。

三角眼的女人不在，是她的男人。光頭，大胖子，還打著赤膊，非常像電影上舊社會裡青樓的茶壺先生。有痣有威，讓人不由不懼他三分。他說：「我知道妳，妳來過兩次了，她們，妳挑一個吧。」

馮媛看看，一個中年婦女，不胖不瘦，看著也乾淨些。她說：「妳，行嗎？」

中年婦女說：「俺不幹，俺幹錢兒多的，六百，不行。」

上趕著還不是買賣了。馮媛轉向床上另兩位，一個年輕些的，可是一臉凶相。馮媛剛用眼睛看她，她就說：「我願意伺候躺在床上的，一月八百、九百的。俺幹醫院的不嫌髒。」

「噢。」馮媛轉而降低了眼光，她又衝一個醜些的、穿著也不好的年紀更大一點的，說：「妳，願意幹嗎？」

女人晃著頭，說：「不幹。我已經有人家了。定好的。」

這時，坐在角落那個，另一個小得不能再小的小老太婆突然站起，高聲說：「我去吧，我去！」像報名一樣。

天啊，馮媛愣了，她長得簡直和昨天那個就像雙胞胎。馮媛這時也迷惑了，她真懷疑，她們是不是一個人啊。

這時，光頭說：「來吧，簽個合同，把錢交了。」

交錢？馮媛看著他：「不是說交一次，管半年嗎？」

「什麼半年，妳聽錯了。是管兩次。妳已經領走過保姆兩次了。這回，是要交錢的。」

光頭還嘻嘻笑著說：「管半年，要是妳天天來換，又不交錢，我們就成了富姐開窯子，光圖熱鬧了。」

那幾個保姆竟跟著他傻笑起來。

馮媛這時才看清，牆上，價目表也變了，原來的八十，漲到一百了。其中註明，病人、急需的、到醫院伺候的，要交一百五。天啊，仲介費可比保姆掙錢多了。馮媛說：「我明白了，管兩次，昨天那個，就是你們的托兒啊。派個差的，如果雇主看不上，正好，正合你們心意，你們就算完成任務了。我們家，連這樣的都不嫌，都將就了，可她還是找個藉口跑了，湊夠了你們的次數。合起夥來坑仲介費，你們黑不黑心呀！」

「話可不能這麼說，人家不幹，怨我們嗎？這個事可不是強求的。」

這時，馮媛突然看到門縫兒處，一雙年老的眼睛、瘦小的身影。「那不就是昨天那個說不會用電飯煲的小老太太嗎，果真是在騙啊，把托藏起來了，還說不會用電器，回農村了。你們這幫騙子啊。」馮媛的嗓門提高了八度，她說，「你們跟婚姻仲介沒什麼兩樣，就是騙子。現在缺保姆，你們就養幾個，放在這當誘餌。老騙子妳給我出來！妳都這麼大歲數了，幫他們坑人，妳的心黑不黑呀！」

門縫兒的人影一下子就沒了。

馮媛往裡闖，胖子一步衝上來，擋住了她。「幹什麼？私闖民宅，等著報警是不是？」這時候，三角眼睛女人也冒了出來，她說：「妳可別嚇著我孩子，我孩子在裡面睡覺呢。」

「妳敢報警？趕快打電話呀，讓警察來看看你們這個黑窩！」

馮媛女英雄一樣和光頭對視著。

光頭有些驚愕了，往常，交過仲介費的，第三次上門，都是由他對付，女人藏起來，由他唱黑臉。只要他往這一坐，一般情況下，就是男人，也要懼他三分，為了領人，該交錢交錢。像馮媛，這個細高的柳條樣的女子，敢和他對峙，和他叫板，還真是少見呢。

光頭轉身坐回椅子裡，「啪」地一拍桌子：「想領人，就交錢！不交，趕快滾蛋，愛上哪告上哪告去，老子擎著！」

「哼，想斷老子的財路，實話告訴妳，派出所、公安局，隨便去！老子沒有這金鋼鑽，就不會攬這瓷器活！」

馮媛是哭著回到大姐馮貞的粥鋪的，她說：「姐啊，可難死我了。妳好歹，還有個我姐夫幫，可是我，又要上班，又要養爹，還要管孩子。更難的是連個差不多的保姆都找不到，來了就走，妳說這不是逼死人嘛！」

「別著急，有姐呢。」

「妳管啥用啊，妳還有妳的日子，妳那一個月，不知怎麼跌打滾爬熬出來的呢。妳說這日子，過著過著怎麼到了過不去了呢。」

「慢慢熬吧，沒有過不去的日子，怎麼都是過。」

馮媛哭了一會，又把氣轉到了哥哥們的身上，她說：「妳看爸現在病了，家裡講究起男女平等來了，無論大小，一人一個月。當初他們娶媳婦時，怎麼不講平等呢，娶哪個，不是蓋房子、打傢俱的？姑娘呢，結婚時只陪了兩套行李吧。那時怎麼不講平等呢。」

馮貞說：「別計較了，咱們小時，大哥沒少給家出力。他那時剛掙工資，每月自己只留下十塊錢，剩下的，都給家裡郵去了。咱們小時的學費、每頓飯，都有大哥的血汗呢。」

「不是這麼想，我早都不幹了。」馮媛抹著眼淚，眼睛望向外面的人流，「唉，真是的。」

「也不知馬嬸，馬蘭花，怎樣了。她要是不走，就好了。」馮媛又說。

「也是。」馮貞也跟著嘆了一口氣。

秋天的時候，看護馮樂山的第二輪，又開始了。馮樂山不願意，他那隻不能動的手，在紙上寫滿了「北林」。「北林」，那是他的老家，從小長大的地方。活到了七十多歲，故鄉，一下子，因他的腿不能動，而成了永遠的他鄉了。

馮貞心裡難受，她每次來，看著父親仰望窗外，而窗外是一根一根的鐵柵欄，這跟監獄，有什麼區別呢？父親那鼓著的半邊臉，上面擺著的那隻眼睛，獨獨地，望著窗外，無聲無息，一看就是一天。

馮貞進屋，大嫂在另一屋編織她的毛衣。洗衣做飯、燒香磕頭、伺候完公爹吃喝，再有時間，就是編織那幾件永遠都織不完的毛衣。這在大嫂的道德世界裡，已經是盡善盡美。看馮貞進來，她們打了個招呼，就各忙各的了。

馮貞來到父親床前，父親依然側臉盯著窗外，他肯定知道有人來了，但他不回頭，不回身。關於回家的夢想，他已經說了一萬遍，寫了一萬遍，還有手，也比劃了不下一萬遍了。兒子馮林、馮海，只有兩句話：「你現在這樣，怎麼回去呢？你回去了，誰來照顧你呢？」

馮玉和馮貞倒是不這麼硬，他們一直答應他，說等他的腿好些後，能走動，會送他。馮玉還答應過給他找老伴，找馬蘭花；可是外面的樹葉都黃了，那個老伴在哪裡呢？

就連馮貞，也是答應著他，糊弄著走，拖一日算一日。那回讓馮媛給馬蘭花寄出過信，至今沒有回信兒，她到底是寄沒寄呢？是不是也騙著我玩呢。

馮樂山對他們，幾乎都失望了。

馮貞說：「爸。」

馮樂山側著臉，「嗯」了一聲。

馮貞就在床前站著。

父親還是獨獨地望著窗外，窗外是他的老家，北方。

馮貞的眼淚開始「劈嗒啪啦」，往下掉。

「看來，我是要死在這裡了。」馮樂山說。

「爸，我給你買了道口的燒雞，您不是愛吃嗎？」

馮樂山背過那隻好手，衝馮貞擺擺。

馮貞來到大嫂這屋，她說：「我看爸要是再這樣下去，會孤單死，還不如送到老年公寓呢，那樣起碼有個伴，有個說話的人，聽聽別人說話聲兒也行啊。」

「你哥說了，不行。老年公寓，那些能動的、會說話的，還行。像爸這樣，到了那兒，恐怕不出仨月，就完了。你哥說有些小護士，怕老給他們接尿，連水都控制著喝。」

「你哥說了，要是給爸送那，那是送死呢。」

重陽節快到了，按陽曆算，父親就是這天的生日。大家張羅著，到這天，給父親接到外面，一家人團團圓圓吃頓飯。頭天晚上，半夜裡，馮媛忽然接到了大姐馮貞的電話，電話剛拿起來，她的心就嚇得咚咚狂跳不止。在這個時間裡，來電話，一定是父親出事了。馮媛抄起電話的手哆嗦得幾乎拿不穩，她沒等馮貞說話，就問：「爸有事了？」

「沒有。」馮貞的回答過於簡短。

「那——？」

「三媛，人這命啊。」

「怎麼了，姐？妳跟姐夫——？」

「不是，是馬嬸，馬蘭花。」

「馬蘭花怎麼了？她有信兒了？」

「有了，馬嬸，死了。」

「什麼？」

馮媛驚呆得半天說不出話。雖然從前，她還跟這個繼母爭執過，對她恨過，現在，突然聽說她走了，她的心，還是非常地難受起來。

「怎麼死的呢？不會是聽錯了吧？」

「沒有，她二女兒，叫小青的那個，剛給我家打過電話。說她媽昨天嚥氣了。」

「什麼病？」

「別的都不知道。」

「天啊，咱們先不要告訴爸。」

「嗯，咱爸禁不起上火了。」

「跟大哥說了嗎？」

「說了，大哥也說先不跟爸說。」

「她家來電話，是什麼意思，讓咱們回去人嗎？」

「她兒子說，也沒啥意思，婚姻關係都解除了。沒有訛咱們的意思，不過畢竟夫妻一場，她媽還沒有出，如果爸願意回去看她一眼，他們可以等。」

「天吶，這人說走就走了，她可比爸還小十歲呢。」

「天亮後咱們去大哥家吧，把這事商量一下。」

「行，我也是這麼想。」

馮媛的後半夜，怎麼也睡不著了。繼母她們走時，還是春天。一行人出門後走路的樣子，至今清晰地印在馮媛的腦海，真是彷彿在昨天。馮媛記得，繼母夾著包，像舊時婦女出門的那種行頭；她二女兒，小青，則是大步流星的，幾乎是拽著她媽在走，三十出頭，正是最堅強的年齡。而讓馮媛記憶更深的，是那個蹲了十八年監獄的兒子——他的背已經弓了，個子高，步幅大，步頻慢，兩隻胳膊還一擺一擺，像電影上令人恐怖的外星人。

中午吃飯的時候，大家除了向父親敬酒，祝父親生日快樂，老大馮林，還對父親宣布了一個決定，就是：明天，他們租了一輛豐田越野車，由老三馮玉開著，馮貞、馮媛陪著，陪父親回北林。

「回去玩一趟。」

「回去玩兒？」父親雖然不相信，可是聽到送他回家，他的笑已經像哭了。他是太高興了，高興得他「嗚嗚」地趴到了桌子上，小孩兒一樣用手背抹起了眼淚。這樣的消息讓他等得太久了，想回家，回北林，回到他從小長大的故鄉去，這已成了他體內的一塊化石，一日一日地生了根。能回去，回到故鄉，明天就走，這不是天上掉下的餡餅嗎，這可比這一桌的餡餅讓他歡心啊。馮樂山是樂著哭的，他接過馮媛給他擦臉的紙巾，笑著說：「好了，這就好了，太好了！」——然後他挨個看大家的臉，當他確信這不是玩笑，是真的時，再一次哭了起來。

他哭著說：「馬蘭呀，她馬嬸，一定是等我都等急了。」

北林邊陲，真是冷啊。剛進十月份，就飄起了雪花。烏龍山上，那成片的墳頭，和白花花的花圈，使馮貞、馮媛她們感到了更加的寒冷。父親坐在輪椅上，腿上蓋著被子，臉凍得通紅，可是他的精神頭兒格外足，沒有悲傷，一直在笑。他不停地叨嘮著的一句話就是：「回家了，回家了，回家真好啊。」

馮貞她們找到了墓碑，一塊經年的木板，上面墨蹟的「馮氏」字跡已經淡了。在主牌之下，成行的排有九座墳。馮貞和馮媛先給先祖們送冥錢，一座一座送完，才到了最後一排，是母親的。馮貞點燃了一張黃紙，遞給父親。父親明白，他很激動，用他那隻顫抖的手，彎下身，點燃了腳前的兩小堆兒。他嘴裡「嗚嗚」地說著：「這兒，是給妳媽的，多點兒，她愛花錢；這邊，給妳馬嬸，她也不能少，別看她過日子仔細，捨不得花……」

——二〇二二年四月十七日修訂

夫妻兄弟

1

二曼描眉的時候，她丈夫王林已經穿好了皮鞋。「行了行了，美啥呀，這麼大歲數了出門誰看妳。」王林催促。「那可不行，上次門口碰上那大媽，她以為你是我弟弟呢，這回，再不打扮打扮，人家以為我領的是兒子呢。」

「老爹跟著閨女。」王林嘴上倒不吃虧。

今天週末，每週的這個時候，他們都去二曼的娘家媽家。二曼的父親去得早，母親像許多寡婦媽一樣，生生一個人，養大了他們四個。二曼行二，一哥一弟，下面還有個妹妹三婷。從整個社區來看，二曼目前把官兒做得最大，市政府的，仲裁辦主任。女主任。「坐生娘娘立生官兒，」母親曾逢人就說，「我說得準吧。二曼就是臀兒生的。」

「臀兒生」是指屁股先出來，折疊著，像舞臺上鑽圈的小雜技演員那樣，整個人對折了。這種出生姿勢難度大，風險也高，概率卻低，幾千幾萬也難碰上一個。要不怎麼命比娘娘呢。

有點出入的是王林只是個科員，股級科員，二曼這娘娘的身分就顯得可疑。好在她自己努力，命好，國家提倡配備女幹部，多少多少的比例，對政治並不諳熟也不在行的二曼，就撿了個便宜，兩步就成了正處級。「她自個兒有出息呢，出門坐的車，家裡住的樓，手上戴的東西，吃的、用的，哪樣不像娘娘？」母親印證自己的論斷。

二曼姨媽也這樣說，她支持老姐姐的觀點。「三歲看老，二曼就是跟別人不一樣。」

現在，已近中年的二曼，跟滿大街走的中老年婦女，沒什麼兩樣了。她也長斑，也小腹胖、大腿粗，也笑起來「嘎嘎」的，露齒，還露牙齦。所不同是身分的限制、角色的框定，二曼要不斷轉換：在單位，她永遠西式套裙，一個周正的女幹部。回到家，光腳，拖鞋，頭髮抓到腦後，胸罩也摘了，活脫脫的居家婆。出門，來母親家，二曼可要隆重地打扮打扮了。描眉，擦粉底，遮蓋臉上的黃褐斑，頭髮還高高束起，混同於三十出頭兒的少婦。皮鞋、手包，一樣都不敢掉以輕心，主要是身邊跟著王林。

王林年輕時，挺不起眼的一個人，工作不上進，前途也沒什麼出息，家庭關係還複雜。二曼為此還跟他離過婚。可是沒多久，二曼就發現，走了單兒的王林，身分雖然只是個科員，可那男女的行市，可不是科員的行市，火著呢，屬於一方有價，八方舉牌的搶購股。如果不是幡然悔悟，及時回收，王林現在身邊走著的，可就不是她趙二曼了。

男人是越老越金貴，女人即使小兩歲、三四歲，也根本不是一個量級。二曼是理解了封建時代的老夫少妻了，看著般配。而那大妻小婿，用不了三五年，明顯成了兩輩兒人，沒法出門的。二曼的好幾個閨蜜，都因為覺悟上不去，落單兒失寵了。「工資一年不動，老婆基本不用。」失寵的女人想再復出，很難，屬於坍塌返修工程，費勁大，效果還不好，夾生飯。二曼的警惕來自知人鑑己，只要跟王林同行，她就嚴格要求自己，絕不麻痹大意。

社區門口，炸過千萬次油條的油鍋瀰漫著汽車尾氣一樣的藍煙，出出溜溜的寵物狗鑽來鑽去。二曼討厭狗，也討厭牠們的男女主人，肥胖鬆散、破衣爛衫，不知從前電影上那些抱狗的貴婦，怎麼都被這些吃喝都成問題的閒懶居民取代了。二曼不理解這些人玩狗的樂趣，有那時間和精力，教育孩子好不好，何必讓狗到處便溺惹人厭？她曾提議給母親換個社區，離她家近的，母親不同意，母親說：「老鄰舊居的，在這住熟了，人熟是寶啊。」

母親是越來越喜歡這兒了。她原來住在五樓，分房時為了面積大一點，只能將就五樓了。二曼當上副主任那年，工資提了，錢寬裕了，她靈機一動，拿出一萬塊錢，給了二樓那對年輕夫婦，對方很痛快地就同意了換層。他們年輕有體力，「有牙時缺豆，有了豆沒牙」，人生的規律誰也沒辦法，上帝的捉弄吧。那時的一萬塊相當於現在的五萬，這個差價的補償，讓他們興高采烈地搬上了五樓，二曼的母親下到了二樓。樓層問題從此一勞永逸。二曼的家中地位就是從那時墊起的，趙母跟一哥一弟說：「你們看看，看看，當兒子的都沒想到，人家曼子，一個閨女家，給我操了這麼大的心。這多好，又不高又不潮的，出門買菜也不怵。」

「這下是得閨女的濟嘍。」鄰居都讚歎。

現在趙母的腿腳更勤快了，知道二曼今天來，她早早地來到樓下。趙母喜歡聽大家打聽：「今天誰回來呀？」「妳那羊毛衫，又是新買的吧？」

六十歲的趙母，像個愛顯擺的兒童，她會大聲告訴他們：「二曼回來。只要沒事，二曼個個禮拜都回來的。」

「這不是羊毛衫，是羊絨，七八百塊呢。又輕省又暖和。也是二曼買的。」

「唉，養個好閨女，比那娶了媳婦忘了娘的兒強哎！」打麻將的鄰居都齊聲誇獎，「老太太妳有福嘍。」

趙母享受這樣的問答。

2

「媽！」二曼見了娘，孩子一樣大步跑起來，七十歲有媽，八十歲有家。多大歲數，在母親面前，也就又成了孩子。二曼拉著娘的胳膊，假意向麻將桌上的大爺大媽們點頭微笑，腳下的步子在加快。當了官兒的二曼，確實不願再多跟從前的老百姓搭訕，可是趙母一再地跟她說：「當點官兒，別架架兒的，讓老鄰居傷心。」

「人家可是看著妳長大的呢。」

王林腳夫一樣隨在後面扛東西，棒子麵、餃子粉，還有小瓶裝的整箱沙拉油。這些東西，看著普通，其實都是特供，低產、不上肥的一個縣裡長出的，那是華北平原的一塊專屬地，特供中央，米麵果蔬都不上農藥，是市場上不流通的作物。上週王林送來的那箱「深州蜜」，也是市面上多少錢都買不到的，因為它不對外。

「媽，您老人家現在是中央首長級的待遇，這米，這麵，我們總頭兒都吃不上，別看他那麼大的官兒，那麼有錢，沒用。」王林仕途上沒什麼作為，但他嘴裡乾坤，只要他願意開口，誰都愛聽他說話，逗人開心。趙母喜歡他的，也正是這一點。

「您老就相當於中央首長了，部級幹部。」

「我可比不了人家。」趙母嘴上謙虛著，心裡歡喜著。

二曼換上了居家的便服。從小到大，她是個喜歡操心的孩子，願意給母親當家。嫂子、弟媳沒少煩她，但沒辦法，誰讓她有這個愛好呢，像職業病一樣。裡裡外外，廚房、陽臺地走了一圈兒，她發現了問題：「咦，媽，那個新微波爐呢，又送人了？」

「妳弟媳，不是外人。她不是困難嘛。」

「困難就白拿呀?!打土豪呢。」

「一家人，哪分那麼清。」

「那箱『深州蜜』呢？妳和三婷兩個，不會這麼快就吃完吧？」

「也讓他們也嚐嚐嘛。」

「那可是我厚著臉皮截下的，人家正往北京送呢，我雁過拔毛，孝敬您老嚐個鮮，您就給我撒爆兒了。可別後悔，以後想再吃都沒有了。」

「媽知道妳孝心。可他們也不是外人。」

二曼說：「我算看出來了，我就是他們的楊白勞，妳就是我的黃世仁吶。」
「這孩子。」趙母到二曼的頭上攢了一下。
二曼幸福母親的這一攢，母親從不誇她，這一攢，又像誇，又像打，又像嗔。她對母親，是又愛又恨，世俗地說，她對家庭的貢獻最大，可是母親又總是更偏心那哥仨，總像殺富濟貧的俠客一樣，從她這裡拿，捨給那兩家。三婷好點，還沒結婚，母親對她不大上心。哥哥弟弟，主要是一嫂一弟媳，母親對她們更像親閨女。每次來到二曼家，母親會指著她的一櫃子衣服，說：「二曼，妳看看妳這衣裳，這麼多穿得過來嗎？那不著不備的，擱著也是擱著，不如給妳嫂子兩件唄。」
「給了不少了，我那件白羊絨，都沒穿過幾次，她喜歡，就給了吧。可是嫂子天天剃頭，頭髮茬子都鑽進大衣裡，糟蹋那衣服了。」二曼心腸軟但嘴很硬。
「也是，妳嫂子那活兒不行。」
「要麼，」母親又勸，「妳那麼多首飾，根本戴不過來，留著也不下崽兒，拿出一件給妳嫂子戴戴，戴夠了讓她再還妳。反正金子也不怕戴，不缺斤不短兩的。」
二曼擺手說：「老媽妳可別坑我了，上回給嫂子那個嵌玉的，她才戴幾天呢，藥水就把玉粒兒蝕丟了吧。別說她吃不下飯，我都心疼上火。」
「嗯，也是，妳嫂子那活兒不行。」母親又說。
二曼的嫂子金蘭現在是一家小理髮店的老闆，說老闆，她連個雇工也沒有，自己洗頭，自己倒水，一個人給顧客又是捲槓兒又是上藥水，電推子、吹風機，十八般武藝全一人兒，為的是省個工錢。嫂子曾是棉紡廠的出納，後成本會計，很厲害的角色，給廠長當著半個家的。嫂子當成本會計那幾年，二曼她們還小，嫂子能屈就低嫁到她家，全是哥哥英武的外表占了便宜，不然哥哥一個工人，嫂子已是幹部，這種婚姻，萬萬不敢想的。以當時的行情，是男工人配女合同工；男機關幹部，找女工人。而她們家，完全是倒過來了，女幹部，配了她哥這個車間的工人，人家還是成本會計。

成本會計風光得就像當時的國企，財大氣粗，禁花禁造的，那時二曼家的米麵糧油，都是嫂子接濟，包括她們偶爾的學費、過年的花衣裳。母親說：「做人不能沒有良心。」嫂子後來工廠關了，她分了幾萬塊錢，就下崗了。落坡的鳳凰，一下子很難受的，嫂子當時氣不忿，大病了一場。病好後，才氣消了，也服氣了。重新開始找工作。

成本會計按說是有一技之長的，可惜嫂子做假帳的本領在民營企業沒有了用武之地。轉了幾圈，也沒幹上老本行，她跟從前的一個老姐妹，學了理髮、燙髮，幹起了伺候人的下九流。每天真是辛苦哇，技術不佳，也因為她年老了，來她這的顧客，除了老頭兒，就是老太太，再就是頭髮硬得像草一樣的民工。理一個板寸，才收他們兩塊錢，民工還要討價：「前後都不洗，理短了就行，五毛好不好？」

見過大錢也敢於掙小錢的嫂子說：「好啊，只要有得理就比沒理強啊。」

她的電推子，在那久未洗過的乾草頭上，走不幾下，就鏽齒了。

牛價換個了雞錢。

嫂子回家的表現，就提前進入狂躁的更年期了。

母親對二曼說：「妳嫂子當初，可是對得起咱這個家的。沒有她的好心眼兒、賢慧，妳們也上不了大學。妳不上大學，也沒有現在的好工作、好日子。吃水不忘挖井人，妳現在日子好了，要常接濟著妳嫂子點兒。」

二曼就在嫂子生日的時候，把那個嵌玉的小戒指，也是她首飾裡最不起眼的一個，當禮物送了嫂子。

母親說：「女人，誰不愛美？那金子、銀子，雖說不當吃、不當喝，可那是女人的精氣神兒呢。妳讓妳嫂子高興，也就替了妳哥了，妳哥心裡也好受。」

嫂子手指很粗，戴得很難，自打她一戴上，就再也摘不下了。吃飯、睡覺、洗澡，包括給顧客捲頭髮、抹藥水，她都是戴著的。那藥水很毒，它不但殺破了顧客的頭皮，還殺掉了嵌死的那粒兒小翠玉。嫂子有辦法，她用五毛錢一管的502膠，生生給它粘上了。粘上繼續戴，掉了再粘。502膠很牢固，碎玻璃都能粘實，卻霸道不過這燙髮的藥水兒，往復幾次，一天，那粒翠玉終於不知所終了，怎麼都找不到。嫂子為此停業了半天兒，天翻地覆地找，還是沒有。也許隨著碎頭髮被河南人收去了——嫂子難過地坐在門檻上，沒有淚，長時間地向外出氣兒，出神兒。手指上戒指缺掉的那塊小坑兒，就像一隻盲眼，永遠黑洞洞地瞪著她了。

「曼子，先不忙，跟媽進屋，媽有話跟妳說。」趙母從陽臺上拉二曼進屋。二曼說過，母親就是她的土改工作隊，只要一跟她說事兒，準是打土豪、分田地之類，沒什麼好事。

「又要分浮財？」

「別貧，媽跟妳說正事兒。」

王林懂事地坐在沙發一角，專心致志看電視。人家母女說悄悄話，他知道行方便。

3

「我吧，我琢磨著，妳該給多嬌操操心了。她在家都待快一年了。」

「她爸她媽喜歡讓她待，待兩年也沒事兒，待一輩子都行。」

「妳當姑的，咋能這樣說話！」

「這不是實話嗎？她多大了，二十五了吧？她爹她媽錢也花了，大學也供了，她還不出去找工作，讓她爹媽養著。別說我管不著，政府也沒轍。」

「她哪兒是不工作，不是找不著嘛。」

「她想要什麼工作？像多姿那樣，也天天晃著就拿工資？」

「是想當個公務員嘛。一個姑娘家，當這個也好，風不吹、雨不淋的，到月開錢，多好。」

「好是好啊。誰不知道好？不好能擠破頭？」

「所以曼子妳得給她操心呢。妳不是認識人多嘛，親侄女又不是外人，妳得管。」

「媽您饒了我吧。不是我不管，是我管不了。實話跟您說，她想當公務員，比我想再提半格都難。」

「不難媽能找妳嗎？妳是她親姑。」

「親姑咋啦？親姑就得負責她的後半輩子？」

「曼子，這麼說話傷人。」

「媽，多嬌多大了？她已不是小孩子了。天天就在家裡賴著，等吃等喝，讓她母親一個下崗的，再找班上，她年紀輕輕，卻待著。這本身就很荒唐。」

「曼子，媽沒妳水準高，不會妳那麼多理論。可是我想啊，她想當個公務員，又不是去偷去搶，只想找個好工作，這沒什麼不好。如果她趕上妳們那時候，國家包分配，也就好了。妳是命好，大學畢業國家就給工作了，要不，妳現在還不跟她一樣？」

二曼沒吱聲。

「現在辦什麼事兒不得求人呢，妳好歹在政府裡工作，張個口啊，求人說句話啊，有面兒。妳弟弟他們，想求人都找不上門兒！妳放心，妳求了人，送禮走人情，都由妳弟弟他們出。不能讓妳又搭錢又搭臉，這個主我給妳做。」

怕二曼不信，母親又加以保證：「他們湊不齊，還有媽這兒兜著呢。」

二曼說：「媽，根本不是錢不錢的事。」

「曼子，妳可別跟媽打官腔。妳從小就懂事，一直知道幫媽分憂。人活著，不就是人幫人，互相接濟著嘛。每家的日子，都像接力棒，一個傳一個，大的幫小的。當年妳哥妳嫂幫了妳，妳才上的大學。多嬌的事，就是妳弟弟的事，妳不心疼她，也該心疼妳弟弟。他才四十出頭啊，上回見他，後腦勺兒上全白了。」

手機短信打斷了二曼母女的拉鋸，她正要低頭查看，王林敲門，他揚著手機說：「我哥來電話，讓我去一下。可能家裡有事了，我先走。」

趙母問：「不吃飯？」

王林說：「二曼在這吃吧。我去那邊，恐怕時間短不了。」

二曼沒有問什麼事，她強忍著好奇心，連自己的短信都顧不得看了，大星期六的，他哥能有什麼事？二曼慌神兒的心，一下子就亂了。她說：「那你早辦完早回來。」

王林說：「行，如果晚，我就直接回家了。」

手機這個可惡的東西，它把全人類都玩了，明修棧道，暗渡陳倉，多少家庭，就是被手機給破壞的。自從有了它，男人的祕密，就防不勝防了。

二曼說：「你晚上不來接我？」

王林說：「如果太晚了，妳就在媽這兒住也行。反正明天不用上班。」

答非所問。把我安排住下，倒給你騰出空兒了。想得美。

二曼臉上掠過一片烏雲。

趙母看出了二曼對王林的不放心，她一時不知該怎麼接茬兒。王林退著走到門口，穿上鞋，輕輕帶上門出去。二曼眼睛一直跟著他，望向窗外，什麼也看不到。趙母說：「也中年人了，還拴腰帶上，不累？」

二曼說：「媽，妳不知道啊，現在的男人，都金貴成出土文物了，得且護著呢。還得守好了，一不留神，失盜。還再也沒處去找。」

「有那麼邪乎？」

「可不。妳們當年隨便生，五朵金花、七仙女的，重男輕女，哪家不生出兒子，都不饒。這下好，把我們這代人給坑了。男女比是一比八，根本不對稱，不夠分。上帝捏人，還知道一對兒一對兒地來，看妳們，一噴一噴兒的，給雌雄平衡都破壞了。」

「沒正經的。」趙母又攢了一下二曼的頭。趙母說：「也是啊，現在這世道人心吧，好像都變了，變得還不輕。妳看我們那時候，我和妳爸，雖說苦點，可一心一意都在這個家上。顧家，沒別的心思。現在呢，日子好了，人們精神頭兒足了，可是精力都用到什麼地方去了呢？男的想外室，總想老婆之外的女人好。女人呢，天天的任務就是看男人，死死地看著，一輩子好像只為漢子活著。為他們活妳們倒是好好的呀，疼他愛他呀，不，人精似的，天天跟他們鬥心眼兒，比高低。多累呀，我看著都累。」

「還有多姿她們，妳看一個個的，年紀輕輕，要長相有長相，要個頭有個頭，文化也不低，可就是找不著對象。從前那時候，瞎子、瘸子都單不住，只要心好，有本事，誰也剩不下。現在可倒好，看著都不錯，一個個水靈靈的，可都說找不著合適的！」

「老媽呀，這些您就甭操心了，婚姻、就業，是世界性難題呢。誰都沒辦法，國家主席也焦頭爛額，拿不出良策。這跟自然環境一樣，破壞了，想恢復，且得時間呢。」

「多姿都多大了，有二十八了吧？擱從前，都該是有兒有女的媽媽了。現在，還在家剩著。電視上說什麼單身貴族。我不信那個，那花啊，該開就得開，要不老天爺怎麼安排出一年四季呢。沒有了季節，這世道不就什麼都亂了？」

「合著妳不是又唸叨多姿給我，讓我幫她找對象吧？」二曼警惕地問。

趙母笑了，說：「遇有合適的，幫多姿想著，也不是什麼壞事兒。成一對親事，增壽十年呢。多嬌是妳侄女，多姿也是妳侄女，她們妳都得管。不過呢，多嬌的工作更是大事兒，這個妳要操心，早點讓她上班。幫她弄妥了，也算去塊妳媽的心病。」

多姿是哥哥的孩子，多嬌是弟弟家的。憑心說，多姿、多嬌都是不錯的姑娘，她們就是讓家庭給慣壞了。多姿上學時成績不大好，小姑娘大眼睛長得精精神神，可是一算數學題，就糊塗，排名始終讓母親抬不起頭來。嫂子金蘭那時還有勢，成本會計相當於半個廠長。女兒這個學校不行，她就換到那個學校，那個學校不滿意，再換一家。她還給多姿報了好多班，畫畫、舞蹈、康橋英語，天天由當工人的父親接送。學來學去，多姿連高中都沒考上，只上了個拿錢就可以讀的大專班。

但多姿繼承了她爸爸的英氣，又結合了一點母親的幹練，十八歲，出落得白天鵝一樣。一個大專的學歷，母親就給她安排進長安區委，當公務員了。風不吹、雨不淋的，到號就拿工資，相當地金領兒。幾年後，區委新蓋了辦公大樓，還有家屬宿舍，尚未結婚的多姿，都有房了，雖然只是一小間。每天上班，有免費的午餐，有想洗多久就洗多久的熱水澡，還有名目繁多的各種福利，平時發實物，半年一載，去外地出差，也就相當於公款旅遊，日子過得相當舒適。她的生活模式成為多嬌效仿的榜樣，多嬌沒畢業時，就跟母親說過，如果將來做姐姐多姿那樣的工作，她就很滿足，很滿意。

她媽媽李麗說：「可惜媽沒有人家母親的本事。」

多姿媽下崗後，多姿白雪公主般的日子就有了變化。父親天天跟街邊的老頭兒下棋，有時下急了還掀棋盤，大聲爭吵。不下棋的時候，幾個人湊一堆兒，發發牢騷，論論國事，說說一天比一天漲物價的日子。偶爾，也去理髮店幫媽媽上上的柵板兒。母親的性格決定了她的不服輸，可是兩塊錢一個的板寸頭，任她累斷了胳膊，也攢不出一座金山。她非常盼望著多姿找個好人家，然後她賠得上一份體面的嫁妝。不讓婆家人小瞧！

多姿像落難民間的公主，高不成、低不就地懸起來了。誰看見這姑娘都誇獎兩句，好看，漂亮，可是好看的多姿沒有找到心目中的白馬王子，嫁回貧民又不甘。

4

多嬌的成長跟多姿正相反。多嬌從小學到中學，考試成績一直排前十，弟弟兩口子以為他們養了天才，是活兒就不讓孩子幹。多嬌都長到十八歲了，內褲、襪子還是母親洗。孩子就像個學習機器，只要坐在那兒，飯和水都是端上端下的。自從孩子上了中學，她的媽媽天天晚上守在她旁邊織毛衣，她爸爸一年四季看默劇。整整六年，家中為了她的學習，就像全都啞巴了，一直是無聲的。連他們走路，都要放輕了腳步。

一切為了學習，為了多嬌的學習環境安靜。

多嬌也果然考到了北京。

那時，只要戰友們聚會，弟弟鐵民都去。和戰友們比不了地位、汽車、住房，但能比孩子。這個年齡的婚姻，家家都有本難念的經，多數的難題是孩子。鐵民發現，越是爹娘強的，孩子往往越弱，所謂越不作臉。而他們這些平民，孩子倒彌補平衡了他們的自信。鐵民的女兒考試成績一直值得誇耀，只要有人問，必是頭多少名，非常說得出口，拿得出手。多嬌上大學前，鐵民請了兩桌，一桌家人，一桌戰友，是餞行也是贊助，人人都送了紅包。那次飯上，鐵民還說，他要繼續努力，待女兒大學本科畢業了，他還要再供她研究生、博士生，一直供到博士後。有人問：「博士後是什麼？」

鐵民也不知道，只覺得博士後是博士之後的更高學位吧。比博士還好，最高學歷。除了博士後，再也沒有更高的了。

如果有更高，鐵民說砸鍋賣鐵他也供女兒繼續念。

四年的學習，很快就結束了。多嬌在北京，每月的生活費正好是她爹媽兩個人的伙食費。也買了筆記本電腦了，也拿到畢業證了，也搞了對象。讓鐵民吃驚的是，女兒不但沒留在北京，找工作，她還打死都不考研了。

「為什麼？」

「爸爸，你沒看見我的眼睛嗎，一個大一個小，再背那些破題，我都要瞎了。」

「那妳打算幹什麼呢？」

「我也不知道。」

「妳的同學們呢？」

「有的找工作了，找不著的，都回家了唄。」

鐵民這時才明白，女兒除了會考試，其他都不會。現在，她連考試也厭倦了。待在家裡的多嬌，每天十點多起床，吃點已經放涼了的早餐，看看電視，聽聽ＭＰ３，有時在筆記本上跟天南海北的同學聊聊天，再然後，就不知道幹什麼好了。

然後發呆。

晚上，她的小對象來找她，小對象也沒工作，但手裡有錢，家裡給的。他們去蹦迪，唱歌兒，跳街舞，然後，吃宵夜。天亮了回來，再重複前一天。

鐵民就是那段日子，頭髮嘩嘩白的，速變。

二曼沒有心思在母親家久留，吃過午飯，她就找個藉口出來了。出門時，碰到三婷，三婷還是那身短打扮，三七分頭，帆布夾克，滿腿都是帶兜兒的綠色迷彩褲，牛皮靴。走路肩膀一晃一晃的，還吹著口哨。

三婷喜歡男孩的做派。

「姐妳走啊？我猜妳今天回來，我才回來的。」

「有事兒？」

「也沒啥事。姐妳臉色不好，不舒服？」

「有點難受，頭暈。」

「低血糖？」

「嗯。我回去歇會兒睡一覺就好了，沒事兒的。」

「行，姐，那妳走吧。有事電話聯繫。」三婷用拇指和小指，到耳朵上做了個電話動作。

二曼出了社區，看著街兩邊破破爛爛的街道，非常像自己現在的心情。她很想給王林打個電話，看看他在哪兒，在幹什麼。想了想，克制住了。女人老了，妳不但有錯，妳還有罪了，跟誰都打不起，因為妳兩手空空，除了一把年紀，沒有任何資本。最體面的結果，是在這越來越老的日子裡，男人能給妳一個溫和的笑臉，在人前，類似和睦夫妻。如果妳不識相，對男人窮追猛打，用手機跟在屁股後面遙控，追綁回跟前又能怎樣？男人看妳的眼神兒都是缺斤短兩的，實在沒大意思。二曼是充分借鑑了閨蜜們的婚姻命運，又對自己的那段走單兒日子兼有深刻的反思，才有了現在的左思右量，審慎行事，而不是貿然出擊。

那些把自己逼上梁山的，沒有退路的，不起義都下不了臺階了。到那時，即使回心轉意，委曲求全，那未來的日子，也是降軍的待遇，沒有多少好果子吃。計程車司機問二曼怎麼走，二曼猶豫了一下，還能怎麼走，回家唄。不過應該先拐到超市，買點兒晚上喝的鮮榨汁。二曼聽吳祕書長說過：「妳知道那些首長們長壽的祕笈嗎？他們最常用的飲食，不是雞鴨魚肉，而是果汁，鮮榨，這裡的維生素可比魚肉叫人長精神。」

從此二曼便悄悄遵循了這一養生之道，她倒不是想多長壽，主要是怕老。女人老了，就開始怕老了。尤其漂亮過的女人。

三婷、王林、多姿、多嬌，他們交替在二曼心裡走馬燈。人啊，要是真有孫悟空的三頭六臂就好了，一具平凡的肉身，兩胳膊、兩腿，實在抵擋不過來呀。即使為了母親，強撐，那也是小馬拉大車，吃力得很。父親去世時，三婷還小，剛會說話。沒了父親，年齡還太小的她，是不懂得傷悲的，因為她還有母親的懷抱。對於一個吃奶的孩子，母親白天的熱胸脯、晚上的熱被窩，是她全部的天空和世界，已不需要再多。而二曼，小小年紀就能踩到小木凳上，幫媽媽貼餅子、剁雞食，半桶半桶地提水，漿洗大家的衣服了。三婷斷奶了，她也仍習慣伸出手去抓，抓母親的兩個乳房。吃飯要摸著，睡覺要摸著，母親幹活，她都跟在旁邊寸步不離地摸著。開始母親沒在意，一直慣著她這個毛病，當地人管這種行為叫「摸咂兒」。摸就摸吧，她還小，省得讓她上火生病。母親沒有想到的是，她的這份慣寵，把三婷慣上了歧途——三婷越來越像男孩兒了，她不穿花裙子，不留長辮兒；有一次，二曼看到，她在學著男孩站著撒尿。疑惑、驚悚，二曼和母親一對眼神，都在對方的眼睛裡，意識到不對勁兒了。

三婷的種種表現讓她們驚詫，可是又說不清毛病究竟出在哪裡。她喜歡摸母親，後來是摟抱姐姐，沒完沒了地摟抱，那可不再是小姐妹間的打鬧……。那時，二曼還沒上大學，她的有限知識還解釋不了三婷的行為，她只是恐慌、害怕。那還是個把一切異常行為都統統歸為「流氓」的時代：公車上喜歡擁擠的人，廁所縫兒後喜歡偷窺的，還有晚上走在小胡同裡，突然對著女性一脫褲子的男人……，這個群體，都被省事地叫成了「流氓」，抓住是要判刑的。

三婷也會嗎？

她是個危險的異類。

二曼大學畢業那年，才略微懂得，世界上是有女人喜歡女人的。雖然這一下子超出了她的想像力，但她知道了有這樣一個群體，她們不愛男人，喜歡女人。三婷，很可能就是其中一員了。

二曼沒有再跟母親深入討論三婷的情感取向問題，她知道，在這一問題上，母親比家出盜賊還難堪。好在三婷後來工作了，一直住單位宿舍。母親看她的眼神，她看母親的目光，就像安定醫院互視的兩個病人，都驚恐，都遲滯，都失語。

三婷很有藝術天分，她的服裝設計，還得過很高的獎項。三婷常常為討好姐姐，送上一瓶國外帶回的香水，並為姐姐親自試擦。二曼說：「妳讓我起雞皮啊。」

三婷說：「有什麼雞皮可起？妳就當我是王林好了。」

「問題是妳不是王林。王林要是對我興趣一直這麼濃厚，我還燒高香呢。」

計程車停在了一家超市門口，二曼下車，她覺得自己現在很難看，最好不要遇見熟人。上午出來穿好的光鮮衣服，已經皺巴了，精心化好的妝容，也一塌糊塗。冬天的太陽，像女人虛假的笑臉，沒有一點溫度。要過年了，滿大街都是在奔跑的汽車，他們在送禮忙，拉年貨忙。很多公家單位的門前張燈結綵，大紅綢幅呼啦著節日的繁榮……

剛才車上司機說：「一到過年，就這麼堵，這都是下邊縣上來的汽車鬧的，他們層層上供，廟廟燒香，把政府那些有權的人，當祖宗供呢！」——郊區的口音對官僚的痛恨溢於言表，他不知道，坐在他身邊的這個女幹部，也是政府的人，也是個小官僚。她今天的出租票，都是可以報銷的。二曼的仲裁辦，一直被民間稱為二法院。只是它的火熱程度，有點像那忽高忽低的股市，沒有規律。二法院的二法官趙二曼，並不覺得自己的日子有多幸福，她想的是這個司機跟母親她們一樣，是單看那賊吃肉，不看那賊挨打啊。

正想著，忽聽有人喊：「曼子！曼子！」

5

王林來到他哥家，開門的是大嫂。他們的女兒王淼，低著頭叫聲「叔叔」，鼻子嗡嗡的，看那樣子就是哭過，眼泡兒還腫著呢。出什麼事兒了？王林再看嫂子的臉，也灰灰的，一向要強的嫂子，這樣的臉色可不多，尤其在小叔子面前。一定是出了大事。

屋裡大哥躺在床上，見弟弟來了，欠了下身，咳嗽一連聲。「哥哥也病了？怎麼不跟我說呢。」王林向前伸手去摸，哥哥說：「沒發燒，就是渾身沒勁兒。」

王林靠在床邊坐下，用眼睛問：到底咋了？

嫂子說：「讓你哥說吧。」

哥晃頭，用下巴一抬，意指嫂子：妳說。

嫂子就吸一口氣，算提氣，剛要說，未語淚先流了。她說：「王林，咱們家淼淼，淼淼這孩子，離婚了！」

「馬上要過年了，離什麼婚呢？」

「那家人不是東西，大過年的，突然來這個，太不厚道了！」

「為什麼呢？」

「我也尋思呢，這都年跟前兒了，就是離，也得等一等，緩一緩，過了年再說呀。誰知他們家……哼，還不是咱孩子太老實，好欺負！」

「是突然的嗎？之前沒有任何苗頭？」王林問。

「怎麼沒有，你哥嫌丟人，一直不讓說，說過一陣兒就好了。這過一陣兒，就落了個這樣的下場！」嫂子嘴角扯幾扯，想大哭了。顧慮地看一眼淼淼的房間，怕自己的大哭再次引起女兒的傷心，她強嚥了下去，嚥得眼睛一片血絲。

淼淼過來，給叔叔泡了杯熱茶。小女孩抑制的淚水、強顏的歡笑，讓王林一陣心疼。侄女長大了，他不好把她摟在懷裡，可他明白小女孩的心：對這個來幫助解決家庭問題的叔叔，她是心存感激並且滿懷希望的，她希望叔叔比母親冷靜，能挽救她的婚姻。而不是像母親這樣一味地批判、分離。

王林用手到侄女的頭上摸了一把，輕輕地摁了摁。小女孩的淚水洶湧而出了。叔叔的關心、理解、愛護，讓她委屈的心山洪暴發。但她很懂事，迅即轉身，回屋了，說：「二叔你跟我爸媽聊吧，有事叫我。」

「嗯。」王林看著她的背影，經歷這一場世事，再遇情感問題，這孩子一定比同齡人禁摔打，也懂得珍惜了。

嫂子說：「這大過年的，他們家是不打算讓人過年了——淼淼的首飾，都被那小子騙回去了。」王林覺得嫂子的話嘟嘟嚷嚷，頭上一句，腳上一句，說了半天也沒頭沒尾。王林希望哥哥能客觀冷靜地講述一遍，讓他聽個明白。

「當初我就不同意，誰讓你哥鬼迷心竅呢。」嫂子又感慨。

王林哥有氣無力地白了她一眼，說：「妳不要事後諸葛亮了，現在說這些有什麼用呢？現在是想法子讓淼淼少受傷害。」

王林耐心地看著嫂子，多好強的女人，事兒攤到自己頭上，不是局外人的角度，都發懵。嫂子說：「實話跟你說吧，王林，也不怕你家二曼挑理，她姨家那什麼姑爺的弟弟，就是沒把咱王家人放在眼裡，不然他不敢這樣。」

二曼姨家姑爺的什麼弟弟，就是淼淼的丈夫。當初牽線，是二曼的主張。

「打狗還看主人呢，他是誰都不看啊！」嫂子的比喻讓王林不舒服，他皺了下眉頭，又看向了哥哥。哥哥說：「妳能不能客觀冷靜點，把這事兒從頭說一說。」

嫂子冷靜了，但她的敘述明顯偏心，袒護自己的孩子，指控對方。雖然這樣，王林也大致聽明白了：淼淼她們的婚姻，是典型的八〇後婚姻，都沒學會照顧別人，都被別人照顧慣了；都不做飯，都不洗碗，都不洗衣服；看電視，都搶遙控器，拌了嘴，都不讓著對方；分居都搶大床。這些還算開始時的小事，後來，時間長了，雖然都有工作，掙了錢都不夠花；電費、水費、物業費，都躲著不付。再後來，下了班，都去跟同學聚會，都喜歡在單位耗著。「最近，淼淼懷孕了，那小子都要當爹了，可他哪有當爹的心思？就跟沒事人一樣，該玩電腦玩電腦，該不回來照樣不回來。耗電腦，他不怕輻射，淼淼怕呀，淼淼肚子裡的孩子也怕呀。可他不管不顧。說他幾次，好，一杆子沒影了，一禮拜沒回家！找不到人。後來呢，他說他在他媽家了，一問，果然是。有這麼慣孩子的嗎？妳兒子回來，妳不往回攆，還收留、縱容，這樣的日子，能過？」

「最可恨的，是那小子，這麼快就有了人。說是同學。」

「淼淼有同學，他不許。他有同學，就行了。」

「咱孩子也傻，自尊心還特強，那小子將她，說誰不離誰是小狗，她就簽了字。協議書都給人家了。還把結婚時買的首飾也都摘了下來，還給了他們。念書都把孩子念傻了，不食人間煙火了，她不知道那些東西結了婚就是屬於她的，現在，她又退給了人家，你說這孩子不是傻嘛。兩手光光，就回來了。聽說那小子把鎖都換了，讓她進不去門，你說狠不狠，毒不毒？」

王林聽得臉都氣白了——「是夠狠。」

哥哥往上挺了挺身，拔上來一口氣。他說：「也別全聽你嫂子的，咱孩子也有缺點。一個巴掌拍不響。再說了，這種事，都是勸和不勸離的，哪能賭氣呢。賭來賭去，受損失、受傷害的，是咱孩子。你嫂子光想跟人家置氣、論高低，家庭這種事，哪有正反、高下啊。想過，就往和裡走，不過，對淼淼一點好處都沒有，對吧。」

哥哥的話提醒了嫂子。是啊，淼淼肚子裡還有孩子呢，離婚對女兒有什麼好處呢？也許丈夫說得對，他們現在還小，還年輕，再過幾年，大一大，獨立生活了，就知道日子的不容易了，也懂得互相照顧、互相謙讓了。人成熟了，日子就好過了。找王林來，不也是希望他幫助出出主意，再跟二曼說說，讓她姨家把兩家的事兒緩一緩、和一和嗎？

即便非離不可，也不能這樣地吃虧。

當然，後一句話嫂子沒有說出口。

王林說：「離婚的事兒不能這樣草率。我回去跟二曼說說，讓她姨了解一下那家的情況、真實思想。如果不是原則問題，能說和儘量說和。找機會，我跟那小子談談。」

淼淼聽到了希望，她出來給叔叔續水，臉上明顯晴朗了許多。小女孩綜合了父母的優點，一張模特般稜角分明的臉，本來是該吃藝術飯的，嫂子一直認為藝術是青春飯，糟蹋了孩子。那時，哥哥是供銷科長，嫂子是保管員，那是買電視機還要憑票供應的年代，哥哥的權力相當於現在的發改委主任，給誰弄個票，就值半個電視機錢。他們家算是體制內的暴發戶。女兒上學、工作，包括找對象、結婚，他們一路包辦，一路順風。男孩的成長經歷跟淼淼非常相似，也是家境好，一路上學、工作、找對象，可以說門當戶對。男家買房，女家嫁妝，一結婚，他們就過上了大康的日子。當時的人們都羨慕，說現在的孩子，是太有福了。

這有福的日子，剛剛一年，就要解體了。

嫂子的語氣是求助也是分配。哥哥始終沒有表態，但他一頭的白髮、一臉的病容，就是態度。王林太了解哥哥的心了，一向傳統、古典的哥哥，是不能接受女兒離婚的。在這一考驗面前，他比淼淼更上火，更難承受，更受打擊。

春天父親去世時，哥哥速衰了一下。現在，女兒的事，哥哥一下子老得像父親了。頭髮全部花白，他才剛剛五十多歲。看來人老了，是不禁事兒的。人年輕時，任你什麼風吹雨打，一頓風暴過去，緩一緩，人又小樹一樣精神過來了，緩陽了；而年老了，受過打擊了，就敗了，霜了。

王林心疼哥哥，走時，他說了幾句「兒孫自有兒孫福」的安慰話，但他知道，隔靴搔癢不管用的。最有效的，是那家人快快把淼淼接回去，讓女兒過上正常安定的日子，而不是現在這樣單在家裡。看來淼淼這個問題，要由他傳給二曼，再由二曼，去交給她姨。

當然，他也不會袖手旁觀，一定要找那小子好好談一談。

6

二曼回頭，是弟媳李麗。她正拉著一個小夥子不讓他走，小夥子慌得汗都下來了，臉上急得又紅又白。李麗用東北女人特有的大嗓門，快速向二曼講了事情原委：小夥子是送桶裝水的，由於他藝高人膽大，也是圖時間少、效率高，自行車上橫著、豎著雜耍一樣擺放了八隻水桶，桶多，車重，人騎得又急，就把超市下班也急著回家的李麗給撞了。從方向上看，小夥子是全責，這個他也認。可是他想跑，他僥倖地以為李麗扶起自行車，他就會跑沒影兒了。李麗比他更勇猛，愣是憑兩條腿把他追上了，捉拿歸案。

罪上加罪的小夥子知道禍惹大了，他「大姐」、「阿姨」地輪番著叫，他期望這個母親輩兒的大姐，能饒恕他，對他從輕發落。

李麗眼疾手快，探手就鎖上了他的自行車，交警一樣乾脆俐落，並拔下了車鑰匙，攥在手裡。

「怎麼樣，沒法跑了吧，你這個不懂事的孩子！」這時她才顧得上用右手撫著自己的左胸口，那裡很疼，剛才倒地一霎，自行車車把把她頂了一下，估計得青了。大冬天的，也不便掀開衣服看，更讓她心疼的，是自行車圈都被壓瓢了，上面的車輻條，折了有五六根。李麗扯住小夥子的衣袖，拿不定主意是先扭著他陪自己看病，還是先讓他修自行車。

小夥子一副聽天由命的樣子，什麼也不爭辯。使李麗單方面的發火、咆哮，讓後到的不知情觀眾很氣不平，都覺得這個女人太過分：對人家一個農村打工的孩子，太不厚道了吧。

李麗說：「讓我最生氣的是，他把人撞倒了，就跑，這跟那些黑心的司機有什麼區別！」

小夥子摸摸頭，說：「我以為阿姨妳沒事兒呢。」

「怎麼沒事兒？我這肋骨都讓你給撞折啦。」

二曼伸過手來，幫她撫了撫，問：「疼嗎？」

「咋不疼？疼得我都岔氣兒了。」

小夥子把手伸進口袋，摸掏了半天，掏出一卷紙錢，裡面最大的是十塊的，最小的有一毛的。他說：「我今天的水，還沒送完，錢還沒拿到。用這些，先幫妳看病行不行？」

李麗站著不動。「那點錢，還不夠掛個號呢。」

「要不，妳等我去送完水，能再拿上十六塊，拿了錢我跟妳去醫院？」

「等你拿了錢，天都黑啦！再說，我的車呢，自行車呢，你也給我壓壞了啊？」

小夥子看看車，再看看人。他現在手裡這點錢，也許幫李麗換個自行車圈能將將夠。他一下子蹲下了。蹲得那麼無助、無依，跟這個世界用蹲姿耗上了。

二曼說：「李麗，算了吧，讓他走吧。他那點錢，什麼都不夠。一個農村孩子，也不容易。」

小夥子抬起頭來，不信任地望著她，遲疑地叫了聲「阿姨」。

「別逼他了，李麗。我估計，這孩子還沒妳家多嬌大。看人家都出來掙生活了。」

「小夥子，你多大了？」

「十七。」

「出來送水幾年了？」

「兩年了。」

在場的一位婦女眼圈都紅了。她掏出自己的錢包，拿出一百塊錢。說：「小夥子，給你。」

小夥子不明白什麼意思。

「拿著啊。幫助你的。別怕，這阿姨是好心。」旁邊人替她說。

李麗本來心有不甘，手捂著胸口，這修車得錢，看病也得錢呢，怎麼能讓他平白無故就走了呢。聽二曼提到多嬌，她的火氣消了一半，心腸也軟了。是啊，都是孩子，自己那個還在白吃飯，大學畢業了還在家待著呢，這個，才十七歲，都熬兩年命了。再看那個捐助的婦女，自己也不好再說什麼了，不要他錢，也算仁慈吧。

二曼說：「我家那輛正好沒人騎，強子上學走了就一直在儲藏室擱著，都鏽了。跟我去家推那個吧。」說著，她翻一下包，說：「正好本兒也在，順道幫妳去醫院檢查一下。」

二曼的「本兒」可以公費醫療。

小夥子還不敢走，他愣愣地看著這個女幹部模樣的女人，不能斷定她和另一女人是什麼關係。剛才李麗喊她來，他還害怕她是她的救兵，兩人合起手來抓他、打他。現在，她不但沒動手，還讓他走，給他講情。小夥子眼淚都在眼圈轉了。

另一婦女把錢強行塞進他的手，說：「拿著。」小夥子感動得終於埋下頭，大哭起來，並再次蹲下。這一蹲，跟剛才的蹲姿，是完全相反的意味。

二曼說：「小夥子，我看你那車子，也差不多快散架了，用這輛，跟那個拼一拼吧，湊成一臺，也許還能將就用兩年。」說著她把李麗的自行車，不加商量地送給了他。

小夥子站起來，把錢塞回剛才婦女的手裡，又衝二曼深深地鞠一躬，飛腿上車，說：「謝謝，謝謝妳們。」頭也不回地騎上走了。

八桶水的重量，讓他的自行車扭扭歪歪。

可是小夥子的背挺得很直。那是勇氣、意志、力量……

二曼回到家，沒想到王林正在剁餡兒包餃子。

李麗到醫院檢查沒什麼事，醫生給她開了些藥，因為用的是二曼的本兒，她又給丈夫和女兒各備了兩樣感冒的。二曼讓她上樓吃飯，她說：「不了，多嬌和她爸還在家等著呢。」從地下室推上那輛自行車，急急地回家了。

二曼問王林：「今天什麼日子？」

王林說：「什麼日子，妳以為這還是過去呢，過年才吃得起一頓餃子。和諧社會，小康時代，想吃就吃。如果妳不嫌煩，頓頓包都沒人攔。」

二曼掛手包，換拖鞋，去衛生間洗手，邊走邊說：「王林，政府是把你給落下了，就你這嘴，完全是當宣傳部長的料兒。」

王林說：「怎麼？我有虛誇嗎？現在誰家吃不起一頓餃子？」

「嗯，也是。」

「麵都和好了，妳做劑兒吧，」王林吩咐，「我這菜也剁得差不多了。」

二曼走上來看：「喲，還這麼粗的塊兒，差得遠著呢。」

「剁多細也一樣要用牙嚼。」

「你這話說得可不像宣傳部長，像槓頭。村邊蹲著曬太陽的槓頭。」

「嘻嘻。」

二曼又去檢查麵，用手指一摁，說：「太軟，麵和得太軟了，一會煮時準破。」

「妳這個女人呀，總是喜歡硬的。」

「王林啊，你好歹也是一機關幹部，三句話不離下流。」

「下流什麼，我這是在家，又沒去外邊說。喊。」

二曼幹活快，她在家務活上有童子功。三下五除二，軟軟的麵在她手上有了彈性，一個一個湯圓兒樣圓潤而有勁道。她說：「我的麵劑兒都做好了，你還在磨蹭啊？」走近來看，菜粒兒依然很粗，王林是個慢性子，一下一下，不著急，不著慌。二曼說：「你能不能給我快點兒？用點勁，猛來上那麼三五十下？老牛一樣捨不得下力，什麼時候才能好？」

王林說：「嘿，小娘們兒要求還挺高，又得用勁兒，又得三五十下，你想累死我啊。」

「嘎嘎嘎，」二曼笑得捂了腰，「說你這個老爺們兒啊——」晃著頭沒法往下說了，一屁股把他拱開，自己拿過刀，當當當當，剁速確實快於王林幾十倍。還嫌慢，又加了一把，雙刀，左右手輪換著，機器輪一樣，轉眼之間，結束戰鬥了。

「幹起活來還不如女人呢。」二曼自豪。

「這本來就是娘們兒的活。」

「娘們兒的活你今天咋這麼主動？」

「工欲善其事，必先利其器。今晚餵妳點兒好的，讓朕一會兒高興高興。」

「咦，不對吧，是你想用美男計吧？」

「嘿，」王林一笑，「飯後咱們床上談。」

7

看王林這樣前所未有地表現好，二曼就猜出他哥家準是有了什麼事，還是有求於她。二曼不動聲色地看著王林勞模一樣積極肯幹，又是洗碗，又是搗蒜，電影上的店小二一樣。看到後來，終於忍不住噗哧樂了，搶過蒜錘兒，說：「你都搗到外面了，白瞎我的紫皮蒜汗了。有什麼事你就直說吧，不用埋這麼多伏筆。」

王林咧一下嘴，強顏歡笑地說：「淼淼，淼淼有事了。」

王林簡述了淼淼的婚事。「我哥比淼淼還上火，頭髮都白了。」王林嘆氣。

二曼說：「合著你不是在埋怨我吧？當初可是我給介紹的。」

「沒那意思。」王林說，「介紹都是好心，誰當媒人，也沒有存心讓誰離婚的。再說了，當時還不是我跟妳叨咕，妳才讓妳姨操的心。」

「嗯。」二曼點點頭，「不埋怨我就好。王林，你知道這叫什麼嗎？這叫報應。這麼快就輪到你嫂子了，她也知道難受了吧？當初我離婚那會兒，她可沒輕看笑話，沒少幸災樂禍。怎麼樣，輪上她了吧。」

「淼淼那孩子可沒招妳。」

「她是沒招我，她媽看我笑話了。我也恨不著淼淼，我是說她媽。」

「妳也看她笑話？」

「都輪著嚐嚐吧。老天爺還是公平的。」

「妳這樣說可不對。」王林的臉一下子拉得老長。

晚飯就吃得有點沉悶。王林似是專心看電視，對餃子沒什麼熱情。二曼呢，平時總跟他搶遙控器，王林是球迷，二曼是國產電視劇的擁躉，明著是搶，暗裡也在撒嬌。中年女人了，毫無由頭地撲男人，也不妥，搶搶遙控器，拌拌嘴，符合他們這個時代的男女相愛傳統。今天，二曼冷場了，專心致志地吃餃子。哼，當初給他們介紹時，你求我，現在去說和，也是求我。求人你倒有個求人的樣兒，老虎屁股摸不得，說你嫂子一句，臉就拉得比驢長，處處護著你們家，我還不慣著你！

電視上沒有球賽，王林一個臺一個臺地換，換得沒什麼意思了，索性停在了一個舊電視劇上。二曼抬眼，正是她喜歡的那個老劇重播。當初看時，她一集都不落，有的地方演員還沒哭，她的淚先下來了，該哭、不該哭的地方她都哭，看得一臉傻相。兒子上大學前，她怕兒子看見，總是裝作去衛生間，三五分鐘，一通擤鼻涕、抹眼淚。後來的王林，也給了她足夠的方便，一看她為國產電視劇獻淚，就回臥室看書了。整個客廳留給她一人兒，可著勁兒地哭。今天是重播，估計她的悲情免疫力應該增強了，不會再重哭。王林吃著餃子，想著往昔的日子，情緒一點一點回溫。剛才二曼的話讓他生氣，但轉念一想，這個看濫電視劇都要哭得一塌糊塗的女人，心腸還是不硬的，不跟她一樣的了。

幾個餃子下肚，王林把電視劇讓給二曼，他回屋看書了。

二曼眼睛看在電視上，心思游離得很遠。當初離婚，就是因為你家、我家的，你家這個了，我家那個了。那時王林的媽媽還活著，他們總是在雞毛蒜皮上爭高低，婆婆希望兒子對她比對媳婦還親，媳婦希望丈夫對她比對母親還熱，角色不同，爭的分量都一樣。二曼也跟王林爭，你家拿的錢多了，我家給的錢少了。那時年輕，工資低，孩子小，花錢的地方多。錢的問題成了首要問題，很多矛盾都是錢引起的導火索，包括二曼該不該再買第二條項鍊。王林對二曼過於顧娘家，也有質疑：「妳既不是市長也不是什麼權力政要，憑什麼妳又管妳侄女擇校又安排弟弟上崗啊？妳憑什麼呀？就憑妳是女人？」

二曼怒斥他不要侮辱人！同時指控：「你媽偏向你大嫂，同是妯娌，她就看不上我！還有孩子，論理，她們家是孫女兒，我這還是孫子呢，可你大嫂會討好你媽，你媽就偏心疼她們。連過年的壓歲錢，給的都不一樣。」

「你媽就跟那些昏庸的老皇帝一樣，只圖表面，不認好賴人！」

你挑這個，我挑那樣，挑來爭去，二曼又淪為跟妯娌爭婆婆的寵，人口多，太複雜啦。

挑來挑去，兩人終於僵住，不離都下不了臺階了。婚就離了。

拿離婚證像到電影院門口打張票那麼簡單。

二曼把精神頭兒都用到了工作上，先是提了個副處，不久又弄成正處。正處，有正處級官銜的女幹部，也算進入女強人的行列了，至少，出有車，食有魚，穿穿戴戴都是上流社會的樣子。二曼嚐到了當官的甜頭兒，工資變了，辦公室變了，上下班不再騎自行車。就是年節的福利，也分得跟普通幹部不同，從前是大批從超市團購，現在，她們這樣的幹部，常能吃上低產不上肥的大米。人上人的日子，讓二曼心胸開闊了，眼光也放長遠了。做事不再斤斤計較，停留在家庭婦女的水準，而是處處大手筆、大動作。回想當初跟婆婆因為一桶油都計較，二曼暗生慚愧。在她找婚姻、找愛情的日子裡，通過實踐，她明白了，愛情，這輩子基本就這樣了，不要再做夢了。婚姻，任何男人，待她的兒子，都不會比王林好。想來想去，她就回頭再找王林了。

吳祕書長對她好是好，應該說一直不錯，可是人家有老婆，有孩子，疼不過來，更疼不到二曼兒子的頭上。再說了，受黨教育多年，二曼知道一夫一妻的制度，不讓娶小的。

她斷然跟王林重婚了。

只當官，沒家庭，那是一條腿走路；只有家庭，沒有事業，那也是不牢靠的。跟王林重婚後，不再為柴米油鹽發愁，再也沒有為誰家東西多、誰家東西少而生氣了。大河有水，小河淙淙。二曼的這個主任，已是相當厲害的角色。王林爹病，長期住院，很多費用都是不能報銷的，二曼給報了。弟弟給母親買了個健身盆，弟媳李麗多少天臉都不開晴，嫌貴，花錢多了，還威脅離婚。二曼知道後，讓他拿來發票，當即就給他處理了，還提前把錢給了弟弟。二曼說她找任何一個企業，老闆都會樂顛顛兒地給她報銷的。

權力這個東西，就是好。從前，她跟王林剛結婚那會兒，兩口子從外面買回東西，王林可不管她是立生還是臀兒生，根本不慣著她的娘娘命，四個袋子，兩人平分，一定是一人要拎倆的。那時她家還在六樓，提東西上到六樓，嗓子眼兒都是冒煙的。二曼當時堅持不拎，最多只能提一個，王林就把最重的交給她。二曼鼓勵王林要學紳士，照顧女人，王林則主張男女平等，男女都一樣。如今，不一樣了，很多時候，王林甘心情願地當起了腳夫，再也不跟她為四個袋子平分了。生活寬裕了，日子就好過了。

這日子啊，就像大樹上的年輪，每一天，每一時，每一秒，都長到人的肌理裡了，快樂也好，悲苦也罷，這紋絲縱橫的肌理，就是人們常說的感情吧，一扯就連皮帶肉都疼的。好了傷疤，並沒忘疼，二曼深味今天日子的不易，王林也深諳此理，再重婚後，他們都小心了許多。在她跟王林準備重婚的日子裡，勸和的，都成了朋友；不冷不熱的，像王林嫂子之流，二曼都把他們劃歸為敵人行列。這說明，在二曼的內心深處，是珍惜並熱愛家庭、婚姻的。

王林已經用書蓋著臉，睡著了。二曼洗洗後也躺下了。床還是那張床，夫妻和睦，天地無限寬，兩人用一人兒的地方就夠了。一鬧隔閡，床就不夠用了，不說話，不挨碰，誰先碰誰好像誰就沒志氣似的。如果整個晚上都是這樣背靠背，第二天脖子受不了，準落枕。二曼臉向外側躺了一會兒，脖子歪得有點疼，可她還不想先投這個降，服這個軟。呼隆起來，無事生非地又去了趟衛生間，彈性很好的大床，就把王林臉上的書彈掉了。

眼睛讓燈光照醒。

王林仰面過來，兩臂平伸，也趁勢歇一下歪了一個晚上的脖子。

二曼再回來，像沒看見那隻胳膊，撲通躺了上去。

胳膊壓在了後頸上。

王林也就順勢摟住了她。

「呵，這身肉，海豚一樣。」王林搭來另一隻胳膊，用力環緊了「海豚」。

「幹什麼呀？」

「這還不明白？和諧社會，從我做起嘛。」

8

這是個不算富裕的城市，路兩旁的自行車流，像兩鋪席子，破破爛爛，交錯而流。二曼去過南方的大都市，在那些地方，自行車人很少，路上只能見公交、地鐵、私家車。這個城市還沒有地鐵，私家車也不算多。二曼坐在單位配的公車裡，看窗外的人流，心情很好。「坐生娘娘立生官兒」，自己這個臀兒生的命，確實還是不錯的。

進到辦公室，王副主任急急走來，告訴她吳祕書長老爹去世了。人家吳祕書長有風格，有操守，既不鋪張，也沒聲張，週六人走的，今天就拉火葬場火化。「吳祕書長跟大家客氣，咱們也不能太裝傻是吧？吳祕多好的一個人呢，誰的忙他沒幫過？」

「是啊，你說得對。」二曼若有所思地點著頭，低頭一看，自己這身鮮亮的套裝不合適，馬上說：「你先去通知別人，我準備一下。」說著，二曼進到裡間，自從當上正的，二曼的辦公條件就大大改善了，裡外套，有櫃子，有休息的床，還有最先進的電腦，雖然她還不大會用，對網路興趣也不高。二十多層的朝陽面，向外看，藍天白雲，高瞻遠矚，想不豁亮都不行。二曼演員一樣迅速換上了深色的大衣，拉開抽屜，往信封裡裝一沓錢，厚度一捏就有準兒。然後俐落地關好門，出來一霎，心想今天是一舉兩得了，多嬌的工作有譜兒了。

政府的車，一路都很順利。讓人沒想到的是，偏僻的火葬場，這麼快就演變成了一處繁華之地。記憶中，十幾年前，火葬場還是個陰森的處所，人們忌諱的地方。這才幾年啊，天翻地覆，兜售冥幣的，賣燦爛假花的，還有紙紮的汽車、房子、金牛、白馬，長長地擺出去兩大溜，望不到盡頭，完全是一個擁擠的自由市場。小販爭先恐後地揚著手中的紙、花，說：「我這便宜，我這便宜，多買少算啊，多買少算。」他們的兜售擠占了車道，使行進的汽車不斷鳴喇叭，「嗚哇嗚哇」震人耳膜。有一輛硬夾進來的農用三輪車，停在一處攤位前往下卸紙糊的樓房、汽車，還有和真人一樣高的假人兒，有男有女，都是年輕的。

二曼給吳祕編發了一條弔唁短信。昨天吳祕來短信，她當時的心情牽扯著王林的去向，沒顧上回。現在明白，吳祕當時是需要她安慰的，可她忽略了。歉意讓她把這條短信寫得很親密，很知心，在結束語後面，加上了三個感歎號。

發走了，「嘀」的一聲，對方收到。二曼吁了一口氣。

車子進院兒是火葬場一個小頭目幫的忙，他給清道，他們才得以先擠進來。院兒裡已成一片停車場。辦公室主任小黃滿頭大汗地跑來，顯然，他已經忙活大半天了。他告訴二曼，吳祕及其夫人、家人，正等在殯儀間，那裡也是排長隊呢。

黃泉路上，也這樣擁擠。人們都希望自己的親人能正午十二點以前火化，過了十二點有什麼不好，人們不知道，反正都圖個吉利，求個好兒。父母去世都是第一次，沒有經驗可鑑。黃主任一遍遍給民政局打電話，找局長，局長不在找副局長，副局長不在找管殯儀方面的，找誰都行。他在幫吳祕父親夾塞兒，先燒，趕在十二點以前。

有此願望的不是他一家，很多人都在打電話，都在找民政局。吳祕書長皺著眉頭，他皺眉頭的樣子很好看，高高的個子，三七開髮式還保持得很濃密，端正的國字臉，皺得憂國憂民。他也沒想到，火化個人，還這麼費勁，要東打電話、西打電話欠人情。看來壟斷的東西，就是不能要，任何行業壟了斷，都他娘的沒有好果子！

吳祕書長應該是不迷信的，可誰的老爹死了都痛，誰也不願意在這事兒上堵心。他的眉頭收起又放下，放下又收起，隨著小黃的一個個電話。

很多披麻帶孝的農村家屬，他們的孝喪很隆重，好像全村人都來了。他們的打扮，像電影上一樣鋪張，小夥子頭上紮著大塊的白孝帶，姑娘也是，很多年紀大的婦女還帶著沉重的孝帽，哭喪的主人是個老太太，看那樣是她死了丈夫，哭得沒有一絲虛假，兩腿站不住，一遍遍地要倒。扶著她的，完全是乾嚎，在陪哭，沒有眼淚，只有聲音，估計是一幫兒媳輩的，她們的哭有義務性，就免不了表演得生硬，隔那麼一會兒，「嗚」地來一下，沒高沒低的，嚇旁邊人一跳。十來歲的孩子們跑前跑後，他們也戴著重孝，少小的年紀還不懂得悲傷，這麼大的大院子，這麼熱鬧的人群，這種場面在平時實在很少見，他們一直在追打跑鬧，人群中的魚兒一樣鑽來鑽去。

黃主任終於找到了硬關係，第四號，可以夾塞兒了。吳祕問：「四號？」然後又輕輕皺了一下眉。小黃明白了，趕緊說：「可以再串一下。」他又打起了電話，他意識到吳祕不喜歡這個「四」，諧音「死」的不吉，是人們生活中一直避著的，雖然現在他老爹是名副其實地火化。小黃職業的敏感讓他太機靈了，這眉頭不似那眉頭，這麼微小的變化，他都辨析得出來，多專業。電話打完，串號成功，順延到五號。五號總可以了，不能再變了，如果圖順，再要六號，很可能就要鼓搗過中午十二點了。

取骨灰時，眼看著十二點了。好險。吳祕書長請大家都別走，紅白喜事，幫了忙的，硬走是不給主人面子。兩大巴車的人，拉到飯店，交紅包，寫禮單，跟婚禮有些相似。菜品倒體現了簡單，各色的豆腐、青菜，遵從了喪俗的飯食。吳祕和夫人站在門口，黑色的西服憑添了幾分凝重的美，給大家敬完感謝的酒，再夫唱婦隨地往門口一站，握手，送別，非常得體。二曼的信袋子提前給了吳祕，那厚度一捏就讓人放心。二曼屬於做事細心有章法的人，那麼厚一沓子的鈔票，要讓人蘸著唾液當面點，太傻了。出門和吳祕握手時，吳祕的手比平時用力了幾分，輕輕一悠：「妳的情意我簽收了。」

回程的路上，二曼又想到賊吃肉和賊挨打的關係。那一沓，也是自己的血汗啊。母親總是說：「曼子妳的福是媽把妳八字兒生得好，好日子、好時辰都讓妳占了。」

「沒這些，妳的命能這麼好？」

二曼說：「跟我同年同月同日生的，也有小偷、強盜、坐大牢的吧。」

「這孩子！」母親到她的頭上一攢。母親還說：「光八字兒占好了也不行，還得祖上有德。俗話說：『德厚積兒女。』妳看那一家一家的，父母輩兒人善的，孩子基本沒錯兒。刁鑽奸滑的、處處坑人占便宜的，兒女準出傻子，且叫他們操心呢。這叫弱一輩兒強一輩兒，老天在那掌著呢。妳爺爺活著的時候，老鄰舊居的沒有不說他好的，好心眼兒都使給別人了，有一年發了大水，大家都逃命，妳爺爺一連氣兒背過河三個老太太，才顧上自己，最後爬上了大樹，撿條命。」

二曼笑了，爺爺有德的故事，母親講過多遍。她也相信那個沒見過面的爺爺，是個厚道之人。可是爺爺好，老天為什麼讓父親那麼早就去世了呢。當然，這個槓，她不忍心跟母親抬。

母親再懂世理，還畢竟是家庭婦女，沒在機關待過，她不知道政府機關是個什麼鏈條，什麼套路。合著用母親這個理論，那官兒當得最大的，是他八字兒占得好，祖上有德唄。她哪知道，德厚的人多了，當上大官的，才有幾個？想我二曼一介女流，這權力持得容易嗎？伺候著上，糊弄著下，前前後後，左右逢源，很累心的。生活上，沒有丈夫不行；有了丈夫，雪亮的眼睛盯著妳，像匕首，像投槍，不好受啊。什麼是八字兒？上司的權力就是最大的八字兒，給妳官兒，妳就有得當，不給妳，八字兒再好頂什麼用啊。

還有，男人向上攀，跟上司的夫人「嫂子」長、「嫂子」短，家裡去得，辦公室也待得，釣魚啊、保齡球啊都打得；妳女人呢，家裡、辦公室都不歡迎！難度是人家的雙倍！剛才的送別，吳祕書長夫人那雙眼，風刀霜劍，當冷兵器用呢。

9

窗外飄起了雪花，臘月二十三，北方人管它叫「小年兒」。從這一天開始，就算進入正月了，有「年味兒」了。王林的嫂子早晨來電話，邀請他們兩口子去那兒過小年兒，王林謝絕了，他說一會兒還有事。他和二曼心裡都明白，嫂子在示好，在客氣，她心裡惦記的，是淼淼的婚事。

二曼和王林，去過二曼的姨家，找到那孩子的家長，由二曼的姨當中間人，也算和事佬兒。沒想到對方的家長不領情，反應很冷淡。坐下來，淼淼的婆婆半天都不肯喝一口水，直著身板坐著，那意思是沒打算長時間待，一會兒就走人。在二曼的再三追問下，她才開了口，一開口就是揭批，什麼缺少教育了、不知敬老愛小了，自己家裡衛生不搞，到了婆家，也依然當少奶奶啦。總而言之一句話，不懂事，人家忍無可忍。

她還提到了淼淼的半夜不歸，說是什麼同學會。

說完，看了自己老頭兒一眼，那一眼是欲言又止、欲說還休的。

淼淼的公公始終一張面沉似水的臉。

這樣聽下來，淼淼的婚姻破裂就有兩個版本，王林大嫂那兒是一個，屬於娘家版的。現在這個，男方說的，屬於婆家版，聽得王林直臉紅，後悔自己來自取其辱。

二曼心疼自己的男人，她心說我們孩子像少奶奶，妳家兒子又何嘗不像少爺？他敬老愛小嗎？他知道搞衛生嗎？妳以為這還是舊社會，女人就該當全傭，所有的家務都歸女人幹？新時代，誰都掙工資，男女一樣累。二曼心裡是這樣想的，嘴上卻說：「不管怎麼說，淼淼現在有孩子了，這日子還得過下去。咱們當大人的，應該目光長遠，應該勸和。」

淼淼的婆婆眨了眨眼睛，好像淼淼有孩子一事她知道，又不知道。冷漠。

二曼這下真火了，這簡直有點給臉不要，你們孩子是孩子，人家孩子就不是娘生肉長？小小年紀，第一胎做了，以後想生，都滑了，都難生了。如果是你閨女，你捨得不管？還會這個態度嗎？就是淼淼再多的不是，你們當老人的現在這個樣子，也讓人心寒！

二曼的臉色疑重了，聲調也變了，完全是二法官的做派。她給他們講了很多成敗利害，又以過來人身分，語重心長，有推有拉，論述十座廟和一座婚的關係，婚姻對一個人一生的重要，尤其我們中國，原始家庭維繫得好不好，決定著男女一世的幸福……。二曼越說越像上了歲數的老人，淚水含在眼裡，動之以情。很多話確實是經驗之談，說得淼淼的婆婆都低下了頭，她沒有當場答應和還是不和，但那態度，明顯不像來時那麼強硬囂張了。

二曼的姨媽說：「這天下的事兒，任何事都不要上趕著，上趕著就不是買賣！」

二曼的心裡也餘怒未消：哼，妳以為你們家端著、挺著，把淼淼給治老實了，治成俯首貼耳、處處低眉順眼、心甘情願伺候男人的小媳婦，你們就好過了？那是舊社會！封建時代。現在不一樣了，男人女人誰都有工作，女人不該再當全職老媽子了！

不歡而散的結局，就是淼淼的事沒有結局。

「現在的孩子，就業和婚姻成兩大難題了。」二曼說。

王林說：「唉，成人世界也不容易，請客、吃飯，生存兩大主題。」

二曼說：「俺娘說吧，從前都是那些瞎子、跛子、困難戶，才打光棍，一輩子討不上老婆。現在可好，反過來了，條件越差的、能將就的，就可以找到幸福，還婚姻穩定。而條件好的、叫精英的，要麼就是挑來挑去，一直挑不到合適的，單著；要麼，湊一起，三天五日，又散了，誰也不將就誰。」

「都好胳膊好腿的，過個日子這麼難。」

王林知道她也在惦記淼淼。

正說著，忽聽窗外劈啪作響，急回頭看，南面的窗戶上，有人挑出來一掛響鞭，已點著了。喲，樓上的人家兒這麼圖省事兒，嫌累你別放啊，樓都不下，用拖布柄當挑杆兒，舉出窗戶就放上了，真是就近啊。

鞭炮火力崩得玻璃窗火光閃閃，屋裡的說話聲頓時就聽不見了，窗玻璃隨時都有被崩炸的危險。二曼用手比劃讓王林快去上樓，找樓上的人家，王林磨磨蹭蹭動作很慢，二曼顧不得手上的油，扯過餐巾紙擦巴擦巴腳穿著拖鞋就上去了，哐哐哐，猛擂門，王林也隨之上來。

對方半天才開，一直到鞭炮放完了。

二曼瞪著眼睛，也不言聲。

對方的男人也是一臉無辜。

「你怎麼能在屋裡放鞭炮？」王林的質問沒什麼殺傷力。

「你喜歡在屋裡放，只管放好了。不要挑到我家玻璃上啊！」二曼的批評比較毒。

男人的女人從後面走上來，打圓場，說：「是兒子要放，他爸在屋裡逗他玩兒。」

「孩子小不懂事，你們多擔待。」女人又抱歉了一句。

她小兒子擠上來，說：「是我爸爸要放的！」

一句話，掀了底兒。

兩口子都不好意思地樂了。

二曼說：「以後別這樣了。喜歡放，勤快點，去樓下。嫌麻煩就乾脆別放，還省錢。」

女人說：「好。」

男人眼神是不服氣的，脖子直梗。顯然他嫌二曼看似溫和的話很難聽。

二曼又教育了他幾句放鞭炮的危害，才轉身上樓了。跟在後面的王林像她的衛兵。剛下兩階，聽身後的男人說：「嘁，女幹部。」

二曼樂了。女幹部也成了罵人的話，看來這「女幹部」一詞已經不得人心，是一個不好的形象了。二曼竊笑著晃了晃頭。

他們今天都不上班，吃早飯，搞衛生，也忙活著過年。兒子學校已經放寒假了，他在和同學們搞什麼社會調查，去了南方，其實也是旅遊。二曼不心疼這個錢，她願意讓兒子多長見識。和王林的二人世界，倒也樂得自在。說實話，對這個親兒子，他們這對兒親爹親媽，倒不是太操心，可能兒子獨立的性格，已經完全適應外面的世界了吧。相反，他們更記掛各自的侄女，王林惦記著淼淼，二曼操心著多姿、多嬌。當著母親的面兒，二曼說話很硬，離開了母親，她不是比母親更焦急、更費心嗎。都是自己的侄女，哪能不分神呢。

王林的好雨知時節，讓他們的二人社會越來越和諧，說起話來哥們兒一樣掏心掏肺，王林說大哥受挫後的迅速衰老、淼淼年紀輕輕的哀容、嫂子的六神無主，二曼就完全冰釋前嫌了。她不再說「報應啊，天老爺公平」、「輪著來」的這些話，將心比心，自己婚姻走單兒那會兒，多需要一雙有力的手。她說：「實在不行，我們直接找那小子談談。」

王林說：「我是要找那小子好好談談。解鈴還須繫鈴人，他爹他媽都不管用。」

二曼說：「從前的門當戶對，是有道理的。兩個人生活習慣、價值觀念，如果差得太遠，是沒法在一起生活的，一輩子不散也得累死。」

王林說：「確實應該好好考察，沒看好，結急了，成了也會散。都受傷，都遭罪。」

這時王林的手機響，是嫂子再一次打來。他們以為還是邀請去吃飯，嫂子說：「不好了，淼淼出事兒了。」

王林、二曼趕去醫院。女孩是割脈。

正失血昏迷。

王林的大哥剛輸了五百C.C.血給女兒，也躺在病床上，一張和頭髮一樣灰白的臉，呈現的是死氣、衰亡。

王林的淚，嘩就下來了。

10

春節一天比一天臨近，單位的主要工作就是分東西，拉年貨。二曼把母親的那份兒，提前讓司機給送了去。三婷來電話說，這個年，她要參加歐洲的旅行團，二十天，才一萬多塊，多便宜。她說她這個春節要在國外過了，眼不見，心不煩。「姐妳和咱媽好好過年吧。」

三婷是樂觀的，雖然母親一想到她就充滿了憂戚，可是人家自身，那樣昂揚、灑脫，每天的日子都快樂向上，她和母親就不要杞人憂天了。二曼想，再見了母親，一定要跟她敞開心扉地說一說：人各有志，每個人都有權利選擇自己的生活，上天給了你哪份，你就安適好了。

三婷還說：「姐妳不是就喜歡香奈兒五號嗎，回來我一定多給妳帶幾瓶。」

「到時候我親自給妳擦。」二曼能想像得出三婷在電話那邊的擠眉弄眼、不懷好意的嘻笑。她晃了晃頭，同志就同志吧，只要她高興就好。

這一段，弟弟也沒閒著，他立志要幫女兒當上公務員，差不多請遍了所有的戰友。凡是有點關係的，他都請。他還買彩票，買股票，賭麻將，廣聚錢財，只為一場接一場地請客。席間，大家說起話，家家的難題都差不多，孩子、工作、找對象⋯⋯。讓家長們共同迷茫的是，本以為大學供完，孩子有出息了，就會工作了，誰想到研究生都畢了業，自食其力還難呢。

一個戰友，比較辦事兒，他說一下子進機關，一步到位，工程太大了，不如走一步看一步，騎驢找驢。他說電信那兒有個戰友當副總，他可以介紹多嬌去那兒先當服務員。

多嬌倒是去了，站了三天，別說職業微笑累得人臉肌疼，就是那兩條腿，一天到晚地站著，她說她腳跟兒都站痛了。再說了，同學看見她，大學畢業，還在站櫃臺，多丟人呢。

女兒不工作，丈夫不工作，李麗工作，她天天跟這個世道拚命。現在的超市，再也不像她們從前的老商場了，國營的，有弊可作，有空子可鑽。在國營時代練就的那些本領，現在基本沒有用武之地。每天滿負荷地站上十六個小時，倚一會兒貨架，當班的看見都要罰款。資本家好黑喲，再也不是坐著嘮嗑兒就可以拿錢的時代了。

李麗真是個好女人，當初相親那會兒，長相沒得說，個頭也好，就是像缺心眼似的，進廚房走路不看地，能一腳把番茄麵掉仨。伺候丈夫、孩子，幹在前面，吃在後面，從不抱怨。婆婆都看不下去了，嗔她：「丈夫、孩子不疼妳，妳也不知道疼疼自個兒？」上次二曼給她的那輛自行車，因為是賽車，雖然舊了，小偷還是偷了。為此她大病了一場。開過的那些消炎藥，一直被她當點心一樣捨不得吃，慢慢地用。李麗最大的夢想，就是女兒有份滿意的工作，為此她不惜累死。天天攢錢，用來給丈夫請客，也預備著讓二曼走人情。

一切都是為了孩子。

大學畢業的多嬌。

哥哥家，也生出點波瀾：多姿好好的公務員不當了，參加了什麼選美，幾輪過去，她依然鼇頭。多姿說如果她當上亞洲小姐，公務員的金飯碗就不要了。死氣沉沉，太沒意思了。

她這個公主不要永遠落難於民間。

這天，吳祕請二曼去他的辦公室，吳祕說，過了年，橋西區辦事處的編制就有空兒了，老的退下幾個，多嬌可以去那兒上班了。

吳祕說辦事處小是小點，可以先幹著，鍛鍊鍛鍊。等兩年，混出點資格，再調往大機關。

二曼謝著，心想吳祕書長的恩德，是一輩子都報答不完了。

回到辦公室，電話一個接著一個，都是些從前的企業，有的有新麻煩，有的答謝老麻煩。他們言必恭稱趙主任，要請趙主任坐坐，懇望趙主任賞臉。

「坐坐」就是吃飯的意思，也包括唱歌、洗腳、桑拿，總之都是消費，要對方花錢。二曼想，自從她當上這個趙主任，二法院的二法官，生活就變了，如果她願意，可以天天吃不花錢的飯，頓頓有局。有了權，無論男女，那地位就不一樣了。差不多是每天，都有電話請求，請求「坐坐」。二曼忽然厭倦了自己，坐坐來，坐坐去，無非就是吃吃喝喝，抹了油嘴兒就給人家辦事兒，妳怎麼這麼饞呢！丟不丟人啊。

還大學畢業生呢。

二曼忽然正色了許多。不怪多姿、多嬌她們生活不好，都是被你們這幫人搞的，把社會環境生生搞亂套了。二曼批判著自己。

插空兒，趕緊給母親打了個電話，報喜。多嬌的工作有了準信兒，過了年就可以上班，母親也能鬆口氣了，舒舒心心地過個輕鬆的年。

趙母不懂大機關、小機關，說：「鐵飯碗就行，到號能開工資就行。」

這時候，又有電話打進來，二曼以為還是請她坐坐的，她都想好了託詞，聽聲音，不對勁，是王林的大嫂。

大嫂在電話裡顫聲說：「不好了，王林的頭被人打破了。」

「他那點膽兒，除了嘴皮子行，哪都不行，他怎麼會跟人打架？」

「是淼淼的丈夫。」

「哦，準是找那小子算帳去了。」

自己先掛花了。

二曼問清了他們在什麼地方，利索地收拾好自己的包，沒用司機的公車，打出租直奔三院門診。她相信王林不會傷得太重。

果然，頭上碰破了個小口，更多的血來自於鼻子。鼻血把王林弄得很英勇，頭部纏得不規則，加上鼻子塞的紗棒，像個爛倭瓜。見到二曼，不好意思地咧嘴傻笑。

二曼說：「咱們回家吧？」

王林說：「大嫂正想送我。妳來了，讓大嫂回去吧，家裡還有兩個病人。」

王林的大哥一直是有氣無力，淼淼搶救過來後，也一直在家靜養。流產了。

醫生叮囑了他們注意事項，二曼用自己的外衣，護著王林的頭，進了計程車。王林的大嫂再一次歉意地要陪他們回家，二曼誠懇地謝絕了。說她們家裡，更需要她。

大嫂目送著他們，目光淒苦。

女人老了，更禁不起事兒了。

晚上，二曼幫王林洗漱、換衣服，扶他躺下。王林的精神頭兒格外好，他說：「再不和那小子動手，他以為我們老王家沒人呢！這下好了，他答應去看淼淼。」

王林的臉上露出勝利的小得意。

王林說：「黑格爾老先生說是惡欲推動了歷史。其實是暴力，暴力推動了歷史的前進。任何階段的改朝換代，都是暴力奪取，沒有和平演變。我們百姓的生活也是這樣，太文明了，太儒雅了，問題是得不到解決的。革命確實不是請客吃飯，適當的時候，就要來點暴力。這不，我老夫的血沒有白流，那小子痛哭流涕，悔過了。」

二曼不揭穿他，心說這個紙上談兵的男人，這個揣著文憑百無一用的書生，今天終於動粗了，使暴力了。哈，為了親人，也有血性了。

王林說：「妳不用笑話我，我知道妳怎麼樣的。這人生吧，有點像那擊鼓傳花，哐哐哐哐哐哐哐——噹，停了，停在你的手上，你說你怎麼辦？那麼多人看著你，瞪著眼睛瞧著你，扔了，不像話，不仍，好，訛你手上了。眾目睽睽，你只能咬著牙挺，會不會表演，都得獻，哪管是出洋相呢，也躲不過去。這擊鼓傳來的要是彩注、烏紗，到你手上，也好啊。可多數時候，停到我們手上的，都是燙手的山芋……」

「呵呵！」二曼笑了。

他們躺在被窩兒裡，嘮著閒磕兒，聽著窗外遠遠近近的鞭炮聲，要過年了。樓上的人家沒有再從窗上挑杆兒出來放，挺好。王林說他們小時候，鞭炮都是在曠野大地上放，那才叫有意思，點一個，跑多遠，聽回聲兒像天籟，「嗡兒嗡兒」地響半天。不像現在，劈劈啪啪，槍林彈雨，震耳朵還擾民……王林一直在說，說得興奮，為他今天的旗開得勝，為他意外的馬到成功。二曼到他的頭上輕輕拭了拭，王林說：「不疼，真的，啥都不耽誤。不信試試？」

起身要做狀。

二曼笑著把他摁好，說：「別逞能了。」

王林踏實地閉上了眼睛，轉過身。二曼習慣性地摟住他的後腰，王林還回伸過一隻胳膊，攬在她的身上。他們像一對勾肩搭背的兄弟。

——二〇二二年四月十七日修訂

誰的女人

1

劉妍曾經是一個非常愛乾淨的女孩，她從不隨地吐痰，也不大聲喧嘩，更不從樓上往下扔東西。每次用完公廁，她都能像在家裡一樣，放水沖得乾乾淨淨。她當初的愛人選擇了她，就是因為在漆黑的影院裡，她把吃剩的冰棒桿兒，一直攥到出門遇見垃圾箱。

劉妍還曾經是一位特別可愛的妻子，那時，她的職業是教師，無論批改作業，還是洗衣做飯，她都不像那些幹點活就唉聲嘆氣的女人，一會腰痠，一會背疼。劉妍不，劉妍喜歡一邊幹活兒一邊哼歌兒，俄羅斯民歌〈山楂樹〉啊，〈卡秋莎〉啊，這些旋律優美的前蘇聯歌曲，能在她聲調不高而又略帶沙啞的嗓音裡，唱得非常動聽。

秋天大雁歌聲
已消逝在遠方
大地已經蓋上了
一片白霜……
他們誰更合適於
我的心願

我沒法分辨
親愛的山楂樹
要請你幫個忙……

山楂樹沒有幫上劉妍心願的忙，她的這份浪漫和清雅，在一個冬日的早晨，隨著丈夫的離去，就永遠地消失了。

劉妍現在，早已不唱這些歌曲了，她的職業，也從小學教師，變成了小報記者。劉妍現在不但敢於隨手扔冰棒桿兒，就是成箱的垃圾，在她心煩的時候，也能順著窗子，飛流直下。劉妍最大的變化，還有她的嗓門兒，那曾經的燕語鶯聲，不知怎麼就成了大庭廣眾之下的哈哈大笑——眼睛不動，皮肉也沒什麼變化，只是嘴張開了，牙齒都可以不露，只用嗓門兒，就能發出高聲的，類似笑的聲音。那完全是一種對人生、對世界看開了的熱情的冷笑。

劉妍覺得這一切，得益於王玲玲的指點。

王玲玲是劉妍小學的同學，在劉妍還是個小女孩的時候，父親就嚴厲地警告她，不許和王玲玲在一起玩，因為王玲玲的瘦腿褲子和那一撮刀削的流海兒，在當時是女流氓的標誌；劉妍結婚以後，她的丈夫也多次對她提醒，不要和王玲玲接觸，說王玲玲這樣的人會把良家婦女帶壞的。有一次在街上劉妍碰到了王玲玲，她看到王玲玲的髮型和服裝那個酷哦，當年穿得有點個性叫女流氓，現在則是先鋒和時尚了。那一次劉妍和王玲玲說了幾句話已經分手再見了，她丈夫還一步三回頭地回望王玲玲，嘴裡說：「這不正經的娘們兒就是風騷。」然後再一次告誡劉妍：「妳可少和這樣人來往。」

劉妍現在，既沒了父親的管教，也沒丈夫的約束，她可以想和誰來往就和誰來往了。特別是丈夫的突然離去，她明白了男人們是習慣於說一套做一套的，他們反對著風騷的女人，可是又強烈地迷戀著風騷娘們兒。丈夫一直苦口婆心地勸她做良家婦女，可是他自己，卻在適當的時候，去當無恥之徒去了。由此，劉妍恍悟對男人也要像對工作一樣，要儘快提高業務水準，否則同樣要失業、下崗，不管妳的品德有多好，心地多善良。總之，對男人也要多了解、多熟悉，熟能生巧。王玲玲是這方面的高人。

劉妍現在最有意思的事兒，就是找王玲玲嘮嗑了，三天不見王玲玲嘮上一嘮，她心裡悶得慌。「妳說我那時怎麼那麼傻？他給我幾萬塊錢，我就給了他自由。就算買單清帳了。一個男人是幾萬塊錢就能買到的嗎？天下男人這種事多了，可誰都不走這步，我卻放他走了，我真是傻透了。妳說現在我就是出雙倍的錢，也買不回來一個合適的丈夫啊，妳看現在這男人，還能叫男人嗎？簡直都是禽獸！」

「是禽獸妳還要找，一個人過不就行了嘛。」王玲玲說。

「可是我就不信沒剩下一個好點的？」

「都在進化，沒辦法，就是這個時代。妳家裡那個開始不是也挺好的嘛，現在不也去當了禽獸。」

「是禽獸好歹我也得找一個，反正我不願意一個人過日子」

這是劉妍跑到王玲玲家，經常反覆討論的一個主題。王玲玲現在成了劉妍的精神領袖，雖然劉妍一心想成家過日子，王玲玲堅持獨身，但王玲玲對待男人的觀點，包括手段，都一直讓劉妍欽佩。王玲玲少女時代所有的不合時宜，特別是交男朋友，現在都順理成章地演變成她應付社會的最高技巧。「這年頭兒，妳要是練不出半邊臉哭、半邊臉笑的本事，妳就等著吃虧吧！」這是王玲玲經常告誡劉妍的一句話。

王玲玲已經單身了近八年，她對自己的生活，就像對待她生活裡的男人，有一搭無一搭，有也五八沒也四十，從不強求什麼。她對劉妍急慌慌想找個男人過日子的打算，同樣也給予沒心沒肺。劉妍每次找王玲玲，都強烈地表示自己想再找個人，再成個家，同時還要再檢討一遍自己當初的傻——怎麼那麼輕易就放掉了丈夫。

王玲玲說：「非找男人成個家有什麼好呢？他又讓妳給他洗衣做飯，又讓妳整天提心吊膽，結了婚過不上三年的好日子，他就可能移情別戀，讓妳當女王八；當了女王八還得忍氣吞聲，盼著他浪子回頭，求著他回心轉意。我真不明白，男人除了睡覺，我們還需要他幹什麼？他會掙錢，我們女人不會嗎？他有所謂的狗屁事業，我們沒有嗎？只要沒有孩子拖累，我們活起來哪一點比他們差？為什麼要死死地與男人捆在一起才叫婚姻、日子？沒有他們，我們活著的日子就不叫日子了嗎？再說了，男人這副德性，從古至今，幾千年了，明的、暗的，誰他媽都管不了。就靠我們一點賢慧，就指望他心甘情願地維護一夫一妻制？從前的女人沒文化，也沒錢，不靠男人活不了，現在的女人如果單身，不用做家務，不用帶孩子，讀書看報、出去玩兒，幹什麼不好哇！有福我們怎麼就不會享呢！女人真正的解放，是我們內心的解放，精神的解放。比如我，就不會死乞白賴地非找什麼婚姻，誰喜歡我，我就和誰過一段。在男女關係上武則天是大家羨慕的，妓女是大家唾棄的，其實還不都一樣。」

劉妍說：「問題是這樣下去不會有人一心一意愛妳呀。」

王玲玲說：「妳還想找一心一意？妳要得也太昂貴了吧，誰會和誰一心一意？一心一意堅持多久？國外的研究已經表明，男女的相互吸引，也就是三到五年，女人就是貌美似天仙，也不會超過五年的極限，特別是生了孩子，怕失去男人呀，保護文物一樣呵護著，伺候著，越老越要每天喬裝打扮，花樣翻新，白天舉案齊眉，晚上婊子一樣想著法地浪啊，可還是不行。妳要是不跟男人翻臉，他頂多說甩妳的話不那麼乾脆，但最後都免不了同一下場。就說妳吧，劉妍，妳當初多媚呀，哪一點不比那豬頭小隊長強，可他照樣買單付帳又去找大姑娘去了吧。天仙結了婚，也是個平常女人。」

劉妍說：「王玲玲妳說的有點道理，男人是比女人心硬。可是我覺得總這樣下去也不行，我還得找一個，成個家，像個正經人的樣子。再說了，人到老了總得有個老伴吧？」

王玲玲說：「找伴不難啊，五億多男人，還沒妳一個。關鍵是給妳找了妳又挑三揀四呀。妳說人家有錢人，肥頭大耳，做愛都做不成；說有權的，光想著當官了，心理、生理都閹得像個太監，萎得不行；年輕的吧，妳又怕調教得差不多了，人家又去別的女人那行使主權去了；太老的呢，玩不過。妳說人一過五十，男女都成精了，女人成精倒沒什麼，她已經沒有了用武之地，危害不大；而男人，成了老精獸以後，禍國殃民啊。要命啊。老的、少的、有錢的、有權的妳都有顧慮，到底什麼樣的行？窮的妳幹嗎？」

「也不能太窮，有份工作，有固定的月工資，年齡也差不多，人長得也別太差，我就想找個這樣的。這樣的在一起，也才可能過一輩子。」劉妍還說：「王玲玲妳說說，我哪點不好，是我長得難看，還是文化不高？還是我沒有工作，我怎麼就成了嫁不出去的呢？」

王玲玲說：「妳找得還少哇，上次那個高個子男人，就是銀行的那個，不是挺好的嗎，有房有車，還有錢。老婆還是死的，也沒什麼牽掛，就是年齡稍微大點。」

「那叫年齡稍微大點？那是一輪啊。」

「一輪就算客氣的了，像咱這歲數兒，不年輕了，找大一輪的男人，運氣就算不錯了。同歲，人家找妳？人家還找二十出頭的呢。這樣的妳不找，不出一個月，就有人接著，那個銀行的上個月就結婚了吧，妳嫌大，不嫌的人多了。我跟妳說過多少回，現在是雌多雄少，比例失調，妳也不是沒領教，妳不抓緊，一轉身的工夫，人就沒了，多少女人正等茬兒呢。」

劉妍眨眨眼，一想是這個理兒。

王玲玲說：「所以妳如果非想找個男人在一起混，還想混一輩子，妳就得將就、湊合，也就是寬容。長得對胃口，年齡也相當，十全十美，別說妳，就是十七八歲的小姑娘，也沒這好運氣！」

「再說了，這種事妳急也沒用，我要是多，我可以發給妳一個倆的，這個不行換那個，問題是我目前手頭也一個沒有哇。」

劉妍說：「王玲玲，妳還不了解我嗎，我都是孩子的娘了，我可不是那些不諳世事的小姑娘。我一不找位高權重的，別說他們大肚子、小肚子，關鍵是現在天天反腐，輕的是大牢，重的就沒命，我可別福沒享著，進了門就當寡婦；第二，我也不奔什麼年輕白臉，比我小半歲我都不要，說什麼調教那都是開玩笑，關鍵是一個男人如果就憑一張臉來蒙女人吃飯，那也太沒意思了，我不成了再養一個兒子？我一個孩子還不知道要怎麼掙錢才能養大呢，再養一個，我養兒子有癮啊我。」

「這不得了，」王玲玲搶過話來，說，「劉妍妳這不找、那不行，又天天叨咕想找，妳這不成了那個推石上山的什麼西斯了。」

劉妍說：「我就不信天下這麼大，找不著一個不抽煙、不酗酒、吃飯能不對著人剔牙、晚上睡覺知道洗個澡的男人！」劉妍還說：「有很多男人，找對象的條件就是不要帶孩子的，這是首要一條，這條太混蛋了。我要找的男人，帶幾個孩子都可以，只要人好就行！窮富都不怕。」

王玲玲笑了起了，她說：「劉妍妳的前兩條吧，聽著好像二十年前的擇偶標準，不抽煙，不喝酒，那是為了省錢。現在的男人，好樣的、有點兒能耐的，有幾個是不抽煙、不喝酒的？妳想想看，年紀輕輕不抽煙、不喝酒的，不是太窮就是窩囊廢。找了這樣的妳有什麼好日子過？妳說的後兩條，簡直要笑掉我的牙。現在的男人，有點品味的男人，誰能對著別人剔牙？誰還不知道睡覺前洗個澡舒服？我看妳要是找這種條件的，那簡直是一抓一大把，到處都是。」王玲玲說：「我們臺裡，就剛分來一個，三十多歲吧，長得還可以，帶著一個小男孩，好像是也不抽煙、不喝酒，妳要是找他，我明天就給妳說說，妳可別見了就後悔，再埋怨我。」

劉妍說：「行啊，趕緊介紹吧，我這日子裡可是太需要有個男人了。廁所漏水、馬桶失修，還有扛液化汽罐、孩子半夜高燒，我一個人可實在是頂不住了，真的。要不是有這麼多活兒，我一個人帶孩子也湊合著過了。」

王玲玲又笑了，她說：「劉妍妳別說了，說那麼遠幹嘛，咱們倆誰跟誰呀，妳那些酸詩裡不是說了嘛，男人是黑夜裡的太陽。還拐那麼大的彎幹嘛，如果妳光缺個修廁所、扛煤氣的，雇個民工不就解決了嘛。」

劉妍說：「王玲玲妳獨身幾年，都獨成蕩婦了，什麼事最後都能讓妳歸到男女的床上，好像萬事的正解都是床。床上的問題解決了，一切都解決了，妳成了弗洛依德的女弟子了。」

王玲玲說：「劉妍妳還真行，都當了孩子的娘了，說起這事兒，還能羞那麼一下。行，衝妳這樣，明天我就幫妳認識一下那個窮光蛋，看妳怎麼樣，到底是不是葉公好龍。」

2

劉妍在王玲玲的家裡，認識了電臺的技工蘇雲峰。

蘇雲峰有著一口讓劉妍一見就非常著迷的白牙，個子也高低適中，屬於那種讓多數女人都能對胃口的男人，清臞，不胖不瘦，鼻子和下巴都長得挺硬派，還說著一口標準的普通話。這些，讓劉妍一眼就喜歡上了。年輕，也健康。挺好。

劉妍不太滿意的是蘇雲峰的外包裝，蘇雲峰穿得太破了，特別是腳上的那雙鞋子，鞋臉兒的皺裂程度即使是製鞋專家，也不敢貿然推斷它實際的行走年齡；鞋子的顏色，讓人分不清它到底是黑還是棕，或者橘皮黃，反正就是那麼兩隻灰不溜秋的腳吧。衡它目前的狀態，好像除了冬天它可以稍微歇息兩三個月，其餘時間，肯定是它獨自執行了三個季節出門走路的任務；即使是炎熱的夏天，這雙可憐的鞋子連個換崗替班的都沒有。俗話說從鞋子可以看女人，其實從鞋子又何嘗不可以看男人？一個穿著這樣的一雙鞋子可以長時間地走路活著的男人，那需要有多大的隱忍或麻木?!劉妍又用眼睛掃了掃蘇雲峰的褲子，她心裡快速地掠過一浪驚濤，蘇雲峰的這條褲子，褲齡也約在十年左右，因為那腿的打彎處，褶皺的折痕已經根深柢固，因了它的抽縮，使他的褲腳後明顯短於褲腳前，前長後短，有點吊腿褲子的效果。一條不過十來塊錢一米的纖維褲子，竟穿了這麼多年，特別是在這死熱的夏季裡。劉妍不打算再推想蘇雲峰的上裝了，在這個民工都要穿件棉質T恤的熱天裡，蘇雲峰竟然穿的依然是那種一點都不吸汗的晴綸衫，太難為他了。這樣的男人是怎麼活的，他的前任女人怎麼能讓自己的男人這樣活著？

儘管這樣，劉妍的眼神也向蘇雲峰表明，她喜愛他。劉妍想，只要把蘇雲峰的外包裝稍微改觀，這是一個完全可以領得出手、領得出去的男人。從談吐上，好像也很有文化，比他的前任那個豬頭小隊長要強幾倍呢。年齡也只差個三幾歲，人還有技術，有月固定工資，就是他了。

那天分別時，蘇雲峰對劉妍也是依依不捨，他們本來從王玲玲家出來後，要分手各回各家的，蘇雲峰家裡有個等他做飯的兒子，劉妍家裡也有一個等她回家做飯的兒子。可是他們把車鎖打開後，都沒有要走的意思，蘇雲峰提議：「要不就去那邊再坐一會兒？反正離這不遠，就有一家小公園。」

「也行。」劉妍同意了蘇雲峰的建議，推上車子跟他向公園的方向走去。

那時的公園，還收門票的，一人兩塊，兩個人就是四塊。當他們停好車子，向賣票口走去的時候，劉妍無論是走路還是掏錢的速度，都明顯快於蘇雲峰，儘管蘇雲峰在嘴上說：「我來吧，我來吧。」等蘇雲峰走到劉妍的身後，賣票口裡已經遞出了兩張票，和找出的六塊錢。

「蘇雲峰肯定沒有錢，四塊錢他也是捨不得花的，這從他磨磨蹭蹭的表現就可以看得出來。我花就我花吧，找的時候也沒有照著有錢人找，就圖個年輕，不膩歪。既然還不討厭這個男人（這年頭碰上個不膩歪的不容易），男女在一起時由男人花錢的規矩破一破也行。」劉妍想。

劉妍的大度表現很出蘇雲峰的意外，看得出，他也是經多見廣，在找女人的問題上也是有一定經驗的男人了，而且好像經歷的多數是遵守男士花錢這一習慣的女人，所以導致他現在的出手如此謹慎。花了半天錢，功夫也沒少搭，可仨月半年下來，就是個白玩。女人一看他確實沒錢，基本就沒有再跟他繼續談婚姻的。所以蘇雲峰也想好了，在談成以前，不會再白搭一星半點，即使是一杯咖啡，也不破費。談行，瞎花錢，沒門兒！憑什麼女人就該白吃白喝。現在，儘管四塊錢不多，可也不少，她竟沒有像那些瞪著眼等男人掏腰包的女人那樣，乾等著，她竟搶先就把票買了，真是不錯。這樣的女人不多見。好，挺好。

因為天熱，那天的公園裡，也擁擠著螞蟻一樣的人群。大熱天，人們實在找不出好去處。劉妍她們找了一處稍微空閒的地帶，說隨便聊聊天。她們隨便聊出的，其實都是一些具體的問題。比如劉妍單身的理由、單身的年限。劉妍不傻，她沒有像往次那樣，把具體情況如實介紹，她發現如實說的效果並不好，特別是單身的年限，要是過久，倒會引起別人的懷疑，懷疑妳這麼長時間了能是一個人一直老老實實地待著？所以劉妍把一切都說得長短適中，合情合理。既沒有一個人打多少年的天下，也沒有第二次或第三次越離越貶值的婚姻經歷。

問完了劉妍，蘇雲峰也主動介紹了自己，按他的說法，就是他有婚姻，過日子的那幾年，也不是很好，沒什麼意思。沒有愛情，就是稀裡糊塗過日子、混日子吧。

這些話劉妍一點都不陌生，她聽好多男人說過，特別是那些有家的男人、想跟劉妍做情人的男人，談到家庭，基本都是這些。最早的版本是男人家裡的全都是母老虎，又潑又悍，男人不幸福；後來稍有變化，文明地講就是兩人沒有共同語言，女人沒文化，男人心裡苦悶；再到後來，男人也精明了，不再說女人的壞話，都說老婆好，是個好人，洗衣做飯、帶孩子，沒得說，就是，就是兩人沒有愛情。男人的最後這一學說，差不多穩定了將近十年直至今天——混日子，沒辦法，你要是說她不好吧，她也沒什麼不好，女人能做的她都做了，洗衣做飯、帶孩子，可就是愛不起來——男人的這一基調不但不再破壞自己痛說家史的卑劣形象，還有助於提高自己的法碼，這就使那些有了非份之想的女人接受並認定下這一事實：當情人混著可以，可別侵犯人家的婚姻。人家的婚姻政策對妳是早有交代的。

現在，劉妍不願意鑑別蘇雲峰這番話的真偽，即使明知有假，又有哪個女人不願意聽這樣的話？難道一個男人對妳說，他怎麼怎麼愛那另一個，妳聽了會舒服？

那天如果不是各自家裡都有一個等著吃飯的孩子，他們不知道要聊到什麼時候。劉妍看重的是蘇雲峰的年輕，蘇雲峰覺得劉妍也不算老。蘇雲峰最恨的就是那些嫌他窮的女人，劉妍最恨的就是那些嫌她老的男人。談到後來，他們發現對方，就是自己要找的人，所以分手的時候，他們彼此都感到，這樁婚事，快成了。

3

第二次見面，是在劉妍家。

兩個人說著說著，就又到了晚飯的時間。劉妍的兒子沒有回來，看來劉妍是有準備的，她提前把兒子安排去母親家了。和蘇雲峰兩個人都還滿意，在一起說話又這樣談得來，在一起吃頓晚飯，是在所難免的了。劉妍不帶孩子，在處理這些問題上劉妍一向做得周到，不像有些女人，吃男人的時候總是帶上孩子，要吃大蝦，要吃什麼魚，活活把男人膩味死。

劉妍看了一眼牆上的時英鐘，快七點了，蘇雲峰也沒提出晚飯的安排。是不是自己想得太簡單了？上次買兩張門票，蘇雲峰都磨磨蹭蹭，現在要吃一頓晚飯，看來還真是有點為難他。蘇雲峰沒錢，有錢他就不會穿得像個民工了。可是，難道就因為他窮，他就有理由處處花別人的錢？就由我來管他的晚飯？再說，蘇雲峰是空手而來，我怎麼就有請他在家吃晚飯的道理？況且家裡的冰箱也沒什麼可吃的了。如果他現在提出告辭，我是不會挽留他的。在實實在在的吃飯問題面前，劉妍突然發現蘇雲峰不是那麼可愛了，她比較滿意的心也一下子出了缺口，臉色也冷卻下來。

可蘇雲峰還沒有要走的意思，七點都過了。

劉妍說：「你一定也餓了吧，很對不起，家裡現在也沒什麼可吃的。」

蘇雲峰說：「那我出去買點？」

「買什麼呀？這麼晚了。」

「買點麵條回來煮一煮？這個時間麵條還是會有的。」

「算了，買點麵條回家給你兒子煮去吧。孩子也餓了。」

「我兒子沒在家，我把他寄放到小飯桌了。」

看來你也是有所準備，可也沒有這樣準備的呀。光準備吃人家。

劉妍說：「那咱們出去吃吧，再買再做太麻煩。」

「好，也好。出去吃，我請你。」

「我請你吧。」劉妍竟客氣出這樣一句話。

蘇雲峰站了起來，他的那條褲子，腿彎處的褶皺更深了。鞋子，也還是那雙，只是上面的褂子，換了一件。劉妍一眼就看出，蘇雲峰上衣那兩側的領子，明顯地一面大一面小，那絕對是批發市場能打下五折的衣服。放眼看去，全國的機關企事業單位，哪還有一個男人肯穿這樣的衣裳出門？蘇雲峰真是太可憐了。

他們出了門後，誰都沒有提出去哪家酒店的建議，看得出，蘇雲峰對這一套還真是不在行。相比之下，劉妍算是有見識的。蘇雲峰說還不大餓，隨便吃點吧。劉妍就帶他就近進了一家速食店。速食店須先拿錢換券，在走向換券吧臺的時候，蘇雲峰說：「我請妳吧。」

劉妍竟再一次冒出：「我請你。」

然後，就涉及到誰先掏出錢來的問題。剛才因為鎖自行車，蘇雲峰就已經落在了劉妍的後面。現在，從他們進門，到走至吧臺，畢竟不是二萬五千里長征，只有十幾步的短途。誰的步子走得快一些，誰先到吧臺，誰就是東家。蘇雲峰的步子邁得比較大，手也伸到了兜裡，是兩隻手，都在摸錢。他也先於劉妍到了吧臺。可是，不知怎麼搞的，等蘇雲峰掏出錢來，劉妍手裡的錢已經變成了三十元的紙餐券。

蘇雲峰說：「妳看妳，妳可真是的。」

劉妍說：「三十夠了吧？」

「夠了，吃不多少，我餐秀色已經飽了。」

劉妍沒有笑，這是她認識蘇雲峰以來第一次聽了蘇雲峰的俏皮話而不笑。要是平時，她會笑得很開心。她看中了蘇雲峰的，除了年輕，更多的是他的俏皮話，那叫智慧和幽默吧。可現在，在又一次涉及到錢的問題的時候，她突然覺得蘇雲峰一點都不幽默，倒有點油嘴滑舌，讓人討厭。

看來，三十塊錢對劉妍來說，也很心疼。

三十塊錢，也就是兩碗麵條，兩個小涼盤。劉妍還要了一杯可樂，用吸管啜飲，看著蘇雲峰吃。蘇雲峰說不餓，他真是太能撒謊了，轉眼之間就把那一大碗麵吃得底朝天，他怎麼不餓呢。劉妍把自己的這碗也推給了他，他猶豫地看著劉妍，劉妍說：「天熱，我吃不下。你不吃，也浪費了。」

蘇雲峰還真是個過日子人，節儉。他從面子上，是不想再吃這碗麵的，可是顧慮到浪費吧，他端過來，踢裡禿嚕，又全吃下去了。雖然他掏錢的速度總是慢慢騰騰，可吃起飯來，絕對風捲殘雲，聲音也比較響亮。劉妍看著蘇雲峰的吃相，心裡儘量地勸著自己，在吃飯的問題上，不要再挑剔了，不要要求太高了，上一個男人就是吃飯太響而放棄的，現在再因這麼點小事而不談，又要後悔了。男人嘛，不能像女人吃得那麼文明。劉妍這樣勸著自己，讓自己寬大為懷。可就在這時，蘇雲峰左手的手指不知怎麼扡到了麵湯裡，他沒去洗手間，也沒接劉妍遞過來的餐巾紙，而是用他的嘴，當抹布，把五根手指，一一逐個地嘬乾淨了。

劉妍喝可樂的嘴，離開了吸管，一口沒有再喝。

那天從蘇雲峰的吃相上，劉妍就看出蘇雲峰生活的過去；通過他不用餐巾紙而用嘴擦手，劉妍又看出了她和蘇雲峰的未來，那就是沒好兒。她想她可以容忍男人吃飯聲音無限地大，也可以原諒他不花錢，但這麼大年紀的男人還要用嘴舔手指的惡習，她是無論如何不能再姑息了，太噁心了。

如果不是出於她的教養，她當時就要嘔吐了。

從速食店出來，蘇雲峰說他的兒子也有了安排，他可以晚些時候回去，速食店的壁鄰就是一家影院，所以他提出再看一場電影。

劉妍現在的心情，已經很不好了，可她突然想到了王玲玲，想到王玲玲對她預料的葉公好龍，所以面對蘇雲峰的建議，她又開始拿不定主意。要麼，就再看一場電影？找一個稍微合適的男人確實太不容易了，輕易地否定掉，回頭想找這樣的，也許又沒有了。

蘇雲峰沒有動他的自行車，拉著劉妍的手直接向影院門口走去，可是，他剛邁了一步，他想把兩次看車變成一次交費的企圖就被那個收費的老太太識破並粉碎了，老太太追上來說：「小夥子，把車推走，放那邊，那邊才看影院的車子，我這一過了八點，就不看了，你留這邊也得被車拖走，到時還得交雙倍的價兒。」

蘇雲峰覺得很沒面子，特別是在劉妍面前，接二連三地掉份兒，他已經看出了劉妍對他的冷淡。蘇雲峰沒有和老太太爭辯，他默默地推起自行車，移到了影院這邊。車還沒鎖，看車的老太太就過來：「先交錢。」

「不是出來交嗎？現在給了你，車子丟了，誰負責？」

老太太說：「就你那破車子，白送給小偷人家都不要，人家專要捷安特。」

蘇雲峰拿出四毛錢遞給老太太。

「八毛，現在過了七點，一個車子收四毛，兩車子八毛。」

蘇雲峰苦笑了一下，拿出一張十元的，遞給了老太太。「沒零的了。」

老太太說：「年輕人，別玩這套了，麻煩不麻煩?!說實話，你就是拿出一百的，我也找得開。可是咱們別費事了，行不？」

「真的沒有了，有零的我還不給你呀。」

「那姑娘有零的吧？」

劉妍掏出一塊錢，遞了過去。

老太太把找回的兩毛連同剛才的四毛塞到她手上，然後一揚手——「唉！妳們別跑！」她去追另一個沒付錢就跑了的中年婦女去了，還回頭一指劉妍她們：「就是你們搗的亂，讓人都跑了。」

蘇雲峰說：「這自行車提前收費，在我們老家還有一個笑話，我們那個村的人說話習慣用口頭語——」蘇雲峰說：「為了故事的真實性，我只好原版複述了，這句口頭語就是不論男女老少，每一句話前面都喜歡加上個『雞巴』，比如見面會問：『你雞巴吃了唄？』答：『我雞巴早吃完了』。」

「有一天一個老大爺來供銷社買東西，他剛放好車，看車的婦女就過來收錢，也說要先交。這大爺一聽就急了，他說：『都是雞巴出來再交錢，我這雞巴還沒等進，妳怎麼就要先交？』」

「婦女說：『不先交，到時候你雞巴出來就跑了，我上哪找你去啊。』」

故事有點粗野，劉妍還是笑了。

4

跟兒子吃過晚飯，劉妍一個人在燈下寫日記，這幾天她沒有再往王玲玲家跑，她怕王玲玲問她和蘇雲峰的進展情況。想找個好男人成家過日子，這確實是劉妍的巨大心願，可費了這麼大勁找的蘇雲峰，不但吃飯要女人花錢，處處都那麼廢物，讓劉妍此時的心，有了冷卻。這樣的人老實倒老實，可找不找也沒什麼大意思。劉妍打定主意，暫時，不跟蘇雲峰見面了。

兩個星期過去了，蘇雲峰也沒有找過劉妍，電話都沒有打一個，好像蘇雲峰的想法，跟她不謀而合，成不成都行。不對啊，和蘇雲峰見面的過程中，她沒給蘇雲峰出過任何難題，更沒給他添過什麼膩歪，那天分手的時候，蘇雲峰對她還是戀戀不捨的，一遍一遍地誇獎她不同流俗，說和她相遇是自己的三生有幸呢。劉妍既沒有逼他吃過海鮮，也沒有挎著他的胳膊硬進首飾店，蘇雲峰他對我有什麼不滿意的呢？

劉妍是後來才知道，看著老實巴交的蘇雲峰，其實正談著另一個，見了劉妍，兩利相權，他決定取劉妍。所以兩個星期的時間，蘇雲峰正在清理門戶，打掃戰場。他是用了兩週的時間把自己搞個門兒清，才又給劉妍打電話的。一腳不踏兩隻船，看來他是下決心和劉妍談了。

蘇雲峰的約見電話，打得很有水準，他既不說見面地點，也不確定見面時間，只是說要有時間，就見個面。

劉妍兩週沒有見王玲玲，在和蘇雲峰的問題上她越來越沒了主意。如果說分手那天她是斷然的，可隨著時間的流逝，她那個念頭就像時間一樣，一點一點地流沒了。如果去向王玲玲討主意，不用問，王玲玲肯定會說：「挺不住了吧？拉倒拉倒，窮光蛋一個沒什麼談頭。」

這樣，劉妍一個人悶了兩星期，她心裡琢磨，是不是蘇雲峰又另有新茬兒了呢，這個年齡的男人，搶手得狠，摳索邋遢都不要緊，年齡也是財富。你不要，馬上就有人接手，有不嫌的。想到這，她的內心深處掠過恐慌的驚濤駭浪，如果再不要，就這樣的也沒了，也找不上了。下一輪再找，不定又是被人淘汰過幾茬的。在這個世界上，她還要孤零零地一個人活著。所以蘇雲峰的電話一邀請，劉妍忘記了她所有的不愉快，馬上就答應下來，同意見面。

可是為了避免在一起吃飯啊、看電影之類的花銷，劉妍選在了飯後，也就是晚上的八點鐘，見面。這個時間見，各吃完各的飯，誰也不用請誰，誰也甭花錢難受，反正我劉妍不吃你的飯，我也沒有總請你的道理。我還沒富到養少爺的水準，我只想找個差不多的男人，過日子。

沒想到，已經八點了，見面時蘇雲峰還沒吃晚飯。沒吃就沒吃，我都吃過了，我沒有再請你吃的道理。

剛才劉妍把兒子送到王玲玲家，說晚上有事，讓她幫著看一會兒。王玲玲說：「這就談上了？還真是挖一筐就是菜，這就叫飢不擇食。妳看妳，赴個約會還要先吃完飯，就這樣的窮男人，飯都供不起妳，那日子要是過起來，長著呢。用不了幾天，妳就得打退堂鼓，不信咱們走著瞧。」

劉妍只笑不答，也不大笑，怕壞了自己的晚妝，她把孩子撂下，又交代了幾句，就騎上自行車，來和蘇雲峰見面了。

蘇雲峰說：「吃過了也再吃點，陪我吃。我請客。」

這一次他們進的仍然是速食店。蘇雲峰嘴上說讓劉妍再陪他吃點，可實際上他只換了個二十元的券，二十元券除去買上一份套餐，剩下的錢連買兩杯喝的都不寬綽，所以劉妍面前只有一杯可樂，她是看著蘇雲峰一個人吃的。劉妍的眼睛看著蘇雲峰的臉，心裡暗想：「蘇雲峰年齡可以，長相也行，文化還不低，就是太摳索了。一到花錢時就裝窮，放挺兒，要錢不要臉。他要是能要一點臉，就好了。」

劉妍的心裡喟然長嘆。

蘇雲峰看劉妍思想在走私，就用筷子截斷了嘴上瀑布一樣的麵條，說：「劉妍妳想什麼呢？」

劉妍說：「蘇雲峰，我知道咱們中國，有兩不問，一不問女士的年齡，二不問男人的存款。可是我能不能問你一下，你每月的工資？」

「沒問題，我一個月千八塊。」

「喲，比我還多呀，我一月才六七百。」

「多少也不夠花，我一分錢都沒攢下。我花錢手大。」

劉妍的心裡都笑噴了堂——吹著嘮你也要著點邊兒呀，就你這道號的，一分錢都恨不得掰開花，還手大。劉妍說：「我看你挺仔細的，你穿也沒穿啥，吃也挺節儉，你比我的工資還高，你怎麼能沒攢下錢呢？」

「真的，不知都花到哪去了。以後妳就知道了。唉，咱們都見兩面了，我還沒見過妳兒子呢。當然妳也沒見過我兒子，下次見面咱們把他倆也帶上，我讓妳看看我兒子。我兒子長得不算高，可小傢伙聰明著呢，在班裡考試淨第一，三好學生也年年落不下。就是有點不愛說話，見了生人更別想讓他張開嘴，小傢伙金口玉牙，拗著呢。」

劉妍說：「我不行啊，沒你那麼大的造化。我兒子倒是長得傻大個兒，平時看著也不笨，可是從一年級到現在，從來沒進過班裡的前三名，三好學生更別想了；上課愛說話，還淨挑老師的毛病，年年老師的評語都是上課愛搞小動作，對自己要求不嚴。有一次他數學考了個九十六分，我還挺高興，可是去開家長會時到排名榜上一看，他是班裡的第三十八名。唉，想到孩子的學習，我就發愁，我也挺恨現在的教育體制，我兒子一點不笨，可是一到課堂，就不是一個好學生。也不知怎麼搞的。」

「慢慢就好了。」蘇雲峰勸慰劉妍，可是他還沉浸在對自己兒子的滿足和自豪裡，他說：「其實我兒子，說來還有一段故事。常言不是說嘛，『自古英才多磨難』，我兒子就是千呼萬喚，才肯來到了這個凡俗的世間。我們當初，費了大勁，都三年了，他對這個塵世，沒有一點興趣，怎麼請，都無動於衷，沒有一點要來的跡象。後來我們一商量，還是去各大仙山吧，好好拜拜。這樣，我們去了峨眉、武當，還有蓬萊，走了一個多月啊，誠心感動天和地，還真神，回來就有他了。這孩子生下來，也是大人物的表現，三天災兒兩天病。薩特、魯迅，還有貝多芬他們，哪一個不是少年就體弱多病？不把人折騰夠他是不消停。這孩子脾氣也擰，有些飯說不吃就不吃，一口不動，任你怎麼哄、怎麼勸，他就是寧肯餓著，也不給你動一筷子。」——「唉！」劉妍伸手打斷了蘇雲峰的幸福，從蘇雲峰正在咀嚼的嘴邊兒，揪下一根毛髮，舉到眼前照著說：「多險吃下去。」「我的頭髮是板寸，這還打彎呢，肯定不是我掉的，你的也不是，你頭髮比這長著呢。我去找他們經理，讓他們重上一碗。」

「唉，要不算了。」

「不行，一碗麵事小，關鍵不能慣他們的壞毛病。」

蘇雲峰端著碗去賣麵的那家攤位評理。賣麵的是個少婦，旁邊站著個小夥子。少婦讓蘇雲峰出示證據，蘇雲峰只能撂下碗，又回頭去拿那根毛髮。當他小心翼翼舉著火燭一樣舉到少婦面前時，少婦只看了一眼，就笑彎了腰。她笑得前仰後合，斷斷續續，她說：「那可不是我的，我的頭髮這麼長，你也看見了。當然，也不是他的。」她一指身邊的小夥子，說：「你看他的頭髮，是平直的板寸。你那東西，要叫我說呀，那可不叫頭髮，哈哈哈哈——」少婦笑得蹲了下去，顯然，她是笑疼了肚子。另一旁的小夥子看明白了，也跟著笑了起來，他一手抱胸，一手指著蘇雲峰，說：「你可真有意思，那玩意還用手拿著，哈哈哈哈。」

劉妍走了過來，她看到兩人的那個笑，再看看蘇雲峰依然手捏著的這根東西，突然明白了。剛才她還以為那是牛肉麵裡的畜毛，現在看他們這麼笑，她也一時糊塗了，難道在牛肉麵裡，能有人的體毛？想到這，她都替蘇雲峰噁心，她一聳蘇雲峰的胳膊，把那根東西抖掉了，說：「別管是什麼吧，這是麵條裡的，你們給賠吧。」

少婦止住了笑，說：「賠什麼，一碗麵條你已經吃完了。」

「不吃完我怎麼會看見這根頭髮？你要是把它放在上面擺著，我還會吃嗎？」

「找你們經理去。」

「找就找。找經理你得有證據吧，你們倆誰把那東西撿起來吧，不嫌髒你們就撿。」少婦說著，又笑了。

劉妍看看蘇雲峰，蘇雲峰又看看劉妍，然後彎下腰，準備去拾。

劉妍一腳踩了上去，用腳阻擋了蘇雲峰的手，她抄起那隻只剩了空湯的牛肉麵碗，「啪」地扣到了他們的檯面上。碗碎了。

「別走，你們賠碗！」

「賠你媽個蛋！」劉妍罵完，扯著蘇雲峰的胳膊就向店門口走去，女英雄一樣，蘇雲峰被她拖得一路小跑兒。「別走，別走，還剩五毛餐券沒退呢。」

「我給你退！」劉妍氣勢洶洶，心想如果不是來這種小店吃飯，就不會攤上這種倒楣的事。蘇雲峰心裡也有點窩火兒，還有點自卑，他說：「等有時間我不找他們經理算帳，給他上電臺曝曝光。」

走了一會兒，氣消了，蘇雲峰和劉妍向公園走去，儘管這個年紀了，對公園又沒什麼興趣，可是去公園是比較明智的選擇，那裡省錢。

很不巧，公園門關了，裡面正要重修還是怎麼著。他們只好再向別處轉。大熱天，兩人推著車子，就這麼走來走去。到處都是熱得光膀子的男人，露大腿的女人，光腳丫子的老頭兒，光腚打傘的小孩兒們。他們現在就是想坐到馬路沿上，跟這些人一樣，坐下來乘涼，都沒有了他們的空位。一條馬路，幾乎是人挨人。

要是去冷飲廳喝上一杯就好了。劉妍沒有把這個理想說出來，她看出蘇雲峰沒有這個打算。這時他們走近了一露天冷飲攤兒，蘇雲峰痛快地提議：坐下來喝一杯。

蘇雲峰喝的是一塊五一瓶的雪碧，劉妍看那商標，就知道是黑心的小販們用自來水加糖精兌的，勸蘇雲峰別要了。蘇雲峰卻誤會了劉妍的意思，以為劉妍嫌他要得便宜，便有些激動地要了個三塊錢一聽的雪碧，大有「這種飲料常喝，根本不在乎」的氣派。接著，他又為劉妍挑了盒挺貴的雪糕，看似將功補過，實則是為剛才那一碗讓人窩囊的牛肉麵出一口氣。

冷飲喝完，價格已經大大超出了剛才的飯錢。看得出，蘇雲峰為自己激情之下的出手有些懊悔，並帶出了沮喪。在接下來的時間裡，他們就不大說話了。當他們勉強把瓶中飲料喝完，站起身，蘇雲峰沒有提出再去別的地方消暑的建議，和劉妍草草分手了。

「要是男女過日子不用花錢，僅僅是我看你、你看我，瞪眼看著就能活，就好了。」劉妍一路上都在想。

見到王玲玲時，儘管劉妍裝得若無其事，王玲玲還是看出了她的落落寡歡。「怎麼樣，挺不住了吧，這麼熱的天是不是連杯冷飲都捨不得買？過日子可不是光你看我、我看你就行。過日子需要每天花錢的。沒錢，摳摳索索，難受去吧妳。」

「玲玲，妳別給我添孬糟了好不好？」說著，她領起兒子就向外走。她此時只想早早回家，一個人好好地，把和蘇雲峰的事想一想。

5

晚上，劉妍把孩子弄睡下，就一個人躺在黑暗中，失眠了。她想起電影《望鄉》裡那個年老的阿崎婆那句聲音沙啞的臺詞：「那已經是，很遙遠的事了——」劉妍像八十老嫗一樣，慢慢地回想起，自己的生活。

劉妍從一個人帶孩子生活的那天起，她就開始了漫長的尋夫之路：她想找個男人結婚，她想過一種正常的家庭生活，她甚至夢想，能再當一次賢妻良母。可是，她越來越發現，這很難，非常非常地難。

劉妍見到的第一個男人，是有錢人，比劉妍大十歲。介紹人說，該人雖然比劉妍大十歲，可看上去不像，也就差個三五歲。再說了，當今的社會，男女差個十歲、二十歲的，也多得是。找了他，妳就再也不用愁吃愁穿了。劉妍當時也覺得自己的日子過得太狼狽了，每天不是節水就是節電，洗個澡都不捨得沖個痛快，日子過得太苦了，找個有錢人，生活裡哪還會有這些問題呢？劉妍還真感謝介紹人的幫助，就和有錢人見面了。

一見面，有錢人就請劉妍吃了名貴的海鮮，劉妍都不知道那些菜叫什麼名，也不好意思問。吃飯的過程中，劉妍就知道有錢人對她很中意了，因為飯沒吃完，他就列出了飯後的計畫：桑拿、足療、保齡球。

桑拿的時候，因為沒有在一個房裡，劉妍不知道有錢人的具體表現。到了足療，劉妍和有錢人是床挨床，劉妍看到有錢人來到床上就像回到家一樣，兩隻腳一搓，襪子就脫下來了：他點名要那個長得比較好的小姐，看得出，他們很熟了。小姐上來就笑著說：「今天我要是不三下就捏出你的屁來，我都不收你錢。」說著，她抄起一隻腳，抱在懷裡，還真是沒出三下，有錢人就一個屁接一個屁地響了起來，還說：「舒服，舒服！再使點勁，再使點勁，舒服死了！」旁邊的足療客沒有嫌他的屁臭，都跟著大笑起來。這使劉妍很彆扭，她在接受足療的過程中心裡就盤算起：跟有錢人在一起生活，你就要同時跟連天的臭屁一起生活，否則，光有錢沒有屁，不行。

有錢人接下來的保齡球是一個人去打的，劉妍不告而別了。

不久，劉妍又見過一個當官的，正處級的幹部。正處級幹部說：「我吧，看著官不大，可是，我們家裡的生活，不比廳局級差。比如我家一年四季米麵不用買，水果不用買，甚至穿的用的，都不用買。我們出差有補助，打的能報銷，跟妳說實話，就是有時去去歌舞廳，都是公費。我們這些人，平時就沒有花錢的地方。所以跟我以後，妳的吃喝就不用愁了。」

劉妍覺得這人挺實在，還不錯，就跟孩子談了自己要成家的問題，孩子問：「妳跟他結婚，是那個叔叔到咱們家來，還是咱們到他家去呢？」

劉妍一想：是啊，這個還沒問清楚，是到他們家去一起生活，還是他來到劉妍這只有一間半的小屋裡生活？

正處級幹部說：「咱們誰也別到誰的家裡，這是老觀念了，應該改一改。咱們有時間了，也就是週末，就聚一聚，妳來我家住上兩個晚上，平時，各忙各的，這叫週末夫妻。」

「週末夫妻？」劉妍自視文化不低，可聽到這一名詞，還是有點困惑，她說：「這麼說，你是一週發一次情，到了發情期，我就來？」

這時候，一個年輕的女子衝上來，一巴掌就搧掉了正處級幹部的頭髮，她說：「你這個婚姻騙子，又在騙良家婦女吧？我讓你騙！」年輕女子邊說著，邊用那隻手掌，又打在了正處級幹部的光瓢頭上，發出耳光一樣的一聲巨響。正處級幹部彎腰去撿自己的那個頭套，他剛要戴上，年輕女子像打棒球一樣，掄圓了胳膊，又一次給它打飛了。她對著劉妍和越來越多的人說：「我告訴你們，他是個婚姻騙子，他跟這個是週末夫妻，跟那個是旬末夫妻，他一個人同時睡著十幾個女人，又睡又不用負什麼責任，一年下來也就是三瓜倆棗，比那些三妻四妾的男人還自在呢。什麼正處級幹部，惡棍、臭流氓吧！這不，又在跟這個女的說，只做週末夫妻吧？」

劉妍沒有回答，她站起身，冷冷地看了正處級幹部一眼，沒有眼淚、沒有悲傷地離去。

不找有錢人，也不找當官的了。這是劉妍接下來給自己定的一條原則。有錢人已經不是人了，當點官的也越來越壞，劉妍決定就找普通人，跟自己一樣的，尚有一顆過日子的正常心的人。就是帶著這樣的信念，她又認識了一位跟她各方面條件都差不多的文化館的創作員。

創作員年齡跟劉妍相仿，個頭也差不多，長得也還過得去。據他自己說，他領過結婚證，但因沒入洞房，也就算未婚吧，當然，也就沒孩子。是輕輕鬆鬆沒有任何負擔的一個人兒。他說他雖然沒有孩子，但他很喜歡劉妍的孩子，第一次見面，就久久不願離去。他坐在劉妍家那只有一間半，卻非常整潔的女性小屋裡，看看劉妍，又看看她的小兒子，讚歎地說：「真是個小王子，跟你的媽媽一模一樣，尊貴又多情。」

劉妍對創作員也算滿意，主要是搞創作的人每一句話都說得動聽。當天晚上，創作員就坐到很晚，還沒有要走的意思，劉妍的兒子已經睏了，歪在媽媽身邊快睡著了，創作員竟體貼地站起來，要把孩子抱開，放到床上去睡。創作員說睡在這，會把劉妍的腿壓痲了的。

劉妍擺擺手謝絕了他的好意，劉妍說孩子沒睡實，等一會創作員走了，她們娘倆一起到床上去睡，沒事的。

可創作員非常執著，他堅決地把孩子從劉妍的腿上抱走了，腳步輕輕地放到了另一屋的床上，回頭對劉妍說：「我再坐五分鐘，就走。」創作員說如果不是劉妍這麼迷人，他不會一見面就這麼難以自持，他說劉妍無論是神態還是意蘊，都太可愛了。

接下來的五分鐘，可是太長了，劉妍第三次看錶的時候，第四個五分鐘已經過去了。劉妍雖然心裡很急，希望他快點走吧，可是創作員那些美妙動聽的話語，一句接一句，免費促銷一樣，全部都灌進了劉妍的耳朵裡。這是劉妍多少年來不曾領教過的，她在學校時所接受的一次最高讚美，就是有個教導主任在走廊裡，和她相互擦肩的一剎那，在她屁股上狠狠地掐了一把。現在，創作員唱詩般地讚美她、謳歌她，她真有些喝酒了一樣，又清醒又糊塗。她知道自己相貌還可以，可是怎麼也到不了所歌頌的那樣——國色天香，佳麗絕代。接下來，創作員已經開始動手了，他的表達完全由嘴轉移到了手，還特別地主觀。這使劉妍感到了恥辱，畢竟才第一次見面，這有點太小看人了。劉妍第五次去看錶，她說：「真是太晚了，你該走了，孩子明早還要上學。」

創作員站了起來，劉妍以為就要送客，這還使她的心裡多少有點不安，她以為她剛才的拒絕讓創作員不好意思了，她正要安慰一下，她想說下次吧，可她還沒說出口，創作員卻把她抱了個滿懷，並進一步提出了大膽的要求：「今晚我不走了好不好？反正咱們都是過來人了。」

劉妍沒聽清楚。

創作員通過劉妍的眼神，看出自己可能冒昧了，提出的建議有點過於直率，就接著說：「我在這屋的沙發上睡，肯定不碰你。」

劉妍的臉紅了，但不是羞澀，而是有點血液沖上來過快，紅頭漲臉的那種。她一步一步地走到門邊，說：「對不起。」

創作員雖然沒有實現他美好的願望，但他一點都沒現出尷尬之態，而是反過來大度地安慰劉妍：「沒事，沒事，咱們以後的時間長著呢。」

劉妍關上門後，心裡就想：這樣的人還要「以後」嗎？

可是，創作員第二天那高水準的電話，就讓劉妍冰釋了一切。晚上，劉妍就如約和創作員共進晚餐了。一個星期下來，劉妍發現創作員無論是口上，還是手上，那功夫真是了得，他讓妳明知有假，又總是欲罷不能。覺得人挺好，又覺得人不行。特別是兩個三十多歲的男女，不能十八九歲的少男少女一樣整天如膠似漆光談戀愛吧。劉妍還有孩子，劉妍想過日子，劉妍還想當個賢妻良母呢。

在他們依然愉快的晚上，劉妍提出，要到創作員的家裡看看，劉妍說：「我的家裡你已經很熟了，說得實在一點，咱們現在已經是一家人了。可是，你住在哪我還不知道。再說，我也總得見見你的父母、你的兄妹吧。」

但劉妍每一次提出，受到的都是創作員婉言但卻是絕對堅決的拒絕，創作員說：「第一呢，我住的那個破地方，實在不值得妳去看，都怕玷汙了妳的眼睛。妳想，我是搞創作的，家裡亂得一團糟，妳還沒見過電影上那些畫畫的、搞音樂的嘛？凡是忙點事業的，家裡都沒有清潔的，不能看，外人進不得，進屋了都下不去腳，更別說有坐的地方了。第二，我也跟妳說過了，我只有一個爹，還在老家，姐妹也都嫁了外省，等她們都回來，妳要不嫌棄，我就領妳回我的老家去看看。」

半年過去了，當劉妍又一次提出要去創作員的家裡看一看的時候，創作員依然是這套話，這使劉妍非常生氣。晚上，劉妍也悍然回絕了創作員要到家裡求見她的請求。劉妍想：看來你是不想過日子，光想空手套白狼、光屁股打天下啊，白玩啊。這回如果不和我正式結婚，甭想再進我的門檻一步。

可是，劉妍等了很久，也沒有等到創作員向她提出結婚的請求，創作員一直沒有向她求婚。她每一次接到創作員的電話，創作員說的都是：「今晚我去看看妳？」或者：「我可真想妳了。這麼長時間不見。」在將近一個夏天裡，創作員反覆說的就是這兩句話。到了秋季，這兩句話也沒有了，創作員已經長時間沒有電話了。一天，劉妍趁出差的機會找到了創作員的單位，單位的人說，創作員剛剛請了創作假，帶著女友，回鄉下老家了。「說是去體驗生活。」那人在劉妍的背後，又補充了一句。

劉妍出來的時候，門衛老頭才看見她，看出她是個陌生人，問：「姑娘，妳找誰？」

劉妍說：「我找臭流氓！不過現在不用找了。」

應該說，劉妍是吃盡了苦頭，才決定找蘇雲峰這樣人的。貧窮也好，摳索也罷，人老實，這一輩子到老了能有個伴兒，就行了。

6

劉妍是主動帶著兒子來蘇雲峰家拜訪的。臨出門的時候，劉妍一遍一遍地考兒子：「如果人家給你吃的，你要說什麼？」

「謝謝，不要，我家裡有！」

「要是給你玩的呢？」

「仔細，小心，別玩壞了！」——「要是留你在家裡吃飯，就要坐有坐相，吃有吃相，別亂動人家的東西，別穿著鞋子上沙發、上床！別讓人家討厭！」——劉妍的兒子一口氣替媽媽把問題和答案全說完了。「這回可以走了吧？我早都知道了，媽媽妳再囉嗦妳都成我姥姥了！」兒子衝出門去。

路上，劉妍買了很多吃食，除了當天的午餐，還有飯後的水果、孩子們的零食，花去了劉妍不少錢。當他們下了公汽，劉妍看著眼前這片陌生又破爛的社區，正要打聽一下時，蘇雲峰跑了過來，後面跟著他的兒子。

劉妍的心情一下子明媚起來，像這秋日的陽光。她沒想到蘇雲峰會來接她，還帶著兒子。初秋的公共汽車站牌兒下跑來一老一少的爺倆，還呼呼喘著粗氣，蘇雲峰還是那身打扮，如果只從側面看他，肯定以為這是進城很久卻還沒找到工作的民工。他的兒子倒是非常出乎劉妍的意料，全身上下，簡直是闊少，那兩團變成了黑球的白運動鞋，劉妍認出是愛迪達的，蘇雲峰愛他的兒子，已經遠遠超過了愛他自己。把蘇雲峰全身上下的行頭加在一起，也抵不過這雙愛迪達。劉妍心裡掠過一絲驚異，可儘管如此，她還是被蘇雲峰的臂膀溫暖了。蘇雲峰摟住她的肩膀，他的兒子摟住了劉妍兒子的腰，各得其所地向前走去。

劉妍從心底湧起一股叫做幸福的東西，一個女人遠道而來，有男人接，有愛人等，在這秋天的冷風裡，在這偏遠的站牌下，這一份有人等的幸福，對此時的劉妍來說，遠勝於那些有錢的貴婦。這樣，在來到蘇雲峰家樓下的時候，劉妍又用買一斤蝦、二斤提子來增補表達了她的心情。蘇雲峰則買了一棵大白菜、兩根黃瓜，和四個饅頭。他說家裡煮了稀粥。

七樓，一室的房子，進門的小過道兒兼客廳了。對蘇雲峰的家境，劉妍心裡是有充分準備的，不會比蘇雲峰的穿著更排場，應該和他的身分差不多。可是草草一看，還是太不像話了，一張類似雙人的床是用磚頭和毛坯木板搭起來的，木板上只有一條顏色已不分明的單子，單子上那條帶著黃色合浪圈的被子說明蘇雲峰的兒子要時常尿床。靠著床的牆上，抹著已經變綠變黃的鼻涕，鼻涕上方，懸掛著一條沾滿了蒼蠅和蚊子屍體的膠帶。劉妍的兒子用手捂住了鼻子。在劉妍目光的阻止下他才勉強把手放下。

不客氣地說，蘇雲峰睡覺的地方，還沒有劉妍家的衛生間乾淨。那地上的鞋子，無論如何也是配不上一雙的，且都是他兒子的。劉妍只從一隻在牆角的大拖鞋上，明白了蘇雲峰腳上那雙經年累月不曾下腳的可憐的鞋子，就是靠這雙大拖鞋替崗的。

劉妍怕蘇雲峰不自在，她快速地結束了對房間的參觀，可是同時她又發現，蘇雲峰沒有一點不自在，他介紹兒子叫「劉阿姨」，他兒子說：「你不替我叫過了嘛。」蘇雲峰笑著搖搖頭，說：「我跟你說過吧，我兒子擰。」說著，劉妍買來的兩大包東西就被小傢伙打開吃上了。還舉著一隻蝦大叫著「拉拉蛄，拉拉蛄」，就跑著玩去了。劉妍的兒子跟在後面捂嘴笑。

蘇雲峰說：「我兒子，就是嘴擰，從小就這樣，誰也不叫，讓他叫聲爺爺奶奶，都費大勁了。」

劉妍洗了手去廚房弄飯，蘇雲峰煮粥的鍋是一個壞了的電飯煲鍋膽，他沒洗手，就用手去熱饅頭，劉妍阻止了他。劉妍讓他就站在這兒，需要什麼他幫找一下，就成。可是劉妍把小肚香腸切好後，蘇雲峰只找出家裡老少輩兒都算上的兩個盆兒，和四個碗。筷子，也是長短不一黑乎乎的三雙，再湊上兩雙速食店的那種，才夠五雙。而且劉妍認出，那兩雙筷子就是上回吃麵條用過的，不知他是怎麼順回來的。蘇雲峰的日子過得是太慘了，能在如此破敗的生活裡活下去的男人，肯定是太糟糕了。劉妍做飯的速度，明顯放慢了，內心的那點幸福，也正在一點一點地消失。她只能用燒雞等食物的原包裝當盤子，把飯一一擺放開來。

這一桌飯，劉妍的兒子也都喜歡吃，可他因為有媽媽出門時的約束，他吃得很有條理，也算有規矩。可是蘇雲峰的兒子，就沒有任何顧忌。小傢伙高喊著：「過年了，過年了，過年也沒有這麼多好吃的東西呀！」他一筷子就把香腸片兒像串糖葫蘆一樣，給串起來半盤，都沒看見他是怎麼一口一口放到嘴裡的，就已經不見了。吃起燒雞，小傢伙還特別懂行，他上去就把兩隻雞翅都掰了下來，一手一隻，蘇雲峰趕緊把兩隻雞腿，一隻夾給了劉妍的兒子，一隻遞給劉妍，算是對兒子的一種糾正。

蘇雲峰的兒子啃起骨頭來也很有一套，這說明他比他爸爸的生活水準高，他啃完翅尖兒啃爪子，啃完爪子來雞脖兒。總之，他單啃雞身上那截最有滋味的地方，也就是單挑骨頭最硬的地方來啃。一隻雞很快在他面前變成了一小堆兒碎骨頭。小傢伙這時，才想起吃那一包「拉拉蛄」。劉妍的兒子告訴他：「這不叫拉拉蛄，這是大蝦。」小傢伙真是聰明，他只用嘴嘬了一口，就說：「好吃，這滋味可比香腸好多了。」說完，就像吃雞一樣，頭不抬、眼不睜執著地悶頭吃起來。

「他媽媽是在他幾歲的時候走的呀？」劉妍停下了手中的筷子，她下車時的那點幸福感和有了男人在等她回家的好心情，不堪蘇雲峰兒子這種吃相的一擊，不但消失殆盡，而且忍無可忍。她這樣問的含意，無非是說：這孩子幾歲開始沒人教養的？也可以理解成：她媽媽不在了你就不能把這孩子教育教育？

蘇雲峰用瞪了兒子一眼，算是回答了劉妍的問題。可兒子像沒看見一樣，碗裡的米粥依然是一口沒動，還在用兩隻手，頑強地進攻所剩不多的那包蝦。劉妍的兒子也放開了手腳，他剝蝦的速度可比蘇雲峰的兒子快多了，從技巧上看他也明顯高於蘇雲峰的兒子。劉妍說：「開開，你要吃點飯，不能光吃蝦，你該剴著了。」這話也是說給蘇雲峰聽的，是請他能管一管他的兒子。蘇雲峰不傻，他從劉妍的臉色上已經看出來了，他又瞪了兒子三眼，到四眼、五眼，兒子也沒有停下手的意思。蘇雲峰用手到兒子的後腦勺上擼了一把，說：「你太不像話了。」

小傢伙此時手裡正舉著剛剝好的蝦，對他父親的動手，顯然是太出乎他的意料了，他氣得順手就把那隻脫了衣的蝦，擲到了他爸爸的臉上，很準。打得蘇雲峰眼睛眨麼了半天，才穩定下來。然後小傢伙先聲奪人，「哇」的一聲大哭起來，說：「我媽都說了，你一有了臭娘們，就該虐待我啦！」

蘇雲峰真是好脾氣，他聽了兒子的話，竟然大笑起來，是一種非常欣賞兒子才能的快慰的笑。在蘇雲峰的笑聲裡，是劉妍烏雲般的臉色。

小傢伙受到了鼓勵，他大刀王五一樣咔嚓一下，就用手掌當刀到蘇雲峰的臉上劈了一下，又「啪」地一筷子，抽得蘇雲峰的脖子上鑽出了一條長長的蚯蚓。這下蘇雲峰可急了，大概是這一鞭子打得他太疼了，在小傢伙又要拿碗當武器，準備瞄準一下好轟炸他的頭時，蘇雲峰拚命去奪那隻碗。要知道，他家可只有四隻碗了。可是，那隻碗還是在距蘇雲峰右耳一寸左右飛了出去。瓷器落地沒有不碎的道理。

7

劉妍回到家，就給王玲玲打了電話，她說和蘇雲峰結束了，主要是因為他兒子，太不像話了，一點孩子樣都沒有。

王玲玲在電話那頭，「咯咯咯」地就笑了，她說：「因為這，因為那，找那麼多藉口幹什麼？他兒子不像話，妳又不跟他兒子過，只要他爸好就行唄。怎麼樣，我說妳葉公好龍吧，想像中的男人一個樣，真來到妳面前的男人哪個不是杯弓蛇影？你們的關係維持到今天，已經很不容易了，是妳在捏著鼻子勉勉強強，別以為我不知道，這回怎麼樣，還找嗎？」

「找，當然找了。」

王玲玲說：「嘴還挺硬，想過日子，想當賢妻良母。可惜呀，這不是了那個時代！再說了，就妳那脾氣，真的結了婚，無論是賢妻還是良母，妳都一天堅持不到黑，妳根本就扮演不下來！」

當天晚上，劉妍生了大病，她高燒了，燒得她臉是紅的，眼睛是紅的，渾身也都紅了起來。兒子要給姥姥打電話，劉妍阻止了他，劉妍不願意這麼晚了勞累母親。她讓兒子端來一盆熱水，用毛巾放到額頭上降溫。可是兩個小時過去了，體溫還在上升。劉妍發現兩隻胳膊上，已經起了一些紅點子，自己可能要死了，這分明是一種什麼有毒的東西。劉妍只覺得自己像一座噴發的火山，要燒成一塊炭了……。火紅中，她忽然看見了蘇雲峰，蘇雲峰向她走來，來到了她的床邊。

蘇雲峰把劉妍送進了醫院，因為是公費醫療，接下來的手續沒有讓蘇雲峰現出花錢時的窘迫。一個星期下來，蘇雲峰累壞了，他擔起的是給自己兒子做好飯，再跑來照顧劉妍的任務，劉妍的兒子已送到了她母親家。在這橋東、橋西大對角的路線裡，蘇雲峰每天都跑得滿頭大汗。看著蘇雲峰那一臉一臉的汗水，劉妍真的很心疼，她想：蘇雲峰要是沒有那樣的兒子，就好了，多窮她都能將就。

想到這兒，劉妍又想起有些人找對象的先決條件是不要帶孩子的這一條，那時聽了還心生反感，忿忿不平。現在明白，有些孩子，確實是太討厭了。供吃供喝不算，每天都供一個活冤家，擱在誰身上誰也不幹。

劉妍病好後，她特意宴請蘇雲峰，在一家挺名貴的酒店，吃了一頓飯。蘇雲峰的一腔子學問，在大酒店面前，顯得那麼愚昧無知。劉妍怕他窘迫，不停地找話說，力求談笑風生。對這一點蘇雲峰心裡清清楚楚，他心懷感激，兩隻手一直捧著啤酒杯，無論是劉妍跟他碰，還是他敬劉妍，都只用嘴在杯沿兒上沾一小口，非常客氣。宴請結束時，劉妍還從包裡拿出一件禮物，送給蘇雲峰，說：「這幾天讓你受累，咱們只是朋友，卻讓你這麼照顧我，這是我的一點謝意。」

劉妍還說：「蘇雲峰，咱們朋友一場，我要對你進句良言：你的孩子真該好好管一管，不然你受罪的日子在後頭呢。真的，不是我不將就，你兒子這樣，找了誰也夠嗆。不過以後有適合你的，我會幫你介紹的。」

敢情人家請我這頓飯是和我結束關係啊——蘇雲峰走出酒店的腳步有些頹唐。劉妍看到，在蘇雲峰騎車離去的一剎那，他好像還用一隻手，左一下，右一下，去抹了兩隻眼睛。蘇雲峰哭了。

劉妍病好後，依然上班，依然獨自一人帶著孩子；跟王玲玲說話的次數，也由過去的一星期七次減為七天一次了。回到家裡，更顯得落落寡歡，哄睡孩子，寫完小報的稿子，她就一個人，早早地躺下來。「想找個男人過日子，怎麼這麼難啊？」劉妍對黑夜嘆息了一聲。

這天，蘇雲峰來電話，他說他病了，很重，問劉妍能不能來看看他。

看是肯定可以看的，只是劉妍這一次，是空著手去的，她沒買任何看望病人所需的水果和補品。劉妍在心裡暗暗地算了一下，從和蘇雲峰相識，幾乎所有需要花錢的時候，都是由她來付。需要交兩毛的時候，蘇雲峰掏出十塊的，需要十塊的時候，他又掏出一百的，這些伎倆還是後來稍要面子的時候做的；在開始，他乾脆就是來個瞪眼裝傻，無動於衷。上次去他家，光吃的，就花去了那麼多錢，結果是惹了一肚子的氣，最後臨別，劉妍是在小傢伙「我長大了要殺了你們狗男女」的誓言中逃掉的。

真是吃孫喝孫不謝孫啊。

見到了蘇雲峰，劉妍的心裡有點難過。蘇雲峰是真的病了，一個大男人，兩頰燒得面似桃花，眼睛裡的血絲都變成了灰黃色，躺在床上，不停地咳嗽，一聲接一聲，像個肺結核病人。他看到劉妍的第一句話，是說：「劉妍，我改，我教育我的兒子，讓他也改。妳別和我拉倒，妳給我點時間。」

劉妍當時就心軟了，她還後悔自己沒買東西，她像個賢妻一樣馬上就去廚房給蘇雲峰燒了一壺熱水，用毛巾給他熱敷、吃藥，然後轉身下樓。她忘記了她再也不給蘇雲峰花錢的決心，她直奔超市，買了烏雞、活魚，還有上好的水果。她像權威醫生一樣，勸蘇雲峰現在第一要多吃上點好的，補一補；第二，吃水果，敗火。

然後，劉妍看著蘇雲峰這個倉庫一樣髒亂的家，有點不知從何入手。劉妍再一次看到，在蘇雲峰兒子睡覺的地方，牆壁上抹滿了已經變黃變綠的鼻涕，還有蒼蠅、蚊子的血跡……。劉妍趕緊低下頭來，她頭暈得要嘔吐了。從床上到地下，亂七八糟的除了紙和書，就是鞋子、果皮、抹布和一隻長長的玩具衝鋒槍。劉妍癡呆一樣看著，這鞋哪跟哪是一雙呢？這書和本子怎麼能在地上踩來踩去？抹布為什麼不放到桌上？還有槍，這哪裡是人住的地方？劉妍放棄了收拾房間的打算，她想還是先給蘇雲峰弄點吃的吧，她就來到了廚房。

廚房裡地上的兩個番茄，已經長了白毛，幾根香菜，蔫在那裡。劉妍試圖找個大一點的盆，把菜洗一洗，可是找了半天，只有一個臉盆，還是塑膠的，這些她上次已經領教了。劉妍把飯菜弄好後，在那個叫桌子的長條木几上，把它們一一擺好。剛弄齊，蘇雲峰的兒子回來了。

蘇雲峰問：「你不是在外面吃小飯桌嗎，咱們不是說好了嗎？再說那都交了錢的呀。一頓飯折八塊呢。」

兒子沒回答什麼理由，就是說想回來吃飯。

蘇雲峰沒有說話，但是他的臉色，有了變化，和上次明顯地不同。他好像真的為他的兒子犯起了愁。他向劉妍苦笑了一下，說：「其實，我就是為了讓妳少生氣，才派他吃小飯桌的。沒想到他這麼不聽話，說回來就回來了。我給妳打電話時，不讓他聽到就好了。」

劉妍笑了，她想起自己小的時候，也是家裡一來了客人就高興，放學會早早地回來。因為不論是客人買，還是家裡招待，都要比平時吃的好出許多，過年一樣。所以小孩子貪吃的心理都一樣。

蘇雲峰的兒子沒在意他爸爸的臉色，他為自己的準確判斷而暗自得意，以至於眼睛都笑起來，他顧不得洗手，上來就吃。劉妍勸他去把手洗一下，小傢伙因為有吃的誘惑而勉強遵從了，但他只是到水管上把手濕了一下，手背和手指縫兒上還有泥灰。劉妍看他小小的手抄起筷子就攪拌烏雞湯，他在找雞翅，還奇怪這雞怎麼是黑的呢。看是黑的，他還算挑剔，就放棄了。再嚐一口魚，嗯，味道不錯，挺合他的胃口。接下來，小傢伙就不屑吃別的了，只吃魚；手上有了油他沒有像他的父親那樣，用嘴舔，而是用他自己的衣服，用衣服當抹布，正反抹了兩抹，就繼續吃下去了。

從始至終，蘇雲峰都用眼睛盯著小傢伙看，他希望他的兒子能兌現他的諾言，他都答應好了，再也不能像上次那樣吃東西了。可是現在，小傢伙把這一切都忘了，他根本就沒把他的爸爸放在眼裡，如果不是他的腸道出了問題，他還會繼續吃下去的。

小傢伙用衣服前襟擦一擦手，就跑向了衛生間。蘇雲峰想說點什麼，可他又什麼也沒說出來，他只是勸劉妍「多吃點，多吃點。」

劉妍沒有說話，她覺得自己心裡那塊有點變軟的地方，又正在一點一點變硬，像冷卻的燭淚。蘇雲峰是個正經人，是個想過日子的正經男人，可生活裡常常是這種想過日子的男人，就把日子過成了這樣。

蘇雲峰說：「劉妍，妳可真救了我一命。今天妳不來，我都支撐不起來了。」說著，他又一聲接一聲地咳開來。劉妍上去用手給他輕輕地拍後背，好一會，才停了下來。蘇雲峰不吃了，劉妍扶他躺到了那叫床的破板子上。

小傢伙從衛生間出來，沒有再上桌，他碗裡的飯，基本是一口沒動，碗邊一堆魚刺。小傢伙說「歇會再吃」，就歪在床上看起了《機器貓》，兩隻穿著鞋子的腳，就一撇一捺地支在了牆上。

劉妍收拾桌子，當她去衛生間想倒掉那剩的半碗湯時，她終於哇地乾嘔起來：廁所的便池裡，小傢伙的大便還沒沖。

8

劉妍再和王玲玲到一起開會的時候，她們也依然沒有避開男人的話題。劉妍說：「妳說怪不怪，現在幹什麼都實行捆綁銷售，買一送一，要不要都得強塞給妳，否則就別買。妳需要一雙靴子，他非同時搭給妳一頂帽子，不要都不行，非給妳不可。妳看蘇雲峰那個德行，開始的時候呀，我也嫌他窮，幹什麼都摳摳索索，都不如一個要臉的娘們兒，一律白吃白喝，我要不是將就他的年齡，早不哄他玩了。憑什麼呀，一個男人，就因為年輕，就可以光著屁股打天下。妳還沒看他那個家呢，那也能叫家？跟妳說吧，都不如妳家的廁所乾淨。這些也都罷了，我後來也想開了，他窮，他總還有一份工資吧，他得自己養他自己吧，這些我都忍了，也認了。可是他家那個孩子，那也叫孩子？活冤家，一點教養都沒有，蘇雲峰拿他當祖宗似地供著，可能他對他祖宗，也沒那麼孝心過。這人啊，真是的，妳越上趕著，就越不是買賣。蘇雲峰要是沒有那個兒子，他窮、他摳我都認了。可是現在，心裡堵死了，一天都過不下去。」

「妳自己不也帶著個兒子嗎？妳這不是強行搭配呀。」

「我兒子不那麼討厭呀，再說了，我如果結婚，就會把我兒子送到我媽那兒，我可不會羊肉硬往狗肉上貼，貼不住。活活給別人添膩歪呢。」

王玲玲說：「揭妳短的話我也不說了，當初我說妳是葉公好龍，妳不承認，怎麼樣，還是不行吧。妳都三十多歲了，找男人又得年齡相當，又得長相還好，還要身體健康，還得單蹦兒一人兒——等著吧，上帝還沒給妳捏好。」

9

蘇雲峰病好後，他在電話裡請求到劉妍家裡來拜訪的願望，沒有得到批准。他提出到公園去坐一坐的建議，也沒被劉妍採納。劉妍有時說有稿子要趕，有時就說兒子沒人看管。總之，都給回絕了。這天，蘇雲峰電話裡突然提議請劉妍吃飯，就是劉妍曾請過他的那家大酒店，劉妍忽然就有了興致，她想，就是一般同事，蘇雲峰你也該破費一次了。

蘇雲峰結帳時，無論是拿出一百的，還是十塊的，劉妍都沒有再和他客氣。心安理得地吃完了這餐宴請。回家的路上，走到劉妍家樓下，蘇雲峰仿電影上的男士那樣提出：「不請我上去喝杯咖啡？」

劉妍說：「咖啡沒有，綠茶倒是可品一杯。」

說心裡話，劉妍對蘇雲峰的好感，除了他的年輕，還有他的幽默。相識以來，蘇雲峰適時地送了她多少好聽的話啊。

回到家，就像戲劇故事一樣，劉妍的兒子又高燒了，因為臨時決定出去吃飯，劉妍對兒子才沒有事先的安排。一個晚上沒管，這孩子就病了。劉妍想都是自己平時對孩子照顧得太多了，孩子一點自立能力都沒有。蘇雲峰沒能喝成咖啡，也沒品上綠茶，幫劉妍抱她的兒子累出一頭汗。直到物理降溫有效，蘇雲峰才向家趕去，他的家裡還有等他照顧的兒子呢。

蘇雲峰走時說：「再不行就呼我，我整夜開著呼機。」

半夜，兒子退下去的高溫，又上來了。劉妍用酒一遍遍地擦，一遍一遍地測，高燒都持續不退。看著孩子那燒得猩紅的小嘴，劉妍心疼得落了眼淚。到了下半夜的兩點，劉妍怕把孩子燒出腦炎之類，就給孩子穿上厚厚的羽絨服，擁起孩子，她已經抱不動也背不動這麼高的兒子了。打的來到離她家最近的醫院掛急診。

晚上急診，費用加倍。在交錢的窗口，劉妍正心疼這一支藥就要一百五的時候，窗口裡遞進去另一隻手，說：「收這個。」

劉妍一看，是蘇雲峰，她高興的眼淚嘩嘩地流開了。

蘇雲峰說：「我兒子睡著後，我挺惦念你們，也睡不著。後來跑到樓下小賣部給妳家打電話，想問問孩子怎麼樣，沒人接。我一想可能壞了，大發了，我就打的趕來了。」

劉妍感動極了，她笑著哭得滿臉淚花。要知道，蘇雲峰家裡連個電話都沒有，大半夜裡，他是下到樓下打的電話啊。還有，蘇雲峰平時連兩角錢的看車費都捨不得給，卻打的趕來。劉妍一下子就抱住了蘇雲峰的肩膀，要知道，他們都認識這麼長時間了，兩個正當年的男女，還沒有過一次生理上的親熱啊。劉妍抱著他一個勁兒地「雲峰，雲峰」。

睡得迷迷糊糊的收款員接了蘇雲峰的錢，一看是兩張一百的，就叫拿零的，大半夜的，找不開。蘇雲峰又到兜裡翻找十塊的，他說：「我知道孩子住院得花錢，特意從卡上取的。」說話間，劉妍把零錢湊上，款交完了，蘇雲峰替劉妍背上孩子，去輸液了。

這一針的錢沒白花，天亮前，孩子的燒就完全退下來了，小腦瓜門涼絲絲兒的。劉妍看著蘇雲峰，蘇雲峰看看劉妍，說：「我也太睏了，要不，我也在這床上歇會兒？」

劉妍笑了，說：「那就請吧。」

10

時間很快，轉眼，又是春天了。

這個時代真是越來越寬容了，同居的男女，再也不叫流氓和破鞋了。劉妍和蘇雲峰，現在就是住到一起的夫妻了。可惜的是劉妍賢妻和良母不能兼顧，蘇雲峰的兒子，暫時由他前妻領走，放在姥姥家寄養，因為蘇雲峰已經沒有父母，也沒有姐妹。劉妍的兒子，也暫由他姥姥帶著生活。

夜晚的生活，總是很好過，簡單，短暫，也愉快。只是黎明一醒，曙光到來，一天的煩惱就像黑夜，沉沉地壓來。

蘇雲峰的前丈母娘來電話了，她告訴蘇雲峰，他兒子每月那點錢不夠花。同時邀請蘇雲峰有空來家一趟，她給雲峰織了件毛背心。

蘇雲峰的前妻來電話了，他們的兒子學習成績下降，問他這個當爹的還管不管。不管就再去法院重判一下吧，讓孩子別姓蘇了。

蘇雲峰兒子的老師來電話了，去開家長會，給孩子寫保證書。

這天，劉妍在十二小時之內，接了蘇雲峰前妻家三個電話，因為電話，她挨了蘇雲峰兩個嘴巴，一個是早上，一個是晚上。早上的嘴巴是因為劉妍罵了蘇雲峰的前丈母娘。前丈母娘的電話剛撂，劉妍說：「真是怪了，這年頭，這男人也弄不清他到底得意哪口兒，別人都是搞小姨子，你可倒好，專搞丈母娘。」

蘇雲峰那從沒練過抽人嘴巴子的手，出手還挺利索，一下就把劉妍打閉了嘴。

晚上，蘇雲峰下班回來，劉妍說：「這日子不能過了！」接下來，她沒管蘇雲峰的前丈母娘叫你前丈母娘或你兒子他姥姥再或你前妻的媽，她把這些都省略了，她說：「那老婊子又來電話了，叫你今晚必須去一趟。」

蘇雲峰說：「妳罵誰，妳再罵一遍。」

「再罵一遍我不敢呀?!她不是老婊子她總往我家打什麼電話呀，她一個丈母娘，一個離了婚的丈母娘，卻給你織什麼毛背心，她疼得著嗎?!要是真對你好，當初我見你時，你怎麼穿得像個要飯的。現在來獻殷勤，賤不賤得慌啊。還叫你晚上必須去，這話像個長輩人說的嗎？我看這純粹像不會撒嬌卻硬耍賤的老娼婦。我都懷疑她是不是你的丈母娘。去吧，去就別回來，前妻、丈母娘、親兒子，好好樂吧。」劉妍邊說，邊一扭一扭走到了床邊，她兩手抱後腦勺，一仰身，就倚在了厚厚的枕頭上。

蘇雲峰的全部憤怒都轉成「噠噠噠」的馬力了，由全身，傳到了他的胳膊，直至左手掌，到五個手指尖兒上。劉妍那仰好的臉，好像正是給這隻手準備的。可惜由於蘇雲峰被罵急了，他的手掌搧得偏離，前指尖落在了劉妍的外眼角上，後掌跟兒則全部攢到劉妍的耳廓上。劉妍一翻身，蝦一樣弓起，兩手緊緊地捂住了臉，竟一聲沒吭，在那弓著。

其實現實生活中，搧耳光已經像拍肩膀、握手一樣司空見慣，男打女、女抽男、老搧少、少摑了老，差不多每天、每個單位、每條大街上，都在發生耳光暴力。稍有不同的是那被摑了耳刮子之後的反應：多數挨了耳光的女人，都是衝天大嚎，請求男人「你打死我吧」；要麼就撲向男人，拚命抓撓，來個你死我活。可是劉妍沒有，劉妍在蘇雲峰早上打過她那個耳光之後，一下子就安靜了，只是看了蘇雲峰一眼。那一眼是不是君子報仇十年不晚，蘇雲峰沒法確定，反正是她閉上了嘴巴，去洗臉化妝準備上班去了。

晚上這一掌，雖然表面上的效果相同，好像也安靜了，可是蘇雲峰總覺得有點不對勁兒，劉妍好像哭了。雖然沒有聲音，可她那一聳一聳的後背，和一拱一拱的屁股，都說明她在靠全身的肌肉緊縮，來使勁封閉她體內淚水的流動，包括聲音。蘇雲峰想了想，走上去用剛才那隻手，輕輕搬了搬劉妍的肩膀兒，沒搬動。

蘇雲峰又動了動她的後背，後背也還是背著。

蘇雲峰又去動她的腿，劉妍像個技藝高超的跆拳道手，朝後畫了個弧形，一腳就把蘇雲峰踢開了。

「不識抬舉。」蘇雲峰抓上一本書，坐到桌前，看書去了。

大約過了半個小時，劉妍不再弓著，她趴了下來。又過了半個小時，劉妍兩手依然沒有離開臉，她捂著臉，又仰躺過來。再過了半個小時，劉妍從手指縫兒裡，看到蘇雲峰像公園裡的劣質雕像一樣，還坐在那裡看書。劉妍終於母獅子一樣，一躍而起。也不知她是怎麼把蘇雲峰的腰帶就變成了她手裡的皮鞭——「把我打沒氣了，你倒坐這看書了。你今天再打我一個試試！」——劉妍的潑悍，鑄就了她的英勇，她瘋了一樣，不要命了，連哭帶罵，她的皮鞭掄得蘇雲峰節節敗退。蘇雲峰邊退邊說：「妳真打呀，妳真下死手哇，我剛才不是哄妳了嗎？是妳踹我不讓我哄妳的呀。再說妳看看妳，都罵了些什麼話呀——」劉妍披頭散髮，她的憤怒和瘋狂使她所向披靡，打起人來既精疲力盡又力大無窮。她說：「我就罵你丈母娘兩句，你就早上打我一耳光，晚上又來了，真是讓你打慣了，還上癮了呢！為了那老騷婆子，你打得我這眼睛現在都一串串的金圈兒，還有耳朵，灌了半桶水一樣，快聾了。她那麼壞，不該罵呀，天天攪，這日子還能過嗎？我就罵了兩句，你一掌就把我眼睛打殘了，你的手這麼黑。今天我讓你打——」劉妍又一皮鞭過去，打失手了。她是朝著下三路去的，可蘇雲峰突然一蹲，鞭子抽到了他腦袋上。

蘇雲峰抱著腦袋大哭起來。

劉妍還算有勇有謀，她也乾嚎起來，邊嚎邊上去抱住了蘇雲峰，責怪他：「躲什麼躲，我還能打死你呀，你以為我真捨得打你呀，你要是不動，我也就打你屁股兩下，可是你看你那樣兒，像要殺你似的，東跑西竄，哪像個爺們兒，你的膽兒怎麼就那麼小，要是真那麼小，你怎麼打起我來膽又那麼大，手還那麼狠，我的右眼睛快瞎了，耳朵也快聾了。」劉妍說著掰開了蘇雲峰捂住的腦袋，額頭上面隆起一個大包，還洇出了血。這時的劉妍真的很心疼，她一下子疼得淚如雨下了。

蘇雲峰直到這時也才看清劉妍的眼睛，劉妍的右眼，白眼瞼全部充了血。

蘇雲峰不哭了，他抱起劉妍，放到床上。劉妍卻又一次跳到床下，請蘇雲峰上床養傷，由她來做晚飯。她說她沒事。

第二天，太陽又升起來了。蘇雲峰休班，坐在桌前看書，劉妍也沒上班，她躺在床上看電視。電視節目沒什麼意思，劉妍用手捂著那隻受傷的眼，開口說話了。

「老蘇，你說咱們要是一輩子都不去登記，就這麼混著，能混到老，咱不也成了人家薩特和波伏娃？你真偉大。」

蘇雲峰知道這是劉妍又在挑釁，譏諷他不肯花錢娶女人，白撿個媳婦。所以他沒接茬兒。

「老蘇，現在我可明白了，你是個愛情的攜帶者，你是精神至上的超人。你這樣的人應該去人家美國生活。人家那裡的男女關係可是一分錢都不用花，全是自願。只要身手好就行。你去了那裡會如魚得水。」

「妳什麼意思劉妍！是不是想找茬打架？一天不打都難受是不是？看一會消停書都不行?!」

「你想消停，你消停得了嗎？昨天因為什麼你把我眼睛打殘了，我現在看電視根本就看不了，眼角總是冒一串串的金葫蘆圈兒。要不是那老婊子老來攪，你能把我眼睛打成這樣？告訴你，我最恨的就是你們這些離了婚還整天勾搭連環，粘粘糊糊的男女！」

「有本事妳也勾搭呀，怕是人家不理妳。妳還有兒子，那人都不來看妳，讓妳連影都抓不著。妳說妳要是好，那人能那麼狠心？光給點錢就完事兒？」

「還說人家拋棄了妳，我看就是妳這個又潑又悍的母老虎給嚇跑的！」

「蘇雲峰我看你是活膩歪了——」劉妍從床上蹭地躍起，英雄猛跳出戰壕，飛身來到蘇雲峰的眼前，用抱著的枕頭當武器舉起就砸——「好好好，我說錯了，我說錯了。」蘇雲峰連枕頭帶劉妍一塊抱住了，他知道這一下說到了劉妍的心病上。一邊往床上送劉妍，一邊小聲安撫說：「妳不潑，也不悍。」

劉妍躺到床上，說：「哼，你好，你好你老婆能跟你離婚?!」

「是，我不好，咱們誰也別說誰了。」

蘇雲峰又坐回到原位去看書去了。坐了一會兒，看劉妍沒動靜，知道劉妍還在生氣，就把自己挪到床邊來，坐到了劉妍的身邊。

劉妍還是閉著眼睛，像睡著了。

蘇雲峰把電視關了。「別動，我還看呢！」劉妍用屁股拱一下又坐到床邊的蘇雲峰。蘇雲峰沒有起身。他說：「別生氣了，我也不看了，我給妳講講剛才書上的一段話，妳聽聽有沒有意思。」

「書上說，在古代，那些結了婚卻幾年都不生育的婦女，要由丈夫或婆婆帶著，跋山涉水去各大仙山拜佛求子。回來後，幾乎是百分之百地靈驗，肚子裡都有了種。但是在求籤和拜佛等等一系列活動中，男人或婆婆都要迴避，他們是不能跟進去的。後來有一本書披露其中奧祕，人們才知道在各大仙山，每一個寺院，都養著無數精壯的和尚，是這些和尚們幫了忙。那些又得子又嘗了樂兒的騷娘們，可高興壞了，回來後個個守口如瓶，從不說她們是怎麼有的孩子，如果沒懷上，隔一段還去……」

「哈哈哈哈——」閉著眼睛的劉妍哈哈大笑起來。她那個樂啊，而且是努力地樂，拚命提高笑的分貝，笑得蘇雲峰震耳欲聾，還在床上翻身打滾地樂。蘇雲峰明白過來了，他想起跟劉妍吃飯時，曾說到過他兒子的來歷，可是——蘇雲峰的臉氣得通紅通紅，他一把推開了劉妍。

「推我幹什麼？我又沒去過仙山。我也沒找和尚樂過，更沒讓你幫別人養兒子，你瞪我有什麼用！」劉妍繞過蘇雲峰，想去拿那本書。她說：「這本書太有意思了，我看看我看看。」

蘇雲峰一把打開她的手，抄起那本書揣進懷裡，起身，摔門，離去。

劉妍「嗷」的一聲哭起來。

日子過得忽東忽西，白天和夜晚差別太大。劉妍想起了從小到大所讀過的文學作品，那麼多謳歌光明、企盼太陽的。可劉妍現在，是多麼害怕白天的到來啊，每一個白日，都可能發生你意想不到的事情，幾乎是所有難題，也都是白天找上門來。白天的每一小時，都活得那麼提心吊膽。光明、太陽，它是什麼好東西呢？哪有夜晚這平平靜靜的日子好過呀。

電話裡又傳來，蘇雲峰的兒子病了，蘇雲峰有幾個晚上沒回來了。劉妍有一天去了醫院，她想做做良母的樣子，可是病床旁，蘇雲峰這個慈父在低聲啜泣，為兒子身體上插了那麼多管子而疼痛，前妻則偎在蘇雲峰的身邊，摸著兒子的手。那個被劉妍叫做老婊子的姥姥，也守在床邊，低聲勸說女婿「喝杯水，沒事兒的。」劉妍只好一步一步地，退回了家。

我也要好好管管我的兒子了。劉妍去了母親家。

11

一個時期以來，劉妍左手無名指上那枚白金鑽戒，曾長時間地刺激著蘇雲峰的眼睛，直視那枚戒指，比直視太陽還難受。劉妍自己不可能買這麼貴的鑽戒，沒有哪個女人手上的這種東西會是自己買的，這就像男人的內衣、領夾，自己買的實在不多。能送劉妍這麼貴重禮物的人，能是女人嗎?!肯定不是。劉妍又不是他媽的什麼女領導，有人巴結她，給她行賄。她在報社裡小白丁一個，也就是寫兩篇破稿子混碗飯吃，同事之間沒有人會給她送禮。給她送東西，答案只有一個，那就是貪她那點色。所以蘇雲峰一想到這，總是戛然而止，轟蒼蠅一樣用手在臉前搧搧風，意思是告誡自己別想了，別想了，要是真有男人的骨氣，就給她劈手擼下，扔了，扔他媽遠遠的，讓她找不著影兒。

可問題是給它扔了後，那手指的空白處是要填補上的，不然劉妍這頭母獅子也不好惹。可是別說鑽戒，就是個白金、黃金，目前也買不起啊。兒子那突然得的病，確診不了，過些天還要上北京，那筆錢還沒處找呢。他知道劉妍看到他們那一幕傷心了，也生氣了，才敢把這種東西戴出來。她原來的手指，一直是光溜溜，什麼都沒有。現在戴出這個，是在給他添堵，向他示威。唉，睜一眼閉一眼吧，裝看不見算了。

蘇雲峰每天的目光，總是力避太陽一樣，迴避那隻手指。

除了手上，蘇雲峰也儘量不看劉妍的脖子，在那裡，也新添了一條可疑的項鍊兒。蘇雲峰每看到那條項鍊兒，他不但恨女人，他更恨這些東西，不當吃，不當喝，就往脖子上一戴，讓男人氣個半死，多操蛋啊。

坦白地說，在和劉妍同居的日子裡，蘇雲峰沒有給劉妍買過一件時裝、一件首飾，倒是劉妍給他打扮得，不再像個進城的民工了。由於蘇雲峰的能說會道、甜言蜜語加上俏皮話，有一大段時間，劉妍幾乎已經忘記了金錢的問題。這不能不說有時候甜言蜜語比金錢更奏效，它的威力會在一定時期內和金錢取得同樣的效果。

可是蘇雲峰的兒子病了以後，他連說話的工夫都沒有了，近一個月過去了，蘇雲峰每次回來，都垂頭喪氣地告訴劉妍，孩子的病更重了。需要籌錢，一大筆錢。蘇雲峰沒有向劉妍開口，但是他希望劉妍，能主動把她的存款拿出來，支援他一把。

劉妍聽了幾次，都沒有說話。她在心裡說：「蘇雲峰，我不欠你的，我已經給了你很多，而你一分錢都沒給我花過。你兒子的事，應該由你來管。要是你有了病，花我錢還差不多。我那點錢，是我一點一點攢下的，我要供我兒子上大學和我養老的時候用，給你兒子，我真的捨不得啊。」

金錢面前，人都變得冷靜、無情了。蘇雲峰兒子有病以來，因錢的問題，蘇雲峰已經很久沒有發過情了。夜晚兩個人就像兩個影子，無聲無息；劉妍也沒有從前那樣抱住他的肩膀要個沒完，兩人見了面，竟像同事一樣，點點頭，都不用費話了。金錢使男人陽萎、女人絕情啊。

蘇雲峰回來的日子更少了。良母當不成，賢妻也要下崗了。

這天，劉妍經過思想鬥爭，她改變了主意。她從存款裡取出了五千塊錢，包好，決定給蘇雲峰送去。不然，這個家就又要散夥了。沒有了男人，有錢有什麼用呢？到時候就跟蘇雲峰說，她僅有這麼多錢，都拿來了。

到了醫院，沒有人，孩子也不在了。劉妍的心咚咚狂跳起來——「難道出事兒了？要是那樣蘇雲峰可恨死我了。」劉妍自己也開始後悔不肯拿錢。她放下自行車打的來到蘇雲峰的住處，輕輕推了下門，門就開了。

在那張破木板的床上，坐著蘇雲峰的前妻和兒子，在吃蘋果。蘇雲峰一頭汗水，在廚房做飯。

看劉妍來了，像招呼鄰居一樣，說：「來了，有事兒？妳先坐。」

劉妍的眼淚嘩嘩就氣出來了。

蘇雲峰擦乾了手——「進屋說，反正這也沒外人，我就當妳面說吧。劉妍，妳別哭了。為了孩子，妳也回去找妳的前夫重婚吧。沒辦法，妳說得對，羊肉貼不到狗肉身上，我這孩子毛病太多，妳很難容他。他這次有病，如果不是他媽幫我照顧，現在這孩子恐怕早完了。劉妍，妳別哭了，想開點。」

劉妍說：「我這不是拿來了五千塊錢，給你兒子治病用嗎?!」

「不用了，她姥姥給想辦法了，妳這錢不用了。」

劉妍的眼淚又像冷汗一樣，「嘩」地落下一批，從頭到腳，濕了個透。她慢慢地站起身，極力想堅強一些，可她的臉上，還是止不住地淌成一溜溜兒。蘇雲峰試著扶了她一把，她才收住了險些邁進廁所的腳步。

出了蘇雲峰的家門，劉妍的眼淚更洶湧了。她沒有打的，而是走著，一步一步走回了醫院，在那一片一片的車子裡，她很費力地找到了自己的那輛。由於滿臉的淚水，還有正在湧出的新淚，她哭得淚眼模糊，只能把手伸到包裡摸，摸鑰匙。收費的老太太以為她在掏錢，向她說：「不要了，不要了。」劉妍也沒說謝謝，推著她的自行車，一路向前推。看著她的背影，老太太同情地跟另一婦女小聲說：「這是誰家的女人啊，誰的女人，哭成了這樣？」

推著自行車，劉妍還是一步一步向前走。她向王玲玲家走去，她想告訴王玲玲，她是給蘇雲峰送錢的。給他送錢，都沒送上，蘇雲峰又跟他前老婆過上了。

她還想問問王玲玲，現在的人，結婚、離婚，怎麼就像進出了一趟衛生間？那麼快，快得還沒整理好衣褲，一切就完了，就結束了。

可是到了王玲玲家，她說不出一句完整的話，只是不停地哭。沒什麼聲音，臉上江河奔流。王玲玲把她按到了沙發上，讓她坐下，然後給她拿了塊熱毛巾，敷到她臉上。她的淚水一會兒就把那塊熱毛巾變涼了。

王玲玲又給她遞了杯熱水，說：「別哭了，臉都蟄紅了。」

她不管，還是哭。

王玲玲嘆了口氣，雙臂抱肩來到窗前，自說自話，也是勸慰她：「男人，千軍易得，一將難求，還是想開點吧。」

——二〇二二年四月十七日修訂

一夫一妻

1

早晨的時候，薛漢風邊起床邊自語，說今天可能王歐陽要來。「王歐陽那小子，都當上縣人大的主任了。」

「你們老家那個?他當主任了，上次河塘有事，你怎麼不找他?」唐明月問。

「有什麼臉找人家，平時也不來往。」

「來往得還少嗎?上個月不是還一起吃了飯?」

「就是同學聚聚，哪次也沒用我請。」

「不出錢還場場必到，你的功能就是陪大家吃唄?」唐明月平時最恨老薛的同學聚了，哪次聚，哪次生一肚子氣。又說：「不出錢，出力，出嘴，逗有錢有閒的中產階級高興，愉悅身心，你的作用也不低嘛。」唐明月海豚一樣一拱，嘟囔說：「現在都吃飽穿暖了，物質賄賂只能算雕蟲小技，而你這樣的，才是高級伺候。」

老薛正穿T恤，兩隻胳膊還舉在半空，腦袋悶在T恤裡說：「妳這個娘們兒啊，說話就帶著三分毒，比毒蛇的芯子還毒。妳也就是女的，要是男的，出了門一天得挨八遍兒揍。」

「挨一百遍，也得讓我說真話呀!」唐明月知道氣著老薛了，心裡就竊喜。老薛是個火上房都不著急的人，東北話叫「煙不出，火不進。」煙不出、火不進的人，只有嗆到了肺管上，他才起急。唐明月繼續：「同學會同學，就是搞破——」最後一個字兒她省掉了，知識女性，咋也不好意思把那個「鞋」字說出口。老薛總是教育她要文明點。她用嘆口氣省去了那個字兒，做停頓，又說：「現在這世道啊，大家都說了，防火防盜防師兄。為什麼防師兄呢？因為師兄已經跟火災、盜搶一樣，太危險了。你們這些老男人啊，功成了，名就了，身邊的小蜜也看夠了，開始遙想當年，懷念同桌，那些辮子粗又長的小芳們。可惜，大喬、小喬都出嫁了，成了別人的婆娘。你們只能同學會，聚，以同學的名義。這把年紀什麼都懂了，在這世界上也沒有什麼抹不開的事兒了，飲酒作樂搞搞年輕時沒敢搞的名堂，你說你們可恥不可恥呀，我的薛師兄？」

「薛師兄」仨字被小唐叫得抑揚頓挫，充滿了諷刺、羞臊，話沒說完人已經進了衛生間。小唐有潔癖，早晨的洗漱她搶先，人進了衛生間，還批判繼續：「王師兄來，伺候師姐師妹們享樂的重任，又落到了你肩上了唄？」

薛漢風隔著門反批判：「小唐啊小唐，我看妳和那些沒文化的老娘們兒們，也無甚區別，三句話不離本行。在飯店吧，見人家一對老哥們兒，就說人家是同性戀；公園呢，一男一女，準說不正當關係。在妳眼裡，沒別的事兒。」

他倆在「好滋味」吃飯，看見過一對老頭兒，那個矮個兒的一直給高個兒的夾菜，他自己都不吃，用慈愛的眼神看著對方吃。吃完了，又踮著腳給對方戴圍脖兒，抻領子，披大衣。當時小唐小聲跟老薛說：「我敢斷定，他們絕對不是上下級，也不是同事，是同志。」沒說完，老薛瞪她一眼，她噤聲。

散步時去公園，一男一女，年齡也不小了，那男的更老一些，他們背對著一棵樹，摟抱得緊密。小唐說：「要是自己的老婆，那男的肯定不會這麼下力，也不需要跑到這麼艱苦的環境，家裡有床有屋，一定是狗男女。」

當時老薛問她：「有誰委派妳當世風監督員嗎？拿工資嗎？如果啥也沒有，嘴這麼欠，讓人家聽見胖揍一頓，值不值？」

小唐說：「就你膽兒小，怕跟我挨揍。」

現在，老薛說她三句話不離本行，只知道男女那點事兒，她一下就委屈了，捂著毛巾說：「我也沒冤枉他們呀。上帝都說了，男女要忠誠。不忠誠遭報應。」

唐明月不是演員，但她的淚水和歡笑都很現成兒，占了便宜，說笑，「嘎嘎嘎」就笑了，笑得一點不摻假；而什麼事觸動了心窩子，傷心了，那眼淚也絕對貨真價實，「嘩」地就上來了。老薛不怕她橫，怕她哭。看她又要翻江倒海歷數三千年往事，數落他們之間的一樁樁、一件件，老薛手腳利索地穿戴好，推開門，故作向後一仰，說：「哎呀，核爆啊，差點嗆我一跟頭，這是冒著生命危險呢。」

說著，一隻胳膊獻上來，把小唐摟到門外，說：「老夫也該用一用了。」

小唐破涕為笑——「老東西你也太誇張了，我一沒出恭，二沒用化妝品，哪裡會有嗆人的氣味呢。你要是個女人，也準是個三閒婆子。」

老薛用手搧風——「關門關門，後果自負。」

2

晚上下班，小唐在單位看稿子有些遲了，回來的路上她習慣性地拐向了老薛的單位。老薛單位是她回家的必經之路，如果老薛沒有給她打電話，必定是在辦公室等她。夫妻雙雙把家還，不是兩個人在秀恩愛，是唐明月怕狗。她小時候被狗追崴了腳，也被貓抓傷過，貓狗這兩種動物，成了她的天敵。偏偏她住的又是老舊社區，貓狗成群。唐明月起初怕大家說她沒愛心，不愛小動物，一直藏著掖著，不敢大張旗鼓地說自己討厭這些東西，懼怕牠們。在沒找老薛之前，在她單身的日子裡，晚上有約，多好的宴會，她都不去，主要是怕回來的樓道裡躥出野貓。當然，也怕男賓送她上樓後坐著遲遲不走。她的怕，讓她一直深居簡出，許多男士誤以為她在恪守婦道。和老薛共同生活後，老薛成了她的依靠。不久前，一樓的那個男人因為下崗，憤而占據了一棟四戶的所有窗前，圈起來，養了大狗小狗，野貓被有愛心的人餵得大如虎，最近，鐵絲籬裡又添了狐狸，據說都能賣錢。唐明月是東北人，平時天不怕地不怕的，跟老薛走在路上，因為一句話，抬手就是一巴掌，當然，不是真搧，像母親捋兒子後腦勺那樣來一下子。老薛是知識分子，處處講究個斯文，他覺得大庭廣眾，妻子捋丈夫的後腦勺，實在痛恨。他總是小聲的：「看看妳看看妳，破馬張飛的。」

「破馬張飛」是東北話，跟東北人生活久了的河北人老薛，已經對東北話運用自如。他發覺東北話痛斥人趕勁，也解恨。唐明月占了便宜，得意洋洋，腳下有彈簧一樣。她知道老薛是輕易不敢打她的，他們鬥勇的歲月，已經過去了，現在，只剩下了鬥智。唐明月回答他的方式是要麼再來一下子，要麼亮開東北女人特有的大嗓門——這時老薛有絕招，他突然低低的一嗓子：「貓！」或「狗！」

——唐明月一下子就蔫了，肩膀夾起，手心濕涼，整個人都折了起來，拉起老薛的一隻胳膊，低眉順眼，像個夫唱婦隨的賢妻。

老薛曾在心裡納悶兒，唐明月鬥起勇來不讓鬚眉，鬼神不怕，可是一隻野貓、一條賴狗、一隻蠕動的蟲子，都能嚇她半死。最初的時候，老薛以為她是在裝，女人嘛，都願意扮嗲。後來，他發現東北女人不玩這套，唐明月是真的怕。晚上散步，腳後湊來的狗會嚇得她突然大叫，她的大叫有幾次把狗的主人也嚇得不輕，嘴裡罵罵咧咧的。要擱別的事，她能瞪著眼睛幹，視死如歸的，但是，眼前是狗，是出出溜溜舔人的狗，唐明月攥緊老薛，不與人爭，灰溜溜地快步朝家走。回了家，眼神是散的，幾個小時之內，魂兒都回不來。

「虧她還有一怕！」老薛常想。這造物主是有安排的，一物降一物，不能讓你無法無天。小唐是個殺她剮她都嚇不住的主兒，可是貓狗、蟲子，能讓她癱。冬天出門，她穿高幫靴子，防狗舔。夏天也不忘穿長褲、高幫皮鞋，全身武裝，就是怕這些東西。偶爾從外面回來晚了，老薛要下樓接她。今天下班找老薛，老薛因為坐吳美霞的車去接王歐陽，直接進飯店了。一忙活，忘記了打電話，待小唐打來，他自知理虧。

有師兄師妹們在，老薛的電話接得禮貌、客氣，他像跟外人道歉一樣連連說著抱歉，對不起，說：「歐陽大師兄來了，大家坐一坐。」

又是「坐一坐」。唐明月的火騰地就起來了，看來是早晨就打定了主意，還裝得輕描淡寫！唐明月一邊走，一邊氣，沒看腳下，一泡狗屎讓她突然一跳，右腳踩在了磚頭上，崴得她直噺氣。按她的脾氣，現在該抨擊加痛罵，鞭撻他的虛偽，可是轉念，她改變了主意。老薛身邊，此時一定坐著吳師姐、周師妹，她們人人長得虎背熊腰，可是說話都嬌滴滴，笑起來攏著嘴，我唐明月為什麼一定要出演孫二娘呢？小唐改用短信，她把短信這樣寫：「只以為是回請王歐陽，沒想到又是同學聚。我一個人回了，你們慢慢喝吧。」

——怨婦總比悍婦強。她想。

老薛回得很快：「遵旨夫人。」

小唐努力把自己的怒火降溫，再降溫。但她怨婦扮不多久，想了想，又一條：「其實你該給我打個電話的，我也早點回家。」

哀怨變責怪了。

老薛回得還是很迅速，像在專門等她的短信：「非常抱歉，夫人。下次謹記。」

跟誰「夫人，夫人」的，裝什麼孫子呀。怒氣沖得她大步流星，腳崴又讓她一瘸一拐，不跟他短信了，也不再打電話，這點志氣還沒有嘛。她孫二娘的名聲已經在他同學中間廣泛流傳，不能讓老芳、小芳們再看笑話了，她要克制，忍耐，不憤怒，不失態，不讓師姐、師妹們撿樂兒。不就是一個人過狗區嘛，我不怕！

遠遠地，大門口就能聞見狗尿、貓尿和狐狸的臊味，在這春天裡，濃烈得要命。唐明月不能理解，那些滿地出溜的叭狗兒，嘴臉都變了形，甚至可以說是醜陋的，見人就嗅，就舔，就汪汪，撒歡兒都是賤態，為什麼有的人是那麼喜歡？舊時老電影裡的抱狗女人，錦衣豪車，生活奢華無聊，而現在，多少人窮得連孩子都養不好，生活髒亂破，抱狗的閒心是哪兒來的呢？唐明月差不多每天走到這裡，都在心裡責問一遍。

門口沒有堆坐著很多人，看來是吃完晚飯還沒有出來。早些年，唐明月是不願意大門口總是堆坐著人的，那時她單身，出來進去，在竊竊私語中走路都順拐。現在，她盼著門口有人，人多壯膽兒。沒有人，也得過，她蹭蹭蹭，忍著腳踝疼幾大步就躥上了七樓，掏鑰匙，開門，都很迅速，進屋，先坐到鞋墩上，安安神，喘息，撫胸口。有多少次，她問自己：「我是不是潘金蓮用貓嚇死的那個官哥兒變的？怎麼一想牠們，我都手腳發麻？」

老薛曾安慰她，說：「怕這些東西不丟人，魯迅那麼偉大的作家，也怕貓。魯迅說貓的眼睛不敢看，它能攝你靈魂。」

「對對對，說得太對了。就是這樣。」小唐連連贊同。她說貓的眼睛不是眼睛，是深淵，是無底洞，看它一眼，腳後跟兒都冒涼氣。可是還有人敢把牠們抱進被窩兒，又親又熱的。西方那句諺語是怎麼說？——「有些人的美酒，恰是另些人的毒藥。」坐在鞋墩上，小唐又想起了美酒和毒藥的關係。美酒和毒藥，得看是對誰來說，此時老薛桌上的美酒，不正是唐明月日子裡的毒藥嘛。

3

晚飯是白水麵條，就著榨菜吃。為了營養的需要，唐明月又東看西瞧，想找找黃瓜、蘿蔔這類可以生吃的東西，巡視了一圈，均無。吃得這麼樸素，老薛說她不是為省錢，是純牌的懶。唐明月身為一個女人，不愛女紅，不愛廚藝，愛幻想，愛精神世界。新聞聯播、地方聯播，雖然千篇一律，她拿著遙控器挨個看，白水麵條就著聯播裡的好人好事兒，也算津津有味。平常的這個時候，是跟老薛一起看，電視畫面上如果出現了東北人，殺人被通緝啊，跟城管的持刀相向了，這時候小唐就成了東北人民的代表，被老薛鞭撻。老薛會說：「妳看看，妳看看，看看妳們這些座山雕的後代，土匪窩兒裡出來的，都什麼年代了，還動不動就說打就獑，跟誰都動刀子。生番啊，改造起來難。」老薛說著還搖頭嘆息，像個憂國憂民的匹夫。

「就你們好，你們好，你們河北的老爺們兒，」──這時的畫面可能正切到了農民工討薪，討不出錢的農民工上了塔吊──「看看你們河北人，多熊，被人熊成了那樣兒，還上塔吊，拿死嚇唬人，引圍觀，也不嫌丟人。我們東北人可不玩兒婉轉，刪繁就簡，以惡治惡。黑格爾老先生都說了，是暴力，暴力推動了歷史。」

「別胡唚了，」老薛說，「什麼暴力推動了歷史，是惡欲，惡欲讓歷史前進。」

「反正不管什麼吧，我們東北人對歷史貢獻最大，史上留名。遠的，楊子榮，就不說了。近的，趙本山、范偉、小瀋陽，為萬眾愛戴吧？我敢說，他們的號召力大於省長、市長、國家主席。喜劇大師卓別林，民族英雄吧，趙本山他們——」老薛用兩手做停狀，說：「打住，打住，別忽悠，別忽悠。要說他們為萬眾喜愛，還不錯，比市長、省長號召力大，也算貼鋪襯。可是跟國家主席比、世界大師卓別林相提，就有點——『老母豬坐轎，抬得不應該了』。」

歇後語把小唐笑得「嘎嘎」捂起了肚子。

這時的畫面可能又出來了小奧，美國的黑人總統。小唐用筷子指著，說：「看人家，奧巴馬，那才叫總統，多有魅力，站那講話也不用唸稿，說的都是人話，一聽就懂。太有風度了。」

老薛說：「我就是不認識那個黑小子，要是能跟他通上話，一定告訴他，妳是多麼熱愛他，熱愛他的國家。讓他給妳直接批條，辦綠卡。」

「說人家好就要上人家呀，咋那麼臭不要臉呢。中南海還好呢，總理給你批條兒嗎？」

「所以說套近乎也是白套，吃肉喝湯各過各的日子。」

「就不能長長志氣？承認人家好，學學？」

「這輩子不趕趟兒了，下輩子跟妳爹娘打招呼，讓他們把妳直接生在那兒。」

「跟你爹娘打招呼吧，把你們全家都生在非洲、越南、朝鮮、阿富汗……。」——小唐把電視上經常看到的貧窮國家挨個數了一遍，還動手了。在中美關係問題上，她不如外交部，缺乏克制，一嗆著就發怒，撲老薛，扭胳膊、摁後背的。當然，也不是真打，以折磨為主，推著腦袋彎來扭去。如果憑實力，老薛一巴掌能讓她飛，可是老薛不下那個死手，陪著她練柔道，只是防守沒有進攻。電視繼續在播，他們因為政見不同，從嘴仗轉成了全武行，沙發上你摁巴來，我摁巴去，不分勝負，難解難分。最後，多是沙發上引發了床上的項目，老薛總結：「這女人，妳不把她從根本上解決了，她就老實不了！」

看看錶，快十點了，老薛還沒動靜。唐明月扔了遙控器，拿過手機，開始給老薛發短信，孫二娘的形象粉墨登場：「今晚的三陪到幾點？」

老薛的短信回得迅捷又簡單：「很快。」

「很快是幾點？」

「上主食了，馬上。」

——「豬食過後，不再唱一唱、嚎一嚎？」唐明月把「主食」錯摁成了「豬食」，也沒改。再一條：「還不得去歌廳把情發完？」

悍婦上場了，老薛了解她，沒有貓狗，她是老大。回：「我不去。我回家。」

唐明月想了想，命令：「十點半前，必須到家。」

老薛回了個「好」。

接下來，唐明月就像賽場上的主裁判，盯緊分秒了。王歐陽，什麼他娘的人大主任，王乾爹吧。「王乾爹」是順著給西門慶拉皮條的那個王乾娘叫的，她認為王歐陽每次來，都叫上老薛，就是在討好吳美霞。

十分鐘過去了，二十分鐘過去了，半點馬上就到。唐明月撥通了老薛電話，問他：「在哪兒？」

老薛接得慌亂，他說：「就吃完，就吃完，馬上走，馬上走。」

「你不是說早都上豬食了嘛，怎麼還就吃完?!你到底幾點回家?!」小唐尖嗓門叫得凌厲，估計老薛把手機壓得再緊，周圍的人也聽得見。聽見就聽見，丟人現眼才好呢，給臉不要。

手機就斷了。隔幾分鐘再打，老薛接得慢騰騰，說他在向單位走，他去取自行車。周圍已無嘈雜聲。

小唐的心劇痛，這肯定是坐到吳美霞的車裡了，還說去取自行車，騙鬼呢。單位離家步行只有五分鐘，平時上班都不騎自行車，現在大半夜的去取自行車？騙子！唐明月怒火高萬丈了，她大聲通牒：「薛漢風，你五分鐘之內不到家，就別回來！」

手機被掐斷了。再打，不接。

一直不接。

她開始發短信，用短信當匕首，當投槍：

「薛漢風，你們別美得看不清路，嘎吧軋死！」

「作孽，騙人，不得好死！」

「再來開我的門，八輩兒死光光！」

一條接一條，窗外已飄起了小雨，唐明月邊摁手機鍵邊想像著老薛坐在吳美霞的副駕上，吳美霞像那些有錢的大老闆，一隻手開車，一隻手摸老薛的手、臉⋯⋯。唐明月的手指都哆嗦了——憤怒又轉化為疼痛，刀絞。這樣的雨夜，路人稀少，他們完全可以把車停下來，為所欲為……

唐明月的淚水把眼睛浸得通紅，她又走到門口把門反鎖，不想回來就再也別回來了！堂姐唐曉風，因為丈夫晚歸，把一摞骨瓷盤子扔下了樓，扎爆了丈夫的車胎。唐明月想，她該用什麼方式，來懲罰今晚的騷男人呢？她把女友們用過的辦法逐個濾了一遍，文的是不跟男人睡覺，武的諸如扔碗砸盤子。遺憾的是她準備了半天，一樣都沒用上，因為老薛，根本就沒回來。

4

一宿沒睡，小唐看著鏡中的自己，黃臉婆就是這樣鍊成的。老薛真是色膽包天了。洗漱，穿衣，沒有老薛的打鬧，她的動作寂靜無聲，像個憂愁的寡婦。沒吃早餐，拎上包就下樓了。路過一樓時，鐵絲柵欄裡的大狗小狗們、肥嘟嘟的野貓們，還有那尖嘴的狐狸，都來扒柵欄朝她看，憤怒讓她的膽量有所增，不再溜牆根兒，而是昂首闊步。一隻大野貓伸著頭，左歪一下，右歪一下，小臉兒一抖一抖的，向她發著嬰兒般的喵叫。唐明月頭皮立起，飛走起來。

路過老薛單位門口時，她怕碰見熟人。「如果遇上老薛，他會不會自作多情地以為，我是來找他的呢？求他回家？那我唐明月也太沒志氣了。」小唐平時走左側，此時她躲到右邊，人行道上逆著走。可還是碰見了小辛，辛眉眉。

小辛不笑三分媚，一笑百媚生。同事關係，老薛一直拿小辛當親閨女慣著，小辛也適慣，在誰面前都能獲得格外的加寵。有一次在辦公室，小唐看見老薛的桌上有一沓寫著「辛」字的出租票，這意味著，報銷出租票這類跑腿領錢的活兒，都是老薛在效勞。牆角，還堆著一大袋洗髮液、衛生紙類的，小唐以為是自家的，老薛說那是小辛的。哦，發福利也是老薛在給小辛當苦力。別的男人占女人便宜，都是多快好省；而老薛，學雷鋒做貢獻，殷勤有餘，索取不足。

唐明月不願意讓小辛看見自己憔悴的臉，想趕緊繞開，可是，小辛落落大方地叫住了她，叫她「嫂子」，問她：「怎麼沒跟薛老師一起走？」

小唐支應著說：「他有事，先走了。」然後勉強對付幾句，欠債的一樣落荒而逃。到單位時，已經快十點了，文聯，上班時間也不緊。弟媳曾問過她文聯是幹什麼的，紡織女工的弟媳，總以為是個單位就得生產點什麼。小唐告訴她，一年四季在生產一本叫《太行》的雜誌，三個月一本，一年出四本，不賣錢，還免費給一些人發一發。弟媳說太羨慕她了，三個月才出一本，還不賣錢，還月月發工錢，這樣的領導太好了。

六樓，全靠兩腿爬，唐明月進辦公室已是氣喘吁吁。弟媳羨慕她，她還羨慕唐曉風呢。曉風在國稅局上班，兩部智慧大電梯，直升飛機一樣，「嗚」地一下上，「嗚」地一下下，二十幾樓，眨眼之間的事兒。每次爬六樓，她都想到堂姐的電梯。

辦公室很破舊，一臺老式電腦，滑鼠被眾人握滿了汙漬。唐明月如果不編稿，她碰都不會碰那臺公共電腦。稿子昨天已送審，她今天來，抱著一本書。可事實上，她根本看不進去，滿腦子都是老薛，老薛的一夜未歸，現在在哪兒？

同事小宋進來了，濃烈的香水，撂下手包、外衣，人就出去了。小宋喜愛看電影，一般的時候，她來上班，就是到資料室，看看不花錢的碟片。

同事小元進來了，也是一股濃烈的香水，撂下手包、紗巾，人也出去了。她的愛好是閒聊，婆家、娘家，夠聊一個上午。她一般的時候，是去財務，跟小明聊。

主編清老師進來了，她吩咐小唐再編一篇稿子，領導的講話，剛拿來，急上。然後，她也離開了辦公室。清老師聊天的對象比小宋、小元都高一格，主席、副主席的，跟領導保持一致，工作方能立於不敗之地。

唐明月曾經琢磨，弟媳再問她文聯是幹什麼的，她應該告訴她，是「領導幹部兒媳婦聯合會」：清老師算老一代的兒媳婦，她公公是文化廳前廳長。小宋、小元呢，一個公爹是現任文化廳長，一個公爹是省離休老幹部。幾十號人的單位，基本被兒媳婦們占據。只有近幾年，軍轉幹部才多起來，娘子軍裡有了男丁。老領導的孫子輩們，讀書不好，文憑不硬，進公務員隊伍難，也陸續進文聯這樣的事業單位，好歹吃財政飯，省心。小唐握滑鼠的手下墊了一張面巾紙，腦子編稿，心在旁騖。看看時間，十一點多了，一上午，也沒有老薛的信息。而平時，兩人鬧了紛爭，老薛是要道歉的，或者電話，或者短信。現在，一夜沒影兒，他同學會還會出理來了。

老薛的世界太多彩了，而我小唐活成了尼姑。為什麼我不考慮一下辦公室戀情呢？正這樣想著，走廊響起一個濃重的河塘口音：「介（這）是肥（誰）呀，介是肥呀？還全鬚全尾地來啦？大家以為得去南郊送妳了呢。」

南郊是火葬場。

一個女聲響起，是苗花芳。她說：「老朱同志，你也一把年紀了，連個話還沒學會說？你爹娘沒教你，你自己也白活？」

苗花芳前幾天住了院，婦科病，保密。可還是被老朱知道了，可見老朱的閒。老朱人長得還算精神，拔過軍姿的身材在娘子堆兒裡格外惹眼，「瞎子的王國，獨眼龍就成了國王」，每天兒媳婦們逗嘴的對象，就是這個老朱，朱秦許。小唐剛才想到的辦公室戀情，第一個對象，也是老朱。聽了他們的對話，小唐打消了念頭，真是有病亂投醫，人家老薛搞辦公室戀情，那是人家資源豐沛，妳這裡能比嗎？幾乎不毛之地。老朱這樣無聊的男人，軍姿拔得背影再好，一開口就讓人膩味，和他搭訕，豈不自掉身價？

小唐關了電腦，心灰地想：同是文聯，可老薛那裡充分驗證了那句話：「兵熊熊一個，將熊熊一窩。」老薛他們的辦公大樓，蓋得前有廊後有廈，還帶著一塊園子，名貴的花草。這樣的辦公條件，全國沒有第二家。上班有熱水澡洗，有免費的午餐，有健身娛樂的球室，有小辛這樣高級別的漂亮兒媳婦，有午飯後小睡半小時的沙發，可謂應有盡有。這樣飽暖的生活，想不樂都難啊。

小唐一下一下地摁著桌上髒舊的座機，她把電話打給了唐曉風。「幹嘛呢？姐。」

「明月呀，正想給妳打電話，來我這吧，一起吃飯說說話。」

兩個女人有心事了，互為軍師，互兼心理醫生。

5

她們都是東北人，唐曉風十八歲那年，上帝就給了她好運，來鄰居家探親的李奚郎，相中了她的美貌，把她調到河北，安排了工作。唐曉風富貴了不相忘，又讓丈夫調來了堂妹唐明月。命運後來的發展，出乎她們預想，本來李奚郎接過父親權力的槍，當上了勞資科長，家裡天天有人送禮，唐曉風還生了兒子，母憑子貴，日子過得有車有魚，老家的人提起唐曉風，都說命比娘娘，公公是大官兒，丈夫也當了官兒，輩輩兒都有好日子過了。可是，有一天，唐曉風披頭散髮，來到了唐明月的家，她說：「這個臭不要臉的，沒法過了。」

「怎麼沒法過了呢？」唐曉風詳實敘述。紡織廠的女工，只要求他辦點事兒的，包括給丈夫換個工種的，他都拿人家當了老婆。

「我也發現了，」唐明月幫堂姐分析，「他可能有淫瘋。」唐明月比唐曉風多讀了幾天書，她說堂姐夫是把自己當成漢成帝了，有很多次，在她去廚房的時候，李奚郎對她動手動腳，把她們姐妹，當成趙飛燕、趙合德了。

曉風不太清楚那段事，只說他太畜牲，跟他弟媳婦，也粘粘糊糊。

「他爸也那樣，看來是隨根兒了。」唐曉風又說。

唐曉風是在李兵三歲那年，跟李奚郎離婚的。那時的唐曉風入黨了，提幹了，人也從紡織廠，進了國稅局，還提了個副處級的幹部。離婚後的日子，唐曉風只剩了一件事，找丈夫，找個理想的好丈夫。唐明月跟她的目標一樣，唐明月也帶著個兒子，個人條件不如堂姐的好，可找好丈夫的理想，是一致的。她們差不多把全部的精力、幻想，都用在了再結婚姻上。一心一意，一條道跑到黑，幾年下來，她們吃驚地發現：那理想的好男人，上帝根本就沒給她們捏。

被生活猛烈地教育過後，唐曉風說：「其實，咱們不找也行，現在也不像封建時代了，女人要嫁漢才有飯吃。我們有工作，能掙錢，房子我們都可以自己買，為什麼非得找個男人才叫過日子呢？有體力活，雇人都能幹。沒有就不找吧。」唐曉風比起唐明月，更是個寧缺勿濫的人。

那時唐曉風剛剛買了個大房子，商品房，她想用一個新的空間，創造一份新的生活。裝修尚無經驗，她以為把錢準備好，其他都很簡單。實際情況是，還得有體力，還得有時間，還得有巨大的抗挫力，還得有宰相肚量。錢是一分不少，甚至越花越多，屋裡的活，越幹越糟。跑腿盯攤兒，唐明月也幫過忙。裝修接近尾聲，該安熱水器、空調了，唐曉風給唐明月打電話，要她一定過來，陪她一起裝。

唐明月說用得著這樣隆重嗎？兩人多窩工。再說今天編稿子，走不開。

曉風告訴她：「那妳就十分鐘給我打一次電話。隔十分鐘就打。」

唐明月不明就裡，曉風告訴她：有個女人，也是單身，裝修，裝完了，那個幹過活的工人又來敲門，他說他工具落在牆裡了，來取。女人把門給他打開，他進屋，直奔那個暖氣做的暗牆，裡面曾藏一個精緻的小匣子，是女人的首飾盒。工人把暗牆打開，一把小錘果然在那裡。女人這時還給他端了杯水，裝修的日子，相處還不錯，小工人說話眼皮兒都不敢抬，首飾匣子就是女人信任他，讓他給打的。小鐵錘刨向女人的頭時，女人都驚呆了，正面，仰臉倒了下去。工人不放心，又連砸幾下，女人一動不動了，他才去掏出那個暗匣。可惜，空空的，女人還什麼都沒裝，只是預備。

曉風說：「這兩個月，他們一定看出咱們家裡沒有男人。明月，妳可別忘打電話啊。」

唐明月遵旨。那天，空調、熱水器安裝了兩個多小時，只有一個工人在幹活，曉風怎麼都覺得他磨磨蹭蹭，時刻警惕，一直在門邊站著。唐明月十分鐘一個電話，十分鐘一個電話，後來有事，隔了有二十多分鐘，才打。通了後，曉風說話的聲音都在抖，她說：「明月，我們還得找。」

當然是找男人。

國稅局，兩邊的飯館都有特色，但兩個人食不甘味。唐明月只吃了一口，就坐正，用濕巾擦嘴，面容疲憊，她說：「騷爺們兒，一宿沒回。」

「為啥？」

「同學會。又是同學會。」

「妳給他難堪了？」

「我發短信罵他了。」

「罵一罵就不回？也太嬌慣了。」

「我咒了他全家。」

「妳也是，不該咒人全家嘛。」

「又是師姐又是師妹的，還有那個王茶壺，他們太氣人了。」

「一宿沒睡吧？」

唐明月用手摸摸臉──「沒人樣了吧？」

「沒有證據，不該自己折磨自己。」

唐明月嘆了口氣。

「不過，我也別說妳，我遇了事兒，也跟妳一樣。昨天，老鮑把我心都快氣崩了。」

「你們為啥？」

「他現在像換了一個人，說我該雇保姆，說我不該生在百姓家，應該生在皇宮。說了歸齊，就是因為李兵。他是因為李兵在找碴兒。」

她們吃著，靜靜地咀嚼，每次傷心，難題幾乎都是一樣，男人、婚姻。互相也拿不出有效的主意，只是傾吐、訴說，然後彼此安慰。

曉風說：「薛漢風這個人，雖然本事不大，但過日子，還是夠用了。睜隻眼閉隻眼吧，打散了，我們也不好過。昨晚回家，我從地下車庫出來，先是貓把我嚇了一跳，剛上臺階，一個小混混，又跟著，嚇得我頭皮都奓了。如果不是跟老鮑生氣，他會接我的。」

唐明月說：「可不是，電視上報導一個搶劫的，他從後面上來，直接摑了那女的一個耳光，斜衝著，把那女的一下就打懵了，後來醫院說耳朵都聾了。我看那畫面心都嚇得直跳。」

「唉，過日子受男人欺壓，沒有男人一個人還害怕，這兩種日子都他娘的不太好過。」唐曉風說完，兩人都笑了。

6

和曉風分手後，唐明月一路上都在看手機，沒有短信，沒有老薛的未接來電。懊惱中，手機響，是兒子唐朝。他說他明天到家，要回來考一個什麼資格證。掛斷電話，唐明月像《漁夫故事》裡的那個魔鬼，發誓：「薛漢風，你今天給我打電話，道歉，我就與你和好；明天打，得考慮考慮；後天打，我就不原諒你，我也吃了你！」

誓約期過了，薛漢風既無電話，也沒回家，整個人就像從來不存在一樣。別的老婆遇到了此類問題，可以直奔男人老窩兒，上辦公室，找領導。唐明月不能，因為她沒有結婚證。平常過日子，政府不管，聯防的也不抓，過了就過了，沒證有沒證的好處，簡單。現在，遇了事兒，又顯出了無證的劣勢，她理不直氣不壯，只能乾挨著。

其實認識老薛的最初，唐明月是嚮往婚姻的。那時，她的兒子小，老薛的兒子也不大，他們都下過把對方的孩子視同己出的決心。待實際一過日子，才知道不是己出就視同不了己出。小唐是東北人，不慣孩子，她把唐朝教育得有規有矩。而老薛這個河北佬，肚子裡的學問再高，男娃傳宗接代，閃失不得，他把男娃嬌成了姑娘養。小唐教育他，要富養閨女窮養兒，男孩子才有出息。老薛嘴上應著，實際另搞一套。這使薛剛除了跟父親在一起，跟任何人相處，都是難的。是小唐先熬不住了，她說還是各負其責吧，愛咋養咋養，當祖宗供著，能端動就行。

老薛和她斷了一陣兒，他想再給兒子找個理想的後媽。找了半天，他也發現難度不下於找七仙女。和更多的女人比，老薛發現小唐還算個好人，首先，她不靠嫁漢吃飯，沒把自己的擔子全撂到對方的肩上，這給他減輕了壓力。其次，小唐不貪婪，虧不吃但也從未想方設法整男人口袋裡的錢。最後一點，頗讓他省心，就是東北女人敞亮，不說一套做一套，連對薛剛，都是怎麼想的就怎麼說。他談過一個女人，當他的面，對兒子比親媽還親，以為他不在，他看見過她對薛剛厭惡凶狠的眼神。

他就又跟小唐好上了，他們的狀態有點像民兵，忙時種地，閒時練兵。平時各過各的日子，有活來幫幹活，沒活熱絡一番，那時他們都年輕，隔三差五，相愛一晚，不失為一種非常科學的生活方式，品質遠遠高於那些終日廝守的。短暫地相聚，互相給的都是好兒，不良惡劣的一面，誰也不好意思往出端。珍惜愛情，感情像新婚，在一起根本待不夠，哪還會打起來呢？因為沒證兒，倒細水長流了。直到兩個孩子都上了大學，老薛才結束了民兵的日子，搬到小唐家。如果不是隔長不短的同學會、同鄉會，他們的日子，還是好過的。

想想這場分崩，小唐又追根溯源地恨上了王歐陽、吳美霞，連同周小麗。她們敢情吃飽喝足了，天天找樂，還得墊進去薛師兄。小唐靜下來的時候，滿腦子都是吳美霞，吳美霞開心的笑，吳美霞嗔怪著對老薛的掐擰……。吳美霞是中學的副校長，兒子高中時就送出了國，丈夫也位高權重，日子可謂有閒有錢。小唐曾經當著老薛的面，罵吳美霞是吳大娘，周小麗就是那個賤春梅。有一次周小麗給老薛打電話，唐明月清楚地看到樓下的車裡正坐著吳美霞——這是賤春梅在攢局兒呢。那一天唐明月氣得成了潘金蓮，所有的師姐、師妹，都被她叫成這淫婦、那淫婦的，叫得老薛搖頭嘆息，哭笑不得。

老薛是有討女人歡心的才華的，他一張嘴，能讓一桌子人笑翻——巧舌如簧，在這個不缺吃、不缺喝的時代，他的娛樂尤顯得金貴。兒子唐朝回來，小唐強撐笑臉，打精神，給兒子做飯，問他學校的情況。晚上，唐朝看家中無老薛，問母親：「咋了？生氣了？」小唐說：「沒事。」

唐朝就給薛剛發了短信，問他知不知道他爸怎麼了，怎麼沒回家。

薛剛回信說不知道。

唐朝告訴母親，說：「我給薛剛發短信了，問他爸，他說不知道。」

小唐兀地就發火了，聲音一下很高：「用你問？你這樣一問把我置於什麼地步？好像我離開他，活不了似的。他兒子怎麼不給你發短信？他怎麼就不關心他爸？你顯什麼欠兒，這下好了，等著吧，得八抬大轎去抬了。」

唐朝愣愣地看了母親幾秒，一倔身，回自己屋去了。這個母親，真是讓人無奈，為了她好，她還這樣。胳膊折在袖子裡，逞什麼強呢。唐朝轉身回屋的眼神，讓小唐一下就痛了，悔了，兒子沒有像其他孩子那樣，生氣了一摔門，他走得非常安靜，甚至是蒼涼，一個孩子，閃了一下老人般的滄桑眼神——唐明月的難受雪上加霜，她腳下千斤重，也回自己屋了。趴到床上，淚水洶湧。

當初下決心跟老薛長相廝守，結束民兵生活，是有原因的。唐朝上大學那年，他們陪他去了學校。在辦理手續的過程中，窗口那個惡劣的婦女，強行讓他們買被褥、買生活用品，還得自己去庫裡扛。那被褥是黑心棉，馬紮、臉盆也都偽劣。小唐來了脾氣，她說：「所有東西我們都自帶了，不需要。」

那婦女告訴她不想要找校長說去，她只管發放、收錢。說著，喊「下一個」，對她們，就不理了。炎炎烈日下，隊伍很長，都想往前湊一湊，站到陰涼。唐明月對著窗口還想講理，那婦女佯佯不睬，扭著臉。唐明月斥責：「你們還像學校嗎？像黑心商販！」那婦女回斥她：「有能耐把孩子送北大去、送清華，怕是沒那本事。」唐明月伸手就想把窗口掀翻了，讓那婦女出來說話，把剛才說的再重複一遍。那婦女一看到碰到硬碴兒了，有些膽怯。糾葛中，唐朝小聲說：「我爸爸都領出來了。」

他平時一直管老薛叫「伯伯」的。

唐明月一下子就息了聲。

吃飯時，唐朝的幾個新生同學也坐到這桌來，老薛給大家添了豐盛的菜，同學們說「你爸你媽」，唐朝也說「我爸我媽」，叫得自然。那一刻，唐明月驟然一痛：自己太疏忽了，唐朝是渴望有爸有媽的，而不是繼父。

後來，她徵求兒子和老薛的意見時，他們都表示願意改口，父子相稱。老薛說弄這一職稱，比弄個正處級還難呢。這樣，他們就結束了四人三姓的局面，她跟老薛，也公開以夫妻相稱了。

可此時的老薛，他還配當一個父親嗎？

7

電話終於來了，老薛就像出了幾天的差，跟唐明月之間沒有任何嫌隙。他說：「唐朝回來了，剛聽薛剛說的。中午咱們去全聚德吧，讓孩子吃點好的。」

三月份的時候，薛剛返校前，唐明月帶他大吃了一頓正宗的全聚德烤鴨，吃得那瘦孩子滿嘴流油。現在，老薛是投桃報李。小唐持著電話，難以對答。因為此前，她一直準備著，老薛來電話，求和、道歉，她該如何痛斥他。現在，他繞過了那些，直接說的是吃飯，叫上孩子吃頓好的，出乎意料，她該怎麼辦呢？

正猶豫著，老薛說：「別拿捏了，都是孩子娘了，還矜持個什麼勁呢？」

「座位我都訂了，就這麼著吧。」老薛撂了電話。

小唐看著一屋子的空氣，茫然。唐朝這幾天考電腦，她也沒上班，除了做做飯，就是興高采烈地陪兒子，跟他聊他小時候的那些事兒。唐朝懂事，他知道母親的興高采烈是扮的，也不再碰傷疤。他說：「等我拿了資格證，就能打工掙錢了，媽媽妳等著跟我享福吧。」

這樣的話讓唐明月鼻子發酸。

今天，唐朝說去跟一個初中同學見面，中午在外邊吃了，下午回來。明天就該返校了。小唐看著空氣，想，應該給老薛這個臺階，應該讓孩子走得放心，鬥智鬥勇，不在一城一池，也不在一朝一夕。老薛的電話雖然超過了誓約期，現在先留著他，有帳不怕算。這樣想著，她給老薛發了短信，告訴他唐朝中午在外邊吃，聚餐只能晚上。

老薛回了個「擬同意」。

五點鐘的時候，小唐下樓，看到唐朝正扒著鐵柵絲逗弄小狗。她也停下來，一隻狗只有拳頭大，全身的毛都向外翻著，是蹦著走，圓球一樣。唐朝指著說：「這可能是刺蝟下的崽兒。」小唐幾乎是覷著眼，沒有兒子，她還從未仔細看過這些東西，她認為牠們是醜陋的、駭人的。還有一隻，胖身子，四隻小腿細得像昆蟲，尾巴還打著捲兒，狗臉豬身子。一樓的男主人欣慰地叫著牠們的名字，都像兒童，胖胖、豆豆的。一隻大貓湊過來，衝著唐朝喵喵叫，小唐拉起了兒子的手，說：「快走，快走吧，牠們身上除了蝨子就是跳蚤，離遠點。」

唐朝說：「媽媽妳不知道，牠們其實很好玩。」

全聚德離老薛單位很近，快到門口時，唐朝拐進了郵局，他讓媽媽先走，他給手機卡充值。小唐猶豫著，是直接去飯店，還是到老薛的辦公室等會？正想著，前面走過一男一女，他們不知道身後來了小唐，女的手裡拿著一沓紙，像是複印的文件，男的背著手，陪同散步一樣。他們說什麼小唐聽不清楚，但能清楚地看到，男的說一句，女的拍打一下，用手中的材料。說一句，拍打一下，甜蜜嗔怪，背影盡現。這個騷老薛，就是有逗女人高興的才華啊，不知他又說了句什麼，小辛樂得一下子都蹲下了——害怕小辛坐到地上，老薛哈下腰攙……

小唐拐進了衛生間，她得緩一緩，定定神兒。

再出來，她直接向全聚德走去。一個人坐在裡面，要了壺花茶，慢慢地啜飲，黯淡地想：人家才是親人啊，日久生情的親人。算起來，無論時間還是空間，老薛跟小辛在一起的時光更長，已經遠遠大於了家庭。準確地說，老薛將生命的三分之二，都貢獻給了她們，同事、同學、同鄉，一個男人，跟妻子在一起的光陰，不足三分之一。同吃同樂同勞動，人家才是耳鬢厮磨啊。

老薛每天，都早早地來到辦公室，擦桌子，打熱水，窗明几淨，小辛才坐著丈夫的車，踩著高跟鞋的橐橐聲，快樂地來了。小娘子好福氣，從一個窩兒挪到另一個窩兒，坐下來就能喝上涼熱正好的清茶。老薛待她，既有老爹的親切，又有公爹的客氣，冷暖適度，尺寸宜人。工作上有了任務，小辛願意幹的，則幹，不願意的，攤手推給老薛；有時高興了，兩人一起幹。今天，或許就是相伴著去複印室呢。你耕田來我織布，你擔水來我澆園，幸福啊。

老薛摟著唐朝的肩膀進來，小唐還沉浸在對小辛的羨慕中。老薛問她點菜了沒有，小唐說沒有。老薛大手一揮：「來隻全鴨，今天不要半隻了。」

要全鴨的都得到了服務員的好臉色，小姑娘親切地問老薛：「鴨架怎麼做？」老薛熟練地說：「兩吃，半隻椒鹽半隻湯。」服務員得令下去了。接下來，老薛像個親爸爸，問唐朝的學習情況、這次回來的考試情況。唐朝說：「沒把握，聽說這個證拿下來很費勁。」老薛說：「不怕，考試院有我同學，等我打個電話問問。」

小唐知道他打電話的人，一定是吳美霞。吳美霞只當個副校長屈居了，她應該當市長，她經常給在全市的人民解決問題。

老薛看她一眼，意思是：託她關照咱兒子，妳沒意見吧？

小唐用鼻孔出冷氣做了回應——哼，當市長都小了，她分明是人間的觀音啊，女菩薩。女人強，則中國強。

老薛周到，頻頻地給唐朝捲餅，同時也給小唐遞一份，還一碗一碗地盛湯。唐朝還是個孩子，他以為吃了這頓飯，熱熱鬧鬧，就皆大歡喜了。他高興地說著跟同學的見聞、學校裡的好玩事。他不停地說，他希望母親快樂。

小唐的心悠在半空了，她摸不準老薛今天的方子，配的什麼藥。以為示好、求和，可是整頓飯下來，他並沒有格外的表現。以為像老夫老妻，可是那份客氣周到又形同老朋友、老同事。飯後，向外走時，老薛又提議：「吃得這麼飽，到單位打球消化消化食兒吧。唐朝，你的球藝有長進嗎？」

唐朝說：「跟劉國梁不敢打，跟您，還是能比劃。」

「好，好，勇氣可嘉，一會就試試。」

小唐一家全民皆乒乓，小唐喜歡，老薛更熱愛，兩個兒子不是太有興趣，但他們懸賞：能打過爹娘者，發奧運會同比例的獎金。

進了辦公室，老薛換鞋，拿球拍，唐朝直奔電腦，說：「你們先去玩，我看看學校的群，有什麼新消息沒有。」小唐坐下來等，她的等與往日不同，既無孫二娘的跋扈，也沒有女主人的姿態，她看著老薛倒水，拿毛巾，收斂了平日的諷刺。她的拍兒也在這裡，老薛遞給她，她還說了句「謝謝」。一前一後，來到了乒乓球室。往日，老薛會說妳準備輸幾局啊？輸了可別耍賴等。今天，他沒有，像領來的是一個女球友，進了門，放好一應，還把翻號牌戳在那裡，很正規。

小唐左手握拍，臉也繃得緊緊，一板一板，接打起來又狠又準。

第一局，老薛輸了。他說：「小意思，這叫禮貌球，主場嘛，總得讓著點。」

再開始，老薛發壞，他的小球發得又刁又鑽、稀奇古怪，小唐實在不耐煩了，直起腰，說：「你這球能不能打得有點自尊心？追求點品質？旁門左道，不嫌丟人呢。」

「打球要的就是真功夫，妳以為是吃甜棗呢。」

應對不周，小唐輸了。她說：「打大局吧，四勝三。」

「什麼都依妳。老夫不懼。」

再發起球，小唐也開始朝著歹的方向用力，聲東擊西，出其不意，幾乎每一個球都讓老薛吃了。老薛問她：「能不能講點操守？流點道德的血液？」

「奧運會上站到領獎臺上的，不是靠實打實的計分嗎？有另立一牌計量操守和道德血液的嗎？」小唐拌著嘴臉上也沒有笑容。擱從前，他們是嘻嘻哈哈的。

一個長球擦邊了，老薛說聽到了擊案聲，小唐說沒有，是打在了衣服上。這樣，球滾到腳下，小唐把它足球一樣踢了回去，又輕又準，送到老薛腳下，讓他重新發。老薛不服，再踢回來，說別賴。一個小球在他們的腳下踢過來，踢過去。若往常，小唐早拿著拍兒追砍老薛了，也不是真砍，就是圍著案臺，把老薛追個汗流浹背。有時快追上了，老薛車轉身，跑了個反方向，兩人就纏在一起，倚到牆上，老薛讓她叫師傅，她讓老薛叫老師，多數的時候，老薛讓著她，說：「師傅就陪著女徒弟再打局指導球吧，誰讓我是妳師傅呢。」今天，只踢了兩個回合，老薛就撿起來了，沒有給她追砍的鋪墊，完全是友誼第一，比賽第二。

為打球而打球，沒有求和道歉，這球就打得沒什麼意思了。又一個大局打過，小唐輸了，她說：「不打了，唐朝該回家睡覺了。」

她的心情非常地不好了。

出來鎖門時，天已擦黑。老薛提著東西，另一隻手鎖門，門變形了，腳也用上，擠門，都沒用小唐幫忙。小唐到了夜晚是不囂張的，這塊園子靜得怕人，野貓的眼睛螢火一般。老薛知道她膽小，但沒有攬她走的意思，小唐也沒有拉他的胳膊，硬著頭皮往前邁，走得寸步不離。

進屋，唐朝問：「戰況如何？」老薛說：「你媽是我手下敗將，當學生我都不收。」小唐已經沒有心思跟他鬥嘴了，說：「朝朝咱們快回家吧，媽媽累了。」

老薛送他們到樓門口，止步了，叮囑朝朝回去照顧媽媽。小唐簡直羞憤交加——這個死老薛，他今天唱的是哪一齣呢？把人耍大發了。和兒子上樓的時候，憑著嗅覺能聞到三樓拐彎處的一大灘狗尿，他們艱難地躲避著，唐朝說：「媽媽妳邁大步，一步跳三級，就跳過去了，就沒事兒了。」

如果沒有兒子，唐明月此時真想大哭了。可是當著兒子的面，她不想哭。自從目睹了單位清老師的哭，一個老年婦女的哭相，她就告誡自己：再也不能當著外人的面，大哭了，這個年齡，實在不雅，那簡直是有多醜獻多醜。上帝拿走了女人的年輕，還收走了哭的權利。那晶瑩美好的淚水，只屬於少女、少婦。她強壓著悲憤，關了燈，告訴兒子她睏了，讓兒子也早睡吧。

唐朝應了一聲，還給她送來杯水。

兒子的懂事讓她又一次鼻子發酸，趕緊息燈，掩飾住了。

電話響，看顯示，是唐曉風。她說：「明月妳沒在家嗎？我在妳樓下。」

8

沒有電約，就直撲樓下了，看來堂姐也被什麼事蹉跎得不輕。唐明月坐起身，揿亮了燈，讓兒子去樓下，接曉風姨一下，拿上手電筒。

曉風一路上樓一路抱怨，說：「狗尿味，太臊了，嗆死人。」

唐朝又給曉風姨倒了杯水，讓姨跟媽說話，就自己回屋了。曉風看著他的背影，說：「明月妳沒白辛苦，這個孩子養得值。不像我家那個，完了，跟他爹一個樣。」

「孩子啊不能慣，老話說：『慣子如殺子。』不慣的孩子，有孩子樣。」

「慣不慣得看他是什麼坯子。是那玩意兒，茄子就長不成黃瓜。唉，咱們不說他了！」——曉風熟門熟路地坐到了床上，到堂妹這，姐倆一直床上說話。唐明月給她後背上塞了個硬實的靠枕，「墊點腰」。

曉風不藏不掖，開門見山：「老鮑翻臉了，門鎖都換了。」

「有那麼嚴重？」

曉風的眼圈漸漸紅了——「其實呀，就是因為李兵，他怕受拖累。」

「李兵不是跟著他爸？也不常來，他還擱不了？」

曉風不說話了，使勁控制住湧上的淚水，她仰臉，哽咽，把眼淚往回倒。停了有那麼兩三分鐘，唐明月遞給她餐巾紙盒，「嗖嗖嗖」她一下扯了三張，攥成一團，摁口鼻上，才說：「李兵，唉——」

「又是女同學？」

「這回不是，他抽粉兒了。」

唐明月一下睜大了眼睛。在她們老家，管吸毒的叫「抽大煙兒」，誰家出了抽大煙兒的，這家人就完了。

「他爹嫖，他抽，爺倆占全了。」曉風的眼淚定在眼裡一動不動。

「這孩子到今天，李奚郎有責任。」

「他巴不得李兵進去，好省心。」

「哪有這樣的爹呀。」

「這不就有嘛。」

「老鮑就為這個不過了？」

「他當然不這麼說。他提了別的理由。上一次李兵的學校找過我們，他回來，臉色都變了，一路不說話；後來，跟我說，男孩子養不好，就是顆定時炸彈。」

「人家能跟妳同福，人家沒義務跟妳共難。又不是李兵的親爹，親爹又怎麼樣了呢……」曉風再抽了三張紙，眼淚瞬間就把紙濕成了團兒。「我第一天走，他第二天就把門鎖換掉了。說不是防我，是怕李兵。他說吸了毒的人，眼睛看什麼都是金子，空氣都像錢。」

實話說，曉風的哭相還不算難看，她底版正，直直的鼻樑，一對美目分列兩邊，方方的嘴巴，牙齒潔白結實。不是天生的這副長相，當初找男人也不敢那麼挑：鼻子稍歪的，不要。喝茶翹蘭花指的，不要。吃飯時用指甲剔牙的，更刷掉。連那些跟前妻三天兩頭打電話的，都不考慮……。幾不要的標準，她濾掉的男人有一個加強排。遇上老鮑，她跟唐明月打了個比喻，說這有點像扒住一大車在挑梨，你扒拉過來，我扒拉過去，看著是在挑個兒大的、好點的，其實咋挑也是大家剩下的，不趕緊撿一個走人，再回頭，這樣的都沒有了。

老鮑是煙酒公司的，一相處很合唐曉風的心。既沒有政客的冷酷，又不同於純商人的見利忘義。加之母親是東北人，很多生活習慣都是東北的，連罵人、開玩笑，都用鄉音。唐曉風和他認識的第十天就去登記領證了，唐明月問她是不是快了點，曉風說這種事兒看準了就要果斷，不然夜長夢多。她單位的一個女同事，跟一人談了半年多，還想慢慢考驗了解呢，結果有一天，那男的跟另一女的走了，這種事，有證兒才牢靠。

那時唐明月也正忙著跟老薛結婚，他們比不了堂姐唐曉風，曉風和老鮑領過證兒，各自請了假，大明星一樣歐洲、美洲的旅行去了。而她和老薛，貧困夫妻百事難，住房困難，孩子困難，未來的很多都是困難，沒多久又各負其責了。當她們再通電話，曉風的幸福已經像季節，轉到秋天了。她開始抱怨，老鮑喝大酒，老鮑天天晚歸。不過老鮑的脾氣還算好，他回來晚她氣得扔了盤子，他都沒跟她發火兒，還哄她，說以後早點回，不喝了。

現在，老鮑不慣著她了，主動提出離婚。

「他突然這樣，我活得生不如死。」曉風啜泣。

「要不，明天我給他打個電話？」

「不用，上趕著不是買賣。婚姻也一樣。」

9

曉風走時，還感慨：「明月，還是妳清醒。這樣最好，不領證兒，沒有契約，誰都得收著點，不會這堆兒、這塊兒，四仰八叉地全亮給妳。隨時下課的關係，倒穩固了，還少受傷害。」

唐明月笑了。有一句話是怎麼說來著？別只看那賊吃肉，不看那賊挨打。上帝製造了男女，實在是暗藏玄機，一男一女，一夫一妻，唉，成了每個人一輩子的作業、難題，沒有誰是得一百分的，能及格，算好日子了。

曉風還託付了她一件事，找找楚安常。曉風說她從前一直瞧不起拿筆桿子的，現在，她改變了，這些人雖然窮點、酸點，但他不會這山望著那山高，不輕易就挑攤兒散夥。「就算老薛再同學會、同鄉會的，不也沒有不過日子的心嘛，這麼多年，還不是在跟妳過？」

「拿筆桿子的人踏實。」

小唐送走堂姐，暗忖：人是不能總受打擊的，打擊多了，智力都會減。堂姐現在竟然動了老楚的心思，她忘了當初李兵管老楚叫什麼，一想那名，小唐現在都憋不住笑。

老楚當年是別人介紹給唐明月的，「在政府部門工作，沒什麼油水，政策研究室的」，介紹人說。和老楚見了第一面，她把楚安常的種種學給了唐曉風，當時，曉風的兒子李兵也在，一個初中生。唐明月說：「一個大男人，怎麼這樣呢？妳說，他是怎麼回事？」小唐有請教的意思。

堂姐沒等說話，李兵在一邊開口了，他幾乎是一字一頓，一頓一蹦，他說：「這樣的人，就叫：傻——逼——洛夫斯基！」

他說得又快又流利，她們倆都聽愣了，以為他在說一個外國人的名字。待她們明白過來，這孩子是給楚安常起的外號時，兩人都笑得像哭了。

東北挨俄羅斯近，這個斯基、那個斯基的多，這小子給楚安常起了這樣的外號，她們笑過之後，不能不覺得有點貼切。從此，她們叫老楚洛夫斯基，或者洛夫。

其實老楚的表現也沒有那麼傻，只是見面時，喜歡悠胳膊。那天，第一次見面，小唐坐著，老楚站著。她以為他客氣，請他坐，老楚就是不坐，小唐只能略微仰著臉，跟他說話。老楚不坐的原因，小唐是後來才揣摩出來的。當時，老楚兩腿叉開，略寬於肩，屋熱，沒有空調，他用兩隻胳膊當風擋，一前一後，一甩一悠，衣衫薄，下衣襬被他悠搧得一呼嗒，一呼嗒。那天，面對老楚，小唐幾乎什麼都沒記住，就記住他悠當的胳膊和一飄一飄的衣角了。

傻逼洛夫斯基。她怕犯了堂姐以貌取人的錯誤，又見了第二面。第二次，老楚依然沒改，屋中央八字腳張開，兩隻胳膊還是邊悠當邊說話，絲衫在他胳膊帶動的風力下，一呼嗒一呼嗒……

分手後，老楚買賣不成仁義在，經常跟小唐打電話，發短信，年啊節的，發來的那些順口溜，讓小唐覺得幼稚之中見真情。前一陣，她還跟堂姐說：「洛夫還單著呢，還沒找。」現在，她決定，明天就去看看洛夫，即使不為堂姐，為自己，她也想去看看他了。洛夫這樣的男人，天下不多。

剛躺下，老薛來電話。唐明月拿起來，看看他又有什麼新花樣。老薛佯打耳怔的，說：「明天讓唐朝給我送幾件衣服，我這沒換的了。」

你坐監呢，還得送衣服，看來是想打持久戰了。唐明月拿著電話，努力平靜，不生氣。她說：「送衣服哇，行，正合孤意，我這幾天正收拾破爛呢，屋子小，沒地方擱。不過明天唐朝返校，上午還要買點東西，下午吧，下午我給薛大人送去，擱收發室，你自己別忘了拿。」

老薛在電話那邊愣了一下，說：「小娘們兒，擱收發室，不嫌坷磣呢。」

「那有什麼好坷磣的？人家那些離婚的，還不活了？」

說完唐明月就摁了電話，並關機。「哼，曉風說得對，婚姻也是買賣，越上趕著越要黃。再慣你，我真成傻老婆等著茶漢子了。」

第二天，小唐送走了兒子，吃了午飯，小睡了一覺，換上得體的套裝，精神抖擻，向老楚的辦公室進發了。她的心情現在格外好：第一，楚安常在電話裡的欣喜之情，讓她失落的心得到了安慰。第二，她從火車站回來時，看到樓下站滿了人，遠時還不知是什麼熱鬧，走近，有各種穿制服的，一輛黃色長臂挖掘機，只一下，再一下，那個圍狗的鐵絲柵，就成了一小團鐵線。貓狗、狐狸被工作人員抓雞一樣塞到了鐵籠子裡。原來，政府要透綠，城市美容，「三年大變樣」，這第一要變的，就是臨街的狗區，給拆除了。

好日子，說來就來了。小唐心裡好歡喜，人啊，一輩子不知會借上誰的光兒，從前，她一直痛恨政府今天拆這，明天豁那兒，整日塵土飛揚的。現在，如果有一柄麥克風伸到她鼻尖前，她一定會說感謝黨，感謝政府。

換了兩次公車，就到了楚安常單位，雖然也是政府部門，但因為不重要，他們的辦公室只偏居在一個檔案圖書混雜的舊樓。小唐邊向裡走，邊想起李兵給他起的名字，洛夫斯基，一晃十多年了，他還是願意悠著胳膊說話嗎？

進門，落座，老楚已經給她準備好了兩種水，白開和熱茶，告訴她喜歡哪個喝哪個。還用盤子，放了榛子、松籽，說：「東北的，妳肯定愛吃。」小唐感動得羞愧，她正想說什麼，老楚竟逃一樣跳了出去，說：「妳等一下。」

她以為他又去拿什麼東西，有三四分鐘，或者更短，老楚回來了，頭髮上滴著水，很細的水珠，他兩手伸到頭上向兩邊抹，沒有鏡子，完全靠暗中摸索——哦，他是整理頭型去了，去衛生間用濕水，「對鏡貼花黃」，上水過多，一滴，兩滴，頭兩邊一直向下滴答。小唐很想站起來，找毛巾幫他擦一擦。老楚明白她的意，說：「好了好了，這就好了。」頭上的水果真在他兩隻大手的摁抹下，服帖地乾了。

小唐憐惜起眼前的這個男人，男人的那顆心，可惜，天下總是癡心人面對負心人，這是老天的捉弄。小唐說：「快別忙活了，坐下吧，坐下說會話。」

老楚說：「沒事，我都打電話了，一會請妳吃飯。」

小唐告訴他：「不在這用飯，家裡還有事兒。」

老楚問：「沒請好假呀？」小唐搖搖頭。老楚的幽默幽得太笨，讓妳想笑都笑不出，想接話接不上。這方面可真比不了老薛。只能再次說：「坐下吧，坐下說會話。」

老楚坐下來，還好，沒再悠胳膊，這使小唐暗暗高興。她真誠地看著老楚，打聽他現在的生活、老家那邊。老楚說沒有老母親在那邊巴望著，他這一輩子，就這樣了。可是老母親年年催，不找一個，恐怕她死了都閉不上眼睛。

小唐說：「找個對，老了有個伴兒。人是群居的動物，一個人太孤單了。」

老楚說這個人還行，帶個小女孩，才四歲。「孩子從小養，跟繼父親。」

小唐笑了，這個老楚，確實是洛夫，笨得實誠。

後來，老楚問她：「今天來，肯定有事吧？有事就說，我能辦到的，一定盡力。」

小唐說：「也沒什麼正經事兒，今天得閒，有個朋友，單身，年齡四十出頭，長得漂亮，我琢磨著，你周圍，如果有走單兒的，人好的，幫她介紹一下。」

「妳說的不是妳堂姐吧？唐曉風？」

「還真是她。」小唐這回從心裡笑了，老楚也有不「洛夫」的時候嘛。

老楚說：「這好辦，我對象吳美麗她姐，吳美霞，路子可廣了，人脈也旺，有什麼事兒，她幾個電話，方方面面都有人。」

10

晚上，小唐趴在床上寫日記，一筆一劃，她寫得非常認真，有白天對老楚的感慨，有回望對老薛的痛恨。拆除狗區的好心情，已經蕩然無存了。

世界真小，老楚的這個女友，竟然是吳美霞的妹妹。如果老薛真的跟吳美霞有那層關係，那以後，他跟老楚，可以論挑擔兒了。東北話叫連襟兒。豬狗猿猴的家族，才亂七八糟，爺爺跟孫女都來，人類，可別淪落到那天啊，一夫一妻，上帝都給你配好了——小唐正寫著，門鎖響，老薛推門進來了。

前些天為治老薛，她天天把門反鎖。現在，已無此必要。誰想到，他單單回來了呢？看著從天而降的老薛，小唐直起身，愣怔著。

老薛說：「沒有換洗的衣服了，回來換換。」小唐這才想起，她說給老薛送衣服，早忘了。老薛男主人一樣四處撒眸，掛衣服，換拖鞋，還去了個衛生間，又洗手擦臉，一切整裝好了，才來到床邊，歪著頭：「寫啥呢？又記變天帳呢？」

「看我本兒爛眼睛！」小唐把本子合上了。

老薛胳膊長，一把抓過來，說：「我看看妳胡寫八寫了些什麼，符合歷史真實嗎？秦始皇為什麼燒你們、埋你們？就因為你們這些人胡寫八寫，歪曲歷史，醜化現實，不燒了你們，留著你們?!」

小唐說：「你那封建殘餘時代已經過去了，現在寫什麼隨便，中宣部都不管了。」邊說邊搶。老薛用另一隻手舉得高高，邊舉還邊看：「今天去了洛夫那兒，洛夫有對象了……」——「洛夫是誰？」老薛一把將日記本扔飛了，他問，「誰是洛夫，洛夫是哪個騷爺們兒？」

「你還有臉說人家，看看你自個兒吧。」小唐撿起本子，掖到了床底下，說，「洛夫你應該認識呀，都快成一擔挑兒的哥們兒了，要同一個丈母娘了，同一個丈人爹。真是大水沖了龍王廟。」

老薛又去翻本，小唐死死地壓著，老薛就只好先搬人。小唐說：「你不是回來拿衣服嘛，去櫃子裡拿嘛，搶我本幹啥?!」

「妳給社會主義抹黑，妳在變天帳裡胡記八記，妳感謝政府吧，不是時代變了，妳就得打成右派，關進驢馬棚。」

「關哪兒我不怕，用不著你操心。」小唐快速地抽出本子，跑到另一屋藏起來，說，「言論自由，何況記日記了。」

老薛躺下來，說：「我累了，歇一會兒，不管妳了，兒大不由爹，願咋的咋的吧。再來抄家的，被專政了，別怪我沒提醒妳。」

小唐聞著酒味，問：「又伺候師姐師妹們高興去了？」

「縣裡來了個作者開研討會。」

「日子過得不錯嘛，你們這幫禍害。」——小唐正想批，突然停電了，外面的路燈映得屋裡什麼都看得見。老舊樓，總是跳閘斷電。老薛起身，熟門熟路地去抽屜裡拿工具，找鋁絲，他翻了幾下，沒有。讓小唐拿手電給他，小唐不動，兀自躺到床上去了。

老薛看到光影下，小唐的後背，寬窄有致的腰身，一週的分別，愛意頓生。他學著電影上壞男人的腔調，說：「小娘們兒，本老爺問妳手電筒呢。」

「你也沒雇我看著，我手上有？」

「是嗎？沒有哇？我看看別的地方有沒有。」老薛到小唐的身上來找。小唐笑罵：「臭不要臉！」老薛說：「也沒跟外人。」繼續尋找。小唐推他，他就一隻胳膊使勁摟。過去對付小唐的法寶，也基本是這樣，一摟不行二摟，二摟不行三摟，一直摟得人老實了，不再推他、搡他，兩人就算和好了。可是今天，小唐像下了決心，尥蹶子的馬一樣把他踢開了，老薛說：「我還不信這個勁兒了，治不了妳。」他加大了手的力度，碰到了小唐的囊囊肉，小唐就洩勁了，說他「要手電筒自己去找嘛，臭不要臉的。」

鋁絲接上，屋裡燈亮了，老薛已精疲力盡，躺在床一側，馬上就睡了過去。小唐收拾殘局，心想：跟他生了這麼多天的氣，歉沒道，啥也沒說，就這樣稀裡糊塗地又好上了？發的那誓呢？下的決心呢？總不能把他推醒，把人推出去吧？算了，明天再說，小唐也累了。她剛要躺下，老薛的手機響，人倒機靈，閉著眼睛摸過手機，覷著看上面的來電。看，看，看了有半分鐘，說「不接了」，合上蓋。

小唐蹭地坐起來——「是不接嗎？是不敢接吧？」

「這麼晚了，接啥。」老薛含糊。

「我看看誰。」

「打錯的。」

「是打錯的嗎？怎麼晚上來的電話都是打錯的？」小唐去抓手機，老薛躲不過，說：「吳美霞，我不是跟她說了朝朝的資格證嗎，她肯定是說這事兒。」

「那我還得謝謝我爺們兒捨身用了美男計唄。」

老薛不戀戰，轉過了身。

小唐對著他後背，分析推理加批判：「這就是天天打，天天嘮，嘮上癮了沒剎住車啊。電話裡發情，不知道人家爺們兒已經回家了，還以為在辦公室呢。我就納悶兒了，她的爺們兒怎麼不管她呢？哦，人家有撩騷兒的資本，別說打電話，就是家裡藏個野漢子，都沒事兒，樓上樓下，大別墅啥也不耽誤……。」老薛在小唐的歷數中，鼾聲如雷了。

11

其實老薛主動回來，是受了一點小刺激。

晚飯的時候，河塘縣有個作者，由王歐陽引薦，吳美霞幫忙，來省文聯拜碼頭，要開個作品研討會。老作者頭髮都花白了，一輩子才出了一本書，是自費，費用也由王歐陽牽線，實際也是命令，命令縣裡的一個農民企業主，承擔。老作者惶恐，一個勁地舉杯，敬酒，在他的敬酒詞中，老薛才明白，老作者即將是王歐陽的親家，老作者養了個好女兒，才貌俱佳的那種，王歐陽的兒子想奪魁，他老爹就出手相助使把勁兒了。

飯桌上，還有個仁行長，嘮了幾句。老薛也聽明白了，仁行長是吳美霞指示來的，仁行長管這頓飯，管接下來開會的一應吃喝、人員住宿。仁行長年輕時愛過文學，現在也常寫寫詩啥的，喜氣洋洋，錢出得心甘情願。該縣的文聯主席、宣傳部副部長，都來了，王歐陽這個人大主任很有面子。他因為老娘病重，席間打來了電話，算賀電。吳美霞今天倒不出工夫多搭理老薛，她在主要照顧兩個人，縣文聯主席是她的小學同桌，副部長呢，當過她中學的班長，都不是一般的交情。吳美霞重情義，一個勁兒怕他們喝不好，勸酒，還示範性地主動喝。小辛也在，創聯部全體都參加了，小辛也顧不上他，忙著和仁行長暢飲。他們的座位隔著兩個人，這使他們每次的舉杯都比較曲折，要高聲說話，長伸胳膊。他們也才剛剛認識吧？怎麼一下子那麼熟呢？仁行長說：「辛老師，辛老師如果開研討會，費用我包了。」

小辛也真是招人喜歡，她說：「書還沒出呢，開什麼研討哇。」那個「哇」字又嬌又羞，還飽含著謙虛、可愛，讓老薛都想，我要是有權、有錢，我就給她出書，幫她開研討。仁行長懂行市，他說：「先出書嘛，後開研討嘛。放心，出書的費用，也由我，咱們好人做到底嘛——」他的話句句帶著「嘛」，逗得小辛掩著小口，略後挺上身，還稍歪，風情萬種的。

這樣的小娘們兒，誰能不喜歡呢？老薛在心裡感嘆。

周小麗也在，她的擔子重些，她除了給大家倒酒，還負責吳美霞的紙巾、杯碟，得了閒，馬上衝仁行長使勁；但有小辛在，她的努力顯得艱難，加之外表也不占優勢，她只能用整杯的酒，來表現。她說：「仁行長，以後也幫我們貸點款唄，我弟弟——」吳美霞看她一眼，她就住嘴了。吳美霞嫌她操之過急。

各取所需，效率驚人。老薛失落地發現，如果是一圈人都處在有閒有錢，聚一起純是玩、樂，他就能顯出優勢，而此時，利益當前，一頓飯要解決許多具體問題，他的存在就顯得多餘了，無足輕重了，還有點訕訕。老作者一直在向創聯部主任敬酒，他眼裡最大的官兒，應該是創聯部主任了；吳美霞幾乎是左右開弓，招架她的小學、中學同學。小辛和仁行長在相敬如賓。只有周小麗，跟他一樣冷清。「我側身其間，卻不是他們中的一個。」老薛想起了這句有點令人心酸的哲言。

小辛也完全忘記了身邊的這個老爹，這個老爹平時對她的照顧，此時，她不需要老薛，她今天不虛此行，仁行長是提款機，未來有用的人。她畢竟年輕，連照顧老薛的情緒一下，都顧不得，整頓飯，都是笑臉盈盈地對著財神爺。那一刻，老薛有些想念小唐了——小唐的本真，小唐對人的不諂媚、不勢利。

如果此時小唐在，她會如此這般嗎？肯定不會。她若有她們這兩下子，在單位也不會那樣受氣了。她沒有辛眉眉的伶俐，沒有吳美霞的霸道，更沒有周小麗的低賤。她活得特立獨行，從不作假……。老薛看著三個女人，聯想著自己的老婆，越想越後怕，這樣的好女人，多險丟嘍。

傻坐著，給大家當觀眾，老薛想退席了。這時候，他得感謝小辛的丈夫了，是他提前來接娘子，酒席才有了散的跡象。老作者喝高了，吳美霞她們也喝得不少，小辛和仁行，興致正濃。小辛丈夫的到來，略掃了大家一點小興，但是小辛圓滿地站起來，向所有人敬了一杯酒，致歉，辭行，動作、語言都非常漂亮，甚至堪稱華美，然後拉起丈夫的胳膊，向外走去。

看著背影，老薛想：她平時盡說她老公沒文化、沒情調，這麼甜蜜、相愛，看不出沒情調哇，相反，還風流有加呢。

回小唐那他是快馬加鞭，打出租回的。一路上，他光想小唐的好兒了；越想越不安，這樣不摻假的女人，再不哄哄，像那躥了轅子的馬，就不好收韁了……。老薛過電影一樣想起了小唐的一樁樁、一件件，他還記得和小唐認識的最初，為了打動她，傾其所有，買了個大黃金戒，小唐看了看，嫌笨，也大，她不喜歡，就跑去金店換了副小巧的耳鏈兒，餘下的，分量還不算輕的戒指，她給他母親了。老薛母親農村人，一輩子也沒有戴過首飾，按老規矩，該是長輩給兒媳套戒指，現在反過來了。老薛的老母直說：「這樣的媳婦，不賴。」

她不認錢，她不貪婪，她活得沒有心計，更不見風使舵。如果不是這樣，在她的單位，全單位的人都出遊過了，三峽、麗江的，一次都輪不上她。勞模、先進，凡是跟發錢有關的、利益沾邊的，都沒她的份。小唐多次跟老薛說：「不拍馬，不溜鬚，就是犯罪了，也得罪人，小鞋第一個要穿的，就是你。」當時老薛安慰她：「人欺不是辱，人怕不是福。」「人惡人怕天不怕，人善人欺天不欺。」幾句《增廣賢文》，讓小唐一下就釋然了。小唐迷戀他的，正是這些俏皮話。

老薛悄悄地拿出了鑰匙，開門的時候，他還想：如果屋裡鵲巢鳩占了，非得豁了老命把他攆出去不可。

12

這幾天小唐的心情都像那首老歌名：〈我們的生活比蜜甜〉。一樓的狗區，徹底清除了，綠草坪，假石頭，還有一棵棵叫不上名來的樹。美觀小唐倒沒有要求，別有騷味，別嚇人，就是好日子了。老薛告訴她，別高興得太早，鐵絲裡的貓狗、狐狸是拆走了，可是樓道裡呢，各家各戶的呢，也還不少。就說三樓的拐彎兒那塊吧，天天不是有認路撒尿的大狗？

小唐說：「你別給我唸喪歌兒了，去掉一點是一點。」

和平的日子，小唐不再想煩心事，老薛的那個晚上，究竟住在了哪裡，她沒有深究。得閒的時候，她給曉風打了個電話，問她最近的生活。曉風說在國外呢，回去再說，就把電話掐了。單位裡，還是一年四本刊物，老朱跟眾兒媳婦逗樂。這天，單位通知小唐參加一個大會，是全省的什麼宣傳動員會。小唐奇怪怎麼讓她參加？參會是一種資格，尤其有飯的，平時一直由清主編去。原來清主編有事，另有重任，去當評委了，這個會就暫時由小唐去頂一下。

到了會場，才看到老薛也在。頭半場，會場裡坐得滿滿的，人頭也都支愣著，慚慚地，有趴桌上的了，有交頭接耳的，還有低頭擺弄手機的，有上廁所的。主席臺上的官兒們比較苦，講話的還好，有個稿子唸，而那些陪坐的，太累了，多倦，也得直著身子，歪歪扭扭不像話。實在扛不住了，也像下面的人一樣，出去借廁所放鬆。

會開到了後半場，出來進去的人不斷了，有的在走廊抽煙，抽完乾脆不進去了，去樓外放風。有的開了小差，逃會了。會開到十一點多，座位空缺近半，主持會議的一個處長，焦急地跑到走廊，催大家進去，還吩咐幾個女服務員，讓她們換掉工裝，進會場給坐一會兒，算填空兒救場。處長小聲嘀咕：「一會大頭兒來了，做總結，一看這麼點人，還不發火啊。」

大頭兒是快結束時才來的，也許在哪兒剛開完一個會，也許也不願意坐一上午的板椅，他來後，很熟練地，講幾句，一總結，一指示，會就開完了。

散場了大家都覺得舒暢。

吃飯的時候，黑壓壓一堂，那些出去放風的，又都回來了。小唐她們這些毛菜角色，坐在了末席的末位，有人湊趣地把老薛拉過來，讓他們坐到了一桌。這桌因為沒有領導，大家吃得放鬆，省勁兒。小角色平時家裡生活也不太好，那些精緻的蝦球啊、魚肉啊，大家都吃得生猛，幾分鐘就光一盤。老薛倒不嗜酒，也跟著女會員你爭我趕，吃得真實。這時候，迤邐而來一個中年美人，她舉著杯，笑盈盈，她說：「薛漢風，薛漢風，我找你半天了，你坐這呀。」

老薛起身恭迎，雙手相握，說：「紅主席，紅主席我正想去給您敬酒呢。」

中年美人一拍打，說：「敬什麼酒哇，我在你這兒吃了。那邊拚酒，我受不了。」說著，老薛已把椅子給她放到屁股底下，桌前的盤、筷也迅速倒出一套，請紅主席坐。美婦人很嫺熟，二郎腿一搭，說：「別客氣，別客氣，大家繼續，我跟薛漢風說會話兒。自從上次分手，我還一直不忘薛漢風待人的周到呢。」

老薛確實周到，變戲法一樣變出了三隻杯子、茶、飲料、紅酒，他說：「喜歡哪個喝哪個。」這一幕，讓小唐想起了老楚，洛夫。洛夫在他辦公室提前給她備好的兩種水，天下的男人，可能都是照顧起老婆以外的女人，更細緻周到吧。

老薛意識到了小唐的一瞥，他用手籠統地對著空氣一撩，浮皮潦草，說：「這些，都是我們系統的，也來開會。這位，是紅主席。」老薛報了個地市的名字。小唐抬眼，說：「我還以為紅主席是演員呢，這麼漂亮。」

紅主席沒搭理她，這個並不惹眼的女人，她只以為她是恭維沒恭維好，她側身對著老薛，說：「漢風，上次跟你在一起開會，真是太愉快了，幾天都難忘。尤其吃飯，遊玩的時候，我們單位的小黑，到現在一說起你還笑呢。」

看來老薛不只是逗師姐、師妹，下去開個會，還逗得文青們難忘呢。小唐把飯嗞得無聲，眼皮兒耷拉著。老薛開始緊張了，臉紅了，今天的席面太不湊巧了，有小唐，相當於一個紀委幹部啊。老薛儘量正經地敬酒，說場面上的套話。紅主席倒是放鬆，跟他不分上下級，老朋友一般。小唐快速盤算，這個騷老薛，平時一直以為吳美霞是她們家的頭號敵人，哪想到，這兒還藏著一個女幹部呢。

小唐什麼時候走的，老薛沒有注意。

晚飯，是鹹菜稀粥。老薛心虛，他知道自己今天犯錯了，丟醜了。他沒有當著女主席的面，告訴她小唐是他老婆，只籠統地對著空氣一揮胳膊，這個很傷女人心。小唐悶頭吃，老薛也不造次，吃得專心致志，彷彿他特別熱愛這稀粥鹹菜。小唐一碗粥喝光了，再盛一碗，又喝下去了，終於忍不住，說：「這男人吧，活著能上新聞聯播，死後進八寶山——從前我還瞧不起這樣的男人，覺得他們官迷。現在，我不這麼看了，我覺得他們偉大，無比偉大。起碼有了這樣志向的男人，他每天都會琢磨，怎麼能邁一臺階，再上一臺階。當了官兒，老婆、孩子都受益，這樣的男人有什麼不好呢？而有些男人，不當官，不掙錢，更甭提上電視新聞聯播了。這樣的男人餘出閒精力往哪用呢？逗娘們兒！」

這是開火了，老薛還是專心嚼鹹菜，他已打定主意，不接火。

一個領導人的特寫，非常逼真。小唐說：「薛師兄，你談談，你說說這些活著上新聞聯播，死後進八寶山的人，偉大不偉大？」

「見仁見智，不爭論。小平都說了，不爭論，吃飯。」

「我就奇怪了，你一天，圖個什麼呢？哄女人高興，那是人家爺們兒該幹的事兒，你總義務地替人家獻殷勤，是能評上先進工作者？還是有獎金？」

老薛呼嚕呼嚕地喝稀粥。

小唐又說：「你看你們單位的誰誰誰，」——她提的是一個男作家的名字，「人家也上班，也要參加事務性的工作，可是人家天天擠時間，吭吭寫，著書立說，成了一個有威望的人。你跟人家比比，不白活？」

「人比人得死，貨比貨得扔。上帝說的。」老薛說。

「那個誰誰誰又有名又有錢，這樣的人也配在文聯待著啊，看看你呢？」

老薛放下碗了，也放下了筷子。他說：「小唐啊小唐，我一直以為妳是清高的，不庸俗的，不重物質的，可是妳看妳，張嘴名，閉嘴錢，還活著上新聞聯播，死後入八寶山。從前，我怎麼就沒發現妳也是勢利鬼一個呢。」

「我勢利鬼？你可不勢利，天天兩手袖著風，沒有任何負擔，你這叫不勢利嗎？無恥，無責，無所事事。」

老薛放下碗，不吃了。

小唐又舉例：「還有誰誰誰，你們單位從縣上調來的那個，才幾年，人家老婆、孩子也都調來了吧？你看看人家，天天都在幹什麼，努力寫作，珍惜時間，幾年工夫，成了一個享譽全國的大作家……」

老薛說：「人家有個好丈母娘啊，還有個好老婆。有做飯的，有帶孩子的，那麼省心，哪個男人能不成材？喊。」

「天天逗娘們兒，你看看哪個丈母娘願意做飯，哪個老婆願意看孩子。」小唐質問。

「妳就知道逗娘們兒、逗娘們兒，跟女的說句話、吃頓飯，都成逗娘們兒了。真是淫者見淫，盜者見盜。」

小唐被噎得嘴裡的鹹菜像枚釘子，卡在那兒。

「孔老師三千年前就說了，女人和小子不能養，近了，不遜；遠點，就怨！」老薛仰身倒了個京劇舞臺上的僵屍，足尖朝天。

13

再見唐曉風，她穿著上萬元的聖羅蘭衣裙，臉上抹著幾千塊一瓶的進口化妝品，落寞是蓋不住的，眼神也寫滿疲倦和憂傷——她剛從歐洲回來。結婚時，歐洲、美洲地玩了一圈，離婚了，又用歐美之行，來敷貼創痛。

創痛的敷平要靠時間，唐明月看著堂姐，她想。道理誰都能懂，癒合要靠自身。今天和堂姐見面，她主要的任務，是聽，聽她說一說，權當心理醫生。

曉風說：「我現在相信上帝的存在了，祂肯定是有的，祂創造了男人女人，是有意的。」曉風眼神迷離，這使她顯得比平時深刻。她說：「當初找李奚郎，我們相信愛情，更相信男人，一門心思奔婚姻。後來結了婚，才知道，男人沒有愛情也不耽誤結婚的。對男人的認識，也不是一朝一夕，活到老學到老，都學不懂，學不會，學不完全。他們超出我們的想像。離了婚，我們想獨立，自己掙錢，自己買房，還克服了巨大的生理困難，甘當尼姑，可是，不是怕貓，就是怕狗，劫道的、搶包的，連裝修，都怕人家一錘子把妳砸死。女人離不開男人，這是上帝故意留下的一筆。」

「我們渴望乾淨的生活，要一個好樣的男人，結果呢，上帝個個都留下了黑洞，不是好賭，就是好嫖，要麼好大酒、好當官，好……。總之，他總有一好。有了自己的女人，他的好就不再在那根肋骨上了，他另有所好，一直好不動為止。」

「就說老鮑吧，那麼好大酒，沒有酒他都不好活了。可就是這樣，他還跟我離了婚。看妳的生活有麻煩了，人家就走了，撤了。我猜上帝一定讓女人傷過心，他在捏人時，是有偏向的。不然他捏夏娃時，一定會從亞當的心、肝，或肺葉上，來一片，那樣，我們的日子就不是今天了……」

她們沒去茶樓，也沒進飯莊，兩人坐在午後的草坪上。曉風家是高檔社區，有假山、流水，還有一塊不小的廣場。一群孩子在不遠處嬉鬧，他們在追逐一團灰乎乎的東西，搶到了，用腳踢，踢向對方的腦門。那東西一會升上了半空，一會掉落下來，像一個絨布玩具。這時那幫孩子踢過來了，她倆都睜大了眼睛辨看，同時驚駭地發現，那不是絨毛玩具，是一隻真實的死貓。兩人不約而同站起來，扯著手就向假山上走，坐到了高處、安全處。再向下看，那幫孩子踢得沒有任何顧忌，有的嫌踢不解勁，還用手抓起來，抓住貓的尾巴，使勁掄，掄上幾圈，再朝對方拋去。被擲中的孩子撿起來，再以同樣方法，擲回來。他們以貓為彈，玩得興致盎然。小唐跟堂姐說了那句西方諺語：「有些人的美酒，恰是另些人的毒藥。」唐曉風頻頻點頭，說：「是這樣的。」

小唐還給她講了《浮士德》，那個魔鬼的故事。故事是老薛販給她的，轉譯。她說浮士德當初，曾有很多願望，一個都不能實現。這時候，魔鬼來了，魔鬼告訴他，都可以幫他實現，只要他永不滿足。如果有一天，他滿足了，沒有願望了，那他的靈魂，就不歸自己，歸魔鬼了。

浮士德說：「那容易，我永不滿足，越多越好。」就這樣，他提一條，魔鬼答應一條，提一樣，實現一樣。他幾乎是要什麼有什麼了，生活裡已經不能沒有魔鬼……。曉風說：「看來，老鮑就是我的魔鬼，我現在離開他，很難受。」

後來，那幫孩子踢遠了，小唐她們的話題從家庭說到單位，從單位再說到家庭。為了安慰堂姐，她歷數了老薛很多的毛病，說：「老薛這樣的，二百歲不夠他活，過日子他一點都不操心，等等。」

曉風的臉上有了笑模樣，她說：「按妳的理論，那些國家領導人，天天最忙了，可哪個送去八寶山時，不是高齡？」

「那不能比，人家是富活，老薛是窮混。」

曉風說：「行了，知足吧，閻王就別再嫌小鬼瘦啦。」

14

回家的路上，小唐想起老薛的好兒：有一年她們的房子漏，七樓，除了下雨漏，冬天的許多人家因為太陽能，忘記關水，牆也被滲成了鹽鹼。一層一層，魚鱗一樣翹著，三面牆上都有。小唐說看牆上的魚鱗就像看見貓毛、狗毛，非常難受。老薛找來了裝修公司，問他們處理一下要多少錢。對方看了看，一開口嚇得他倆都直了眼睛。老薛說：「有那些錢，我買按揭房了我。」

然後，老薛讓她去弟媳家住幾天，他來解決。

幾天後小唐回來拿東西，走廊裡就聞到了刺鼻的氣味，打開門，老薛正在施工，他的長方形小臉上，磨道的驢一樣蒙著塊大毛巾，只露眼睛。他在用鋼刷，一下一下，戳牆上那些魚鱗。魚鱗發綠，又硬，那是曾經漆過的油漆，牆裙子。老薛攻克它們的辦法，是潑上了草酸，草酸很嗆人，臉上那塊布，算他自製的保護服，手上，膠手套已經燒漏——小唐當時非常心疼這個男人，熱愛他的肯幹、為省錢而吃苦的精神。她說：「俺娘說了，抓豬不看圈，這輩子，就是你了。」

唐明月進屋，洗手，戴圍裙，韭菜、雞蛋、三鮮餡的餃子，是她的主打，也是招牌。大興水面，大動工程，當初唐朝上學時考出了好成績，她用包餃子表達母愛；現在對老薛，用一頓隆重的操持，展現妻賢。

老薛進門，看她沒有像平時那樣坐在沙發上看書，而是在廚房裡戰鬥，說：「怎麼，畫兒上真有田螺姑娘？還是董永那個七仙女下人間了啊。」

小唐說：「想得美，孫二娘正給你包人肉包子呢。」

「啥肉的都行。問題是今天咋這麼勤快？」

「我餓了。中午沒吃飽。」

「妳最好天天吃不飽，老夫就有福了。」

小唐讓他去洗手，別等現成兒的。

老薛洗手，伸著脖子告訴她：「唐朝的資格證通過了，沒問題了。」

小唐扭身，問：「人家吳師姐幫了這麼大的忙，你就只跟人家電話聊聊？沒去促促膝談談心？」

老薛說：「有紀律啊，家有個孫二娘，惹不起。」

「要是沒紀律，你就去了唄？」

「還是消停點好。」老薛甩著手上的水，「家和萬事興。」一看小唐在包素三鮮餃子，咧開嘴樂了，「家有賢妻，男人不幹壞事。」

「別嘴上抹蜜了，灌迷魂湯，我不上當。」

「妳這個女人啊，咋都扶不上牆，只能扶上床。」

老薛洗、切，對付韭菜非常在行。小唐看看麵也醒得正合適，就一樣一樣，把一應搬到了茶几上，說：「光包餃子多沒意思，邊包邊看電視。」

老薛這時才注意到她嘴的口紅，問她：「今天上哪兒了？」小唐說：「去看堂姐，唐曉風。他們分了。」

「分了？那也肯定是妳堂姐的原因，妳們東北女人，個個都賽穆桂英。」

唐明月到他後腦勺來了一下，說：「穆桂英、孫二娘的，不是你們面，哪個不願當林黛玉呀。」

「天生就那材質。」

「那也是橘生淮南，生在淮北，就不是橘啦。」

小唐把麵濟兒揪得一個一個湯圓大，讓老薛摁勻了再擀。「素餡餃子最怕破了。」小唐叮囑他。老薛的大手一下就把麵濟兒摁成了小餅，眼睛盯著電視看，一個女的出來了，小唐喝他：「別看個女的就不錯眼珠。」

老薛歪著頭，問她：「這個唱歌的叫什麼名字？咋那麼熟，就叫不上來了呢。」

還停下手思索。

「快幹活，人家認識你貴姓啊。」

「我就是想她叫什麼名字，叫什麼了？」

「我是你老師啊，是事兒都請教我。」

「妳不說，我罷工。」

「罷工就別吃。」

「其實我也就是考考妳。」

「我當然知道了。」小唐剛想說，女聲下去了，又上來的是費翔，小唐最喜歡他的長腿、白牙、深眼窩了。她開始目不轉睛地看，老薛督促她：「快幹活，別色迷迷的，再不動眼珠，我就把電視關了。」說著，直起身，用身子擋住了電視，說：「這要是在過去，我把妳七出嘍。」

小唐推開他，說：「出就出。出了自由。」她品評道：「這樣的男人，才叫白馬王子。可惜，至今還沒娶女人。」

餃子皮兒積成了一摞，老薛自作主張地開始包，小唐看完老費，一看老薛在包，急令他停工：「停停停，你會包嗎？肉餡也就罷了，這素的，技術要求高著呢，破了誰吃呀。看你包的，像個啥？」

他說他包得個個都像解放軍，精神著呢。

又一個女的出來了，歌名沒看清，但她的演唱吸引了老薛和小唐。整首歌兒，沒有詞，似乎全是一個調兒。那女的晃著腦袋，閉著眼睛，重複而快速地唱著一個內容，主要是哼——「咿咿呀啊咿咿呀——嗯嗯啊啊嗯嗯啊——一個倒（鳥）一個倒（鳥）一個倒（鳥）～～～用牙咬用牙咬～～～嗯嗯啊啊嗯嗯昂～～～一個吊兩個吊三個吊，用牙咬用牙咬——」後面的詞兒是老薛配的，他把「鳥兒」唱成了「吊」。他說：「妳不懂，這歌兒在網上可火了，網友都是這麼唱的：一個吊兩個吊三個吊，用牙咬用牙咬——」小唐笑得滾到了沙發上了。

飯後，老薛上網偷菜，小唐說他老不正經，竟幹那無聊營生。老薛說：「再煩老爺，把妳貶為庶人。」小唐洗碗、擦地，老薛把剛才的那首歌，網上搜了出來，歌名叫〈忐忑〉，他配著詞兒，又給小唐唱了一遍，小唐拄著墩布笑彎了腰。

忙完，兩人都躺了下來，老薛兩隻胳膊伸上來，摟得全心全意。一個時期了，自從同學會，還沒這樣不遺餘力。小唐側起身，瞅他：「老東西，補作業呢？」

老薛說：「複習複習。」

15

秋天的早晨，秋高氣爽。老薛刷牙，一上一下，一左一右，橫平豎直，有撇有捺。洗漱完畢，穿上小唐給他準備的衣服，毫無警惕，穿完，還拿小唐當參謀，問：「咋樣？」

小唐一下就笑蹲下了，老薛的肥褲襠、吊腿褲，讓他有了卡通人的效果，這正是小唐想要的，給男人這樣的穿著，維持了安全，省心啊。把男人打扮得溜光水滑，人見人愛，那是女人自掘墳墓呢。

老薛正想探究她笑什麼、為什麼笑，手機響，他拿起來，接通，是王歐陽。王歐陽說行塘的那個作者，研討會開得很成功，他今天來，想叫大家聚一聚。

「聚一聚啊？」老薛把目光轉向了小唐，小唐也正看著他，他們面面相覷。

——二〇二二年四月十七

貓空－中國當代文學典藏叢書12　PG2807

一夫一妻

——曹明霞中短篇小說集

作　　者　曹明霞
責任編輯　孟人玉
圖文排版　蔡忠翰
封面設計　吳咏潔

出版策劃　釀出版
製作發行　秀威資訊科技股份有限公司
114 台北市內湖區瑞光路76巷65號1樓
電話：+886-2-2796-3638　傳真：+886-2-2796-1377
服務信箱：service@showwe.com.tw
http://www.showwe.com.tw
郵政劃撥　19563868　戶名：秀威資訊科技股份有限公司
展售門市　國家書店【松江門市】
104 台北市中山區松江路209號1樓
電話：+886-2-2518-0207　傳真：+886-2-2518-0778
網路訂購　秀威網路書店：https://store.showwe.tw
國家網路書店：https://www.govbooks.com.tw
法律顧問　毛國樑　律師
總 經 銷　聯合發行股份有限公司
231新北市新店區寶橋路235巷6弄6號4F
電話：+886-2-2917-8022　傳真：+886-2-2915-6275

出版日期　2023年2月　BOD一版
定　　價　380元

讀者回函卡

Printed in Taiwan

國家圖書館出版品預行編目

一夫一妻：曹明霞中短篇小說集 / 曹明霞著. --
一版. -- 臺北市：釀出版, 2023.02
面； 公分. -- (貓空-中國當代文學典藏叢書；12)
BOD版
ISBN 978-986-445-759-5(平裝)

857.63 111020473